王干文集

初清华 编

说不尽的王干

作家出版社

图书在版编目（CIP）数据

说不尽的王干 / 初清华编 . -- 北京：作家出版社，2018.1（2021.1重印）
（王干文集）
ISBN 978-7-5063-9708-7

Ⅰ . ①说… Ⅱ . ①初… Ⅲ . ①散文集—中国—当代 Ⅳ . ① I267

中国版本图书馆 CIP 数据核字（2017）第 231606 号

说不尽的王干

编　　者： 初清华
书名题字： 沈　鹏
责任编辑： 赵　莹
装帧设计： 鸿儒文轩 · 书心瞬意
出版发行： 作家出版社有限公司
社　　址： 北京农展馆南里 10 号　　**邮　　编：** 100125
电话传真： 86－10－65067186（发行中心及邮购部）
86－10－65004079（总编室）
E－mail: zuojia@zuojia. net. cn
http: //www. zuojiachubanshe. com
印　　刷： 三河市华东印刷有限公司
成品尺寸： 155 × 225
字　　数： 258 千
印　　张： 22.5
版　　次： 2018 年 1 月第 1 版
印　　次： 2021 年 1 月第 2 次印刷
ISBN 978-7-5063-9708-7
定　　价： 68.00 元

目录

·行走在中国生活的地面上·

·我们的干老·

·王干的状态·

·朝内论坛·

行走在中国生活的地面上

行走在中国生活的地面上

——王干印象

郜元宝

想因王干而写点什么，或者为王干写点什么，真是久矣夫非止一日了。1998 年前后，苏州某文友最先说，他要写文章赞扬王干对中国文学的贡献，叫我也写。之后北京、广州、南京及其他某地的某某都有此议。这是个好主意，我竭力附和。不知怎么，文章后来一篇也没见，我的这篇印象记也拖延至今才出笼。弹指一挥间，十几年过去了，幸亏当初商量时王干不在场，否则他可要引鲁迅遗嘱第六条，“别人应许给你的事物，不可当真”，来感慨一番了。

王干成名早，差不多“新时期文学”发动后不久就跃上文坛，那时我还在读书，是他的一名读者。后来认识了，只觉得他太忙，所忙不为别的，总与文学有关，至少也是以文学的名义。王朔曾说王干是“中国文坛奔走相告派”，这在许多人听来是恶意调侃，我倒觉得是对王干极高的赞许与感谢。文坛上像王干这样为文学的每一个进步真诚地欢呼雀跃奔走相告者曾经不少，但一以贯之，虽“失去轰动效应”犹不改悔，王干之外，多乎哉，不多也。王干也失去了当初那份兴奋劲，但看他近来评论、随笔和散文，因为不像往昔那么容易激动，对文学反而有了一种低调的坚定和痴迷。这是真热爱，用疾风劲草、冬寒后凋之类的旧话形容，有点过于悲壮，但人的定性，由此也就能看出几分来。

我爱读王干文章，也喜欢和他聊天谈文学，因为信息多而快。奇怪，无论个别交流，集体讨论，还是大会发言，浑身透着聪明的王干总显得木讷，甚至让人感到随时有思维短路之虞。他激动，兴奋，投入，话却不多，又说得慢，还挺费力。及至看到他与某次聊天话题有关的文章，完全是另一副样子，天机骏利，洋洋洒洒。原来他聊天时并未完全委身于谈话本身，他的心魂仍留在阅读感受中出不来。或者说，他一半人在七嘴八舌的聊天语境中，大半个人还沉浸在个体隐秘、依然发热的文学体验里，左拉右扯，自然不会言辞便捷。可说得愈多，人愈兴奋，说出来的难度也愈高，非行之于文，不能释放其丰富的文学积蓄。

作为一个文学中人，王干的日常存在状态就是如此。

影响王干语速的另一个原因是他肯倾听，尊重别人的思想，浑然忘记大段阐述自己的主张，甘心用破碎的言辞欢迎和追随别人的话语。比如，用“对、对、对”来肯定别人的说法，巩固别人还不成熟的构思，鼓励别人充分发挥以免中途“卡壳”。甚至“对、对、对”也不要，像孩子发现宝藏那样眼睛雪亮，以手直指前方。这种身体语言是王干在与朋友谈文学时经常使用的。他注重聊天质量，不想霸占话语权，所以同他聊天特别轻松，过瘾，自己好像无形中也变得聪明起来。

这样一个难得的文学谈话良伴，编辑《钟山》理论版期间，使这家杂志在全国兄弟期刊中成为翘楚，也就不足为怪。《钟山》过去十几年发现培养了许多青年评论家，命名、推出了许多热闹一时至今仍被反复纪念的文学话题和说法，许多均与王干有关。有一次王干和《钟山》编辑部来上海作协小礼堂为王安忆《长恨歌》开研讨会，他几乎一言未发，始终兴致勃勃地倾听别人发言，恪守编辑的职分。他是《长恨歌》最早的读者之一，有许多独到的想法，但既然是“本刊行动”，就尽量让别人发表意见。这是王干主持《钟山》评论版给我留下的深刻印象。有一年冬天在北京开会，休息时我和陈晓明、张颐武在房间聊天，话题围绕当代文学中的日常生活随意展开，王干走进来听了一会儿，兴奋地拿出皮夹子，说，你们的谈话本杂志（他后来主编的《中华文学选刊》）要了，回去赶紧写出来，这是预支稿费！我推测，他当年和晓明、颐武等合作，接连在《钟山》打出“后现代”“解构主义”“新状态”“新历史”“新写实”“情感零度”“联网四重奏”等令人应接不暇的旗号，也就用这种趁热打铁、见到就抓的敏捷手法和甘居幕后、不占先机的谦逊态度吧？

王干制造话题而让别人唱主角，另一个原因是他跟唱主角的人之间意见并不完全一致。这不仅包括文学观点，更联系着认识和谈论文学的方法。王干是评论家，但他的评论不是从理论（或学问）到作品，而是直接从文学中而来，从作品中而来，从对作家贴近的了解而来，从极私人的阅读感受而来，最后也回到文学中去，甚至回到生活中去，而并不无限拔高到某个意识形态或者文化的层面。这样的文学认识需要培养属于自己的语言，才能恰到好处地说出来。王干写过一些大块头理论文章，显示了他的气魄和学识，但我更喜欢他那众多短平快似乎并不十分用力的点穴式文章，直抒胸臆，摆脱理论纠缠，与读者一起身临其境，近距离触摸文学的脉动。

在这方面，王干独树一帜。他把自己的一本评论集命名为《南方的文体》，大意是说他刻意追求南方的滋润、灵动、平易、丰满。苏童那时也正在大张旗鼓打造文学的南方，人们很容易把文学的南方和批评的南方混同起来。其实二者有联系，也有分别。王干理想中的批评的南方，是中国批评史上不绝如缕的一个传统，重实践，重感悟，重批评文体与同时代文学中最有生气的语言精神的吻合，避免远离文学、高于文学的隔膜的高头讲章——对我们来说，就是远离来自域外而与本土文学语境尚未很好结合的生吞活剥的理论话语（后者对文学造成的伤害远远超过给予我们的灵感启悟）。五四新文学运动以来，高于文学的批评话语犹如一个神圣家族，始终引导着批评界的主流。与此同时，许多非学院派作家、编辑出身的批评家也一直有意识地反抗这种批评主流，二者构成一种有趣的张力。王干的南方批评，就属于这种张力结构的本土及传统的那一面。

王干的家乡，文风甚深，秦少游、施耐庵、郑板桥、刘熙载，都是文学大师，清代出过小学大师王念孙、王引之父子（不知王干与“高邮王氏”有无家族渊源），当代则有继承光大高邮文脉而被王干戏称为“等于文学”的汪曾祺。王干自述他的文学就是从崇拜汪曾祺开始，而他以崇拜的心理接近的岂止汪曾祺一人，整个中国文坛但凡有一点才气的作家，王干皆以敬畏仰慕的眼光追随过，其中北方的王蒙、南方以汪曾祺为代表后来加上苏童、叶兆言、韩东、朱文等的江苏作家群，汪曾祺更时常在他的当代文学神龛中供奉。他的批评，就是在对这些作家实际接触和喜爱中产生，自然与那些缺乏文学根基的学院派决然不同。

王干后来又把南方批评比作水中之鱼，说南方批评文体的本质，就是始终在文学之中，犹如鱼离不开水。他进一步说，这种鱼水关系并不意味着批评绝对依赖文学创作，因为相对于生活，创作也是鱼。批评既在文学的小河里游泳，更在生活的长江大海里翻腾，文学所有的，批评一样不缺少（参见王干《灌水时代·自序》）。

这是用形象比喻的方法对批评的最好定位，而好用比喻，正是王干批评话语能够不断自我孳乳的秘诀。尽管一段时期他也曾经迷恋过现成而多半是舶来的概念，但他很快就告别了这种非生产性和依赖性概念操作，离开僵化和强制的概念的轨道，漫步于生活故有的漫无涯际的词语的田野山林，在那里欢快地采撷合用的词语来锻造心中成熟的意象。比喻的特点，是以此喻彼，以近喻远，以实喻虚，以少喻多，以生活中本有的已经为人所把握的事物暗指生活中早已存在却尚未被人所通晓的事物，只是暗示，并不在其间画等号，所以既揭示两者（喻体本体）的同一、相似、联系，又保留它们之间的差异不被抹杀，由此丰富认识空间。用这种方式谈文学，正是中国批评的传统，它的缺点，是太富于随意性、不确定性，有时甚至因为时空限制而窒息在过于狭窄的具象中出不来，特别无力把握跨文化语境的某些人类共通性的问题。但其精髓在于：不把文学之鱼提出水面甚至拿到实验室来解剖，而是像庄子和惠施那两个冤家对头那样，闲闲地站在桥上，讨论各自对仍在水中遨游的鱼的观感。这种批评经验，在 80 年代我们是多么熟悉，今天似乎已成绝响，而王干万变不离其宗，一如既往地走在这条批评的道路上。或者说，他的批评也因此一如既往地行走在中国生活的地面上。

80 年代以来活跃在文坛的被称为批评家的一群人物，我最有感觉的还是 50 年代末或 60 年代初出生的那一代批评家中的“异数”：

> 君不见，80 年代文学批评繁盛之际起于草莽的一大批才华横溢的批评家们而今安在哉？他们的消失并非因为懒惰，或江郎才尽，或甘愿放弃，或有什么更好的职业吸引

他们，多半还是因为在文化体制转轨过程中他们没有被及时吸收到相对有保障的高校或同样由国家保护的文联作协社科院之类的研究机关。除了少数特别机灵的在文学大厦倾覆之际及时抽身，侥幸逃到高校和研究机关之外，大多数如今已经成了弹尽粮绝、失去番号建制、布不成阵势、最终不被承认的批评界的散兵游勇；或者干脆叫作80年代文学会战中冲在最前面的文学与批评的炮灰。他们当然很难坚持下去，只能就地解散。

这些炮灰和散兵游勇提醒那些侥幸生还者改弦易辙，迅速将实用主义原则引入批评。昔日同伴的悲惨命运给了他们再生动不过的教育。

但另一面，这些和80年代文学潮汐同起同落的草莽批评家的消失也预示了中国批评在新世纪的一种发展趋向：中国批评将日益学院化和体制化，自发的批评将很难进入高层文化领域，中国批评将越来越成为欧美新生理论的演练场，中国年轻的学院批评家们将越来越丧失那种在80年代批评中相对比较发达的对本土文学的本能反应和血肉相连的深厚情感。

当我提到“80年代文学批评繁盛之际起于草莽的一大批才华横溢的批评家”时，充满了深深的敬意，当我说他们是“弹尽粮绝、失去番号建制、布不成阵势、最终不被承认的批评界的散兵游勇，或者干脆叫作80年代文学会战中冲在最前面的文学与批评的炮灰”时，心中翻涌着许多惋惜和同情，而当我认为“这些和80年代文学潮汐同起同落的草莽批评家的消失也预示了中国批评在新世纪的一种发展趋向：中国批评将日益学院化和体制化，自发的批评将很难进入高层文化领域，中国批评将越来越成为欧美新生理论的演练场，中国年轻的学院批评家们将越来越丧失那种在80年代批评中相对比较发达的对本土文学的本能反应和血肉相连的深厚情感”时，又怀着太多的无奈。

写这段文字，我首先想到的就是王干。曾几何时，中国文坛缺了王干就缺了一份热闹，但文坛热闹的过去，是否也意味着王干的过时呢？不尽然。实际上，属于那群“草莽英雄”的昔日批评家，也有并未完全成为炮灰，到了新世纪凭借对文学顽强的热爱卷土重来甚至死而复生的，比如程德培、吴亮等。至于王干，他自始就没有中断过批评，就像一条从高邮里下河孵出的鱼儿，从来就没离开过水。比起过去，他现在的批评更深沉明澈了。我对他们的惋惜，后来证明是自作多情，应该转化为敬佩才对。

王干近年批评文字多与文化有关，继文学评论集《世纪末的突围》《南方的文体》《朦胧诗论集》《边缘与暧昧》之后，又推出文化评论集《灌水时代》《赵薇的大眼睛》。但王干并没有落入“文化研究”圈套。其实，他谈文学时就很不老实。在他眼里，文学是多面的，本来就和文化息息相关。由文学而文化，或者由文化而文学，十分自然，不用聒噪。所以他一边谈文学，一边谈围棋，谈足球，谈无厘头电影，谈切·格瓦拉，谈武侠，谈麻将，谈中国电影的“人妖”现象，谈女权主义和女性文学，谈犹太复国主义，谈“赵薇的大眼睛”（后来张颐武兄好像受此启发又推广到谈章子怡的大眼睛或章子怡的目光？）。这些文章看不到虚张声势的“文化研究”，只有文学批评家王干一贯的机智、热情和提问的冲动。在文学歉收期，这对他无疑是一种解放，一种精力才华的保存与转移。

王干还有许多可读性很强的散文和随笔，有《静夜思》《青春的忧郁》和《另一种心情》等。这些散文和随笔不是那种“赋得式”拿过别人题目随意敷衍之作，而是和本行有关的有感而发，就是说，和文学保持着千丝万缕的联系。我可以负责任地向关心文学的读者推荐王干的文学随笔《向王蒙学习宽容》《向老舍学习说话》《向汪曾祺学习生活》《向鲁迅学习爱》，他谈这些老作家，也是谈自己，谈自己伴随中国文学的心灵成长的历史。其实王干的文学评论、文化批评和散文随笔，尽管主题有侧重，文体有分工，但彼此之间并无不可逾越的鸿沟，在语言方式和智慧形态上可以相通之处甚多，视为广义的杂文，也未尝不可。

从王干执笔为文开始，转眼到了21世纪第九个年头。在文学圈里打转，我们都获得了一些什么，又失去了一些什么？所获得的并不都是好东西，而失去的并不都是理所当然。在不同语境中我们都成了王蒙所说的“杂色”。荣耀与羞辱同在，意义与虚空相连，亏欠与感谢共存，理解和误解掺杂，严肃与荒诞交替。世界无比多彩，内心有时却荒芜得可怜。现在要问：同是“杂色”甚至更加“杂色”的我们还能像王蒙笔下的曹千里那样，鼓舞余勇，再一次纵马奔驰到绿草繁茂的夏季牧场吗？还能被造清洁的心，重新有正直的灵吗？

如今的写作有许多重要问题，但还有什么比这更重要呢？

曾在《钟山》与王干同事过的作家苏童说，王干一直在“转身”，从高邮县政府到北京《文艺报》，从北京到南京作协《钟山》杂志，现在又回到北京（主编人民文学出版社《中华文学选刊》），始终奋战在文学生产第一线。不管他在哪里，我们都很少联系，对他的近况更所知甚少。但我们同在文学中，注视着共同的目标，一起经历和感受着时代的变幻。何时遇到了，不须任何过门，立马就能聊起文学来。本文不算什么王干评论或王干研究，尽管我觉得批评家王干很值得研究，但那应该在别的场合，用更合适的方式。据说8月一些文友在泰州为他搞了一个题为“王干与里下河文化”的研讨活动，我没参加，不知盛况如何？现在只想借这廉价的还债性文字，印证我们之间因文学而结下的不必相濡以沫或暗室分金但可以相忘于湖海的友情，并给他捎去一个老友的衷心祝福。

2009 年 9 月 23 日

（载 2010 年《当代作家评论》）

文墨世界里的王干与汪曾祺、刘恒、金庸

蒋　泥

一　学习生活

王干在《潜京十年》里怀念乡情，他不谈同乡汪曾祺的小说，早在 1982 年，他就写出万余字的《论汪曾祺短篇小说的艺术风格》等，似乎已谈足，他要谈的是“向汪曾祺学习生活”。汪老所谓“生活”，就是烧得一手好菜，本是个美食家，过着平常日子，笔下写市井，写近乎平淡的生活，和“大叙事”无关。可见得王干提议的“学习”，其实是学习一个大于文学的汪曾祺，挖掘的是海上冰山水下的那部分。

王干的几部随笔集，《潜京十年》《王干随笔选》《静夜思》《灌水时代》等，便是他“学习生活”的方方面面的心得。话题之宽泛、涉议之深入，看似寻常，背后却体现出一个用心生活者的深厚功力。

他说围棋、说麻将、说体育、说古谱、说茶道、说汉字、说电影电视话剧、说各地春秋景象，以及大说特说美食，无一不是生活，无一不需赤诚投入。难得的是，他每一样都能说出新意，其间有大智慧、大情怀。

譬如麻将，其他的消遣都比不上它的热闹刺激，有无穷多的未知，摸牌、出牌、吃牌、碰牌自然流动，非常随机、相对、偶然。在这里“运气远远胜过智力”，打错了就是打对了，变幻无端，在很多可能性里流动，而最后那个唯一的可能，也得靠“运气”，碰巧就来了，碰不巧永远不来。这接近于我们的生命和历史状态，接近于歌德所说的“上帝的神秘作坊”。它和围棋一样，其运行方式包含着东方人思维的特性，没有大小、好坏之分。对好坏、大小进行认定和确定，大概属于西方式思维，这无疑比较简洁明快，但没有了麻将与围棋所体现出来的复杂性、流动性和相对性。

王干还写他生活过的城市，写北京、写南京、写泰州，写它们的四季，比较它们微细的差别，让我这样的粗人顿感到生活的意义，获知了不少的常识，因着我们都出生在泰州，都留恋南京，后来又都在北京“潜”下，而添了更多的亲切。

我注意到他写北京的“杨胡子”，过去只以为它就是南方的柳絮、杨花，毫不稀奇，王干却把它描摹得有声有色：它“像胡须，黑黝中泛着点青紫色，这胡子慢慢长大，到杨花飞天的时候也就是枝叶绿成一片，北京的春天就姗姗来迟了”。“春在溪头荠菜花”，“北京的春，不在溪头，也不在荠菜花。溪头无水，荠菜花不开。北京的春从哪儿来？从‘杨胡子’生长的那一刻开始，一个漫长而迟缓的迎春仪式便开始了”（《潜京十年 · 北京的春夏秋冬》）。读来很有情趣。但北京的春天有时会杀气腾腾，满城的“黄金甲”，那是刮起了沙尘暴。北京缺水，花开得精神有力，不像南方的花那么软绵绵，那么迷人眼。北京的特产是暖气，南京人享受不到它的好，过冬就只好钻被窝了。

王干写南京则情深，离开一座城市，遥望她，会像处子思恋远地的情人。南京是树城，桥下有水，烟水迷离，到了秋天，色彩丰富，树叶开始断断续续往下落，最初是梧桐、泡桐，之后是银杏，“金色叶片哗哗地像一阵清脆的童音飘落下来”。还有水杉，“秋风一起，树叶便开始有点红晕，秋风越劲，她的面庞越发通红，红得都让人醉了”（《王干随笔集·闲话南京》）。

电影、电视、话剧，现在离大众的生活最为接近，本来是一个谈不好、说不透的东西，王干却能借助他浑厚的文学理论修养，讲解起来深入浅出。比如大陆著名导演张艺谋的《大红灯笼高高挂》，王干认为它的母本——苏童的《妻妾成群》写得很成功，写了四个姨太太的“窝里斗”，以颂莲这个独特叙述视角介入——她是局外的、现代的，上过大学，又是个迟到者、姨太太，窥见了大院里的种种罪恶；对女性微妙而复杂的心态，描写得极其细腻而丰富。过去的张艺谋扬长避短，绕开了他不熟悉的南方风情，将小说用镜头处理得非常北方化，但到了《大红灯笼高高挂》他延续旧往，虚构一个灯笼的神话，通过点灯、封灯、灭灯、毁灯一连串仪式化的画面，强化民族特性，这却是个“伪民俗”，违背生活真实，冲突就此被简化了，过于直奔主题。这样处理，只能说明张艺谋心目中的观众不是中国人，而是外国人，让老外对古老的中国“民俗”感到震惊和新奇。问题是我们的本土并无这样的“民俗”（《潜京十年·大红灯笼为谁挂——兼析张艺谋的导演倾向》）。

让我大出意外的，则是王干对美食研究之细致周全，读来津津有味，我联想到许多类似的经历。对着他《潜京十年》里私藏的美食地图，我仔细揣摩、回味，实在很难记起除烤鸭以外，北京有什么值得留恋的美食，因为家母是做菜的高手，吃遍全北京，我也没有发现有几道菜吃起来口味能胜过家母的。我曾怀疑是水土原因，以至于家母来京时，我请她下厨，一道鱼、红烧鸡端上，依旧是淮扬风味，大快朵颐。我惊叹，问：你这是怎么做的？我们怎么就做不出这味道？到了北京还是头一回吃出家乡味。家母便教起我做菜的技艺，我却是扭过头就忘。真是没有汪曾祺的口福啊！

或许我的脾胃适应于之，有意无意“排斥”旁人？然而这个道理又说不通，因为我离家20年，这二十年难得回去，胃口早该变了，谁知是这么顽固，认定了那风味，做定了淮扬人。所以我家附近新开苏帮菜松鹤楼不久，我连着就去吃过好几回，不过尔尔。王干便推荐东四十条的沪江香满楼，他是那里的常客，他说他们的小吃好过了上海本地的。

我从王干的美食地图上，惊喜地发现了离我家不远的云腾宾馆，那里有我生平最难忘的过桥米线。我几乎每天从它旁边来去，也知道它是云南驻京办，云南的朋友来北京就住在那里，但一直没有朝美食上想，云南的朋友更是从不在那里宴客，要请都在外头，我误以为那里没有诱人之处。前两天便跑了一趟，察看线路，期待今后做它的常客。

我这么痴迷这道“大菜”，是因为2007年去云南蒙自，伍立杨兄专门带着我去吃了最正宗的过桥米线，吃过后再也难忘，回来就找过桥米线，但口味差远了，“米线之迷”王干却说他在云腾宾馆给自己的胃和舌“找到幸福的家园”（《潜京十年 · 过桥米线和菜泡饭》），能不令我垂涎？

至于烤鸭，那是老北京特色，我懵懵懂懂，最初当学生，从未在意，以为它就和在火车站买一包德州扒鸡那样，啃啃就完了。第一次吃，我的运气比王干好，他是在王府井，1985年，排队近两个小时，旁边有人盯，吃时鸭已凉，油腻腻、软塌塌（《潜京十年·平民烤鸭》），印象极差，后来吃亦不可口。我却是 1999 年，刚刚拿到稿费的余同学请客，在北京大学学生餐厅的二楼，虽然都是一帮学生用餐，其他菜都很一般，可它的烤鸭，做工还真考究，我吃后赞不绝口，去过好几回。2002 年到圆明园跑了半天，中午找地方吃饭，突然怀念起北大的烤鸭，就徒步过去，重新过瘾了一把。不过吃多了烤鸭，好像哪里都差不多。即使到全聚德、便宜坊，也没觉得味道有什么特异之处。家母离京时，我曾请她在全聚德吃烤鸭，她却是没有尝出它的好，反觉得一套两三百，太贵，来这儿高消费，真是“没事做”（不值得）。

值得一记的只有 2010 年的冬末，《南方周末》的马莉大姐来北京，我们七八人在京尊烤鸭店点了两套烤鸭，那才是脆、嫩、香，热乎乎，入口即化，特招人喜爱，一桌的人夸道，“这里正宗”，卷了一次又一次，很快就把它们消灭了。我们《北京晚报》的赵李红大姐，过后还念念不忘，说这是她吃过的最地道的烤鸭，下次吃烤鸭，咱们还来这里。

二 文墨世界

有一回和摩罗兄聊天，不知怎么的说到莫言，我说莫言早期有几篇散文很不错，尤其是写哑巴女的那篇，读得我潸然泪下。摩罗惊奇，问：莫言还写散文？对于王干，我们相识虽晚，他又是长辈，认识他之前我仅仅看过他的评论，知道他是位很有成就的评论家，待到有所接触后，我才像摩罗之于莫言惊奇的那样，发现王干居然写得一手漂亮的散文、随笔。

其实这并不为怪，毕竟评论是“为人作嫁”，散文、随笔却完全属于自己。但是王干的朋友叶兆言私下里传经：60 岁前身体好、神气好，多多写小说，等到哪一天写不动小说时，再写散文、随笔。王干做不到，他是个大忙人，又是个出色的编辑家，自然没有充沛的时间和精力对付小说，这时散文和随笔恰好填了空。他这些作品，别看篇幅短，文字相对于小说来讲也很少，却一个顶一个，有的文章竟然写了好几年。他说写南京和北京的一年四季，都是好几年才完成。我很少写这一类散文，揣想最好自然是当季写，可以“取现”，或者走出去，主动寻找可写的细节、场景，让内容丰满、真切。

王干善谈，越和他交流，我们发现彼此有着越来越多的共同趣好。

他喜爱朦胧诗，20 世纪 80 年代就写了《废墟之花——朦胧诗的前世今生》，在手上耽搁十多年，一直到 2009 年才交江苏文艺出版社出版。他走向文坛，则是靠研究朦胧诗起家，26 岁在《文学评论》发表诗评。我则是中学年代读朦胧诗，20 年后补债，写了数篇有关朦胧诗及其诗人的文章。因此我们对字词都比较敏感，爱读词典。

王干曾说他专门打电话给广州的朋友，请教《大话西游》里的“大话”作何解，却原来就是说空话、说大话、说假话，含有戏说、搞笑等喜剧元素。通过这个词他还发现，周星驰的电影《大话西游》让人记住的不是情节，它甚至谈不上是一个故事，它的落脚点就在“大话”上，没完没了，许多落在“意义”以外，没有意义，可能只为逗人发笑，但有时具有杀伤力。王干说唐僧被牛魔王捉住后，对小妖精反复灌输废话，看押他的小妖精受不了，就自杀了。

这和“文革”时期的大字报一样，以看似废话的暴力话语攻击人，豪情万丈，铿锵磅礴，受不了的人都会自杀（《潜京十年·武侠、灌水、大话》）。这是“大话”的魔力。

我们也都研究、玩味过王朔的新北京话、老舍的旧北京话。由于热爱老舍，王干年轻时就找到老舍的全部小说，读了一遍又一遍。而我写过老舍的传，我们共同认为，老舍的文学地位应该往上拔。他觉得仅次于鲁迅，我认为超过了鲁迅。诺贝尔文学奖评委马悦然无比之欣赏沈从文，他不以为老舍有资格获得诺贝尔文学奖，他认为20世纪有资格获得该奖的中国作家是沈从文。我和王干却认为老舍的文学成就在沈从文之上。我说自己不喜欢鲁迅的小说，《伤逝》是唯一的例外。鲁迅最好的小说是《伤逝》，那里有他的恋情，深婉沉痛。王干偏偏也很喜爱《伤逝》，并说在台湾鲁迅在文学上的地位尚不及胡适，排在周作人那样的位置，而老舍则很高。这都是比较新鲜的意见。

对于当代作家，汪曾祺自不用说，他那代人中，能够在文学史上永远留下来的，大概就只有汪曾祺了。汪的《受戒》，几乎是当代中短篇小说的顶峰。1948年他就发表《鸡鸭名家》，功力和潜力不让乃师沈从文。20世纪50年代，老舍说他看好的年轻作家只有汪曾祺和林斤澜，不是凭空发言。

我们还共同喜爱刘恒。王干喜欢他的《虚证》，说它对人性和灵魂的拷问，跳出了写实层次，“以一个虚拟的想象去寻找一个朋友死亡的理由，小说采用了层层推理的警探小说方式，去想象模拟一个死亡者生前的言行。但小说又是不确定的，死亡的追踪变成了对人性的追踪，而人性的追踪犹如死亡那样复杂不可测，刘恒悲天悯人的慈悲胸怀油然而生”（《潜京十年·三X与刘恒》）。

《虚证》的责编岳建一则认为，刘恒最出色的小说是《伏羲伏羲》，下来是《白涡》《狗日的粮食》《贫嘴张大民的幸福生活》，和我的看法完全一致。大概《伏羲伏羲》写的是过去，生活经过了沉淀，写法比较传统，接近“古典”；而《白涡》《虚证》等则是写当代，里面的生活尚未沉淀，手法偏新，不够“古典”吧——曹禺评价一部作品好不好，总拿够不够“古典”作标准，我在此借用一下。

王干和我分歧较大的则是如何评价莫言的小说。莫言最出色的小说无疑是中篇小说《红高粱》，我觉得它确实优秀，但缺点也比较明显——叙述视角上的前后没有全部照应，支撑人物行为的心理，个别也不足信。王干却说前者恰恰是莫言的创新之处。我就请他写出来，可供探讨。因为在我看来，这不过是莫言的小小失误，修订一下就可解决，无损他的成就和声誉。但究竟是误笔还是创新，那可以公开进行论辩，这个过程，相信能够澄清一些重大的理论障碍。

说到四大古典名著时，王干的一个观点让我吃惊，他说《三国演义》《水浒传》《西游记》都是古典名著，这没有问题，问题是《红楼梦》，他认为它算不算古典名著，尚不好定论，还需检验。它完全是王国维、胡适、俞平伯这几个人推出来的。他们指定它是经典，它才成为了经典。这之前，它默默无闻。我第一次听说这个意见，感觉有意思，再次鼓动他写出来。因为他跟着来了一句，说以后的四大名著恐怕得这么排：《三国演义》《水浒传》《西游记》和金庸武侠。

在这里，金庸武侠作为一个整体，被提到经典的位置。话题的引出就是2011年初，我的新著《金庸的醉侠世界》由东方出版社推出，在书中有一个看法，那就是金庸最好的《鹿鼎记》《天龙八部》《笑傲江湖》，放在《三国演义》《西游记》《金瓶梅》等行列，完全恰当，它唯一不能比的是《红楼梦》，因此“金庸是曹雪芹之后中国小说家第一人”。在某些方面，譬如金庸小说在展示中国传统社会、历史生活内容的宽广和深度，包括刻画人物的人性与情感深度上，我认为《鹿鼎记》等甚至已超过《红楼梦》。这个看法引起强烈的争议，国内外数不清的报刊、网站进行了报道和转载。我就请王干谈谈他的看法。谁想到某种意义上，他比我走得还远。

王干说，《三国演义》《水浒传》《西游记》都带着浓厚的武侠气息，《水浒传》是好汉演义，《西游记》里孙悟空的成长史是所有武侠英雄成长的浓缩，而《三国演义》里的刘备、关羽、张飞结义本身，就是一种江湖义气，三国争雄和华山争霸有着异曲同工之妙。武侠英雄是超现实的一群精灵，“他们又是以暴易暴、以恐怖制恐怖、以暗杀制暗杀、以陷阱制陷阱的英雄，虽然武侠中的英雄都是和平主义者，都是武功武德双馨的人格神，但他们用暴力代替法律，用个人行为代替政府行为，不论是国外的蝙蝠侠、佐罗和超人，还是中国的黑旋风、孙悟空、令狐冲”（《潜京十年·武侠、灌水与大话》）。而且金庸武侠的传播之广、影响之大，华人世界无人可比。

王干说自己喜欢金庸的武侠小说，顿让我有知音之感。因为我一直觉得南京那帮师友都是排挤和不看金庸的，我所尊敬的董健老师和王彬彬兄，就是反对得最为厉害的两位。蓦然有王干同行，今后再到南京，我就不会孤单！并且，有他的正面支持，《金庸的醉侠世界》就不显得个色，起码我们也可以组成一个“独唱团”了。

（载 2014 年《里下河文学》）

始终“在场”的批评

席云舒

《在场：王干 30 年文论选》是批评家王干的 30 年文论精华，收录了他从 20 世纪 80 年代至今的小说评论、诗歌评论和文化批评文章。这 36 篇文章不仅记录了王干个人 30 年来的文学批评历程，也像是缩影似的记录了新时期文学 30 年的发展与流变。

王干早期的文学批评，主要集中在“朦胧诗”的评论方面。1986 年到 1988 年，他先后在《文学评论》发表了《辉煌的生命空间——论杨炼的组诗》《时空的切合：意象的蒙太奇和瞬间隐喻》等文章，那时候《文学评论》还很少发表诗歌评论，连续几年发表一个人的诗歌评论更是前所未有。1998 年，我也曾写过一篇《论“朦胧诗”》，但写作时距“朦胧诗”的时代已较远，所以只能采用文学史的研究方法，从各种文献资料中去梳理“朦胧诗”的发展过程及其前后期的不同特征。但王干的“朦胧诗”评论则不同，充满了现场感，例如他对“星星”画派与《今天》杂志关系的论述，只有亲历过那个时代并且敏锐捕捉到其中所蕴含的精神与时代气息的人，才能描述得如此准确、生动。若不了解当时的“星星”画派与“朦胧诗”的关系，是不可能完整地描述那个时代的诗歌面貌的。

王干早期不光做诗歌评论，同时也做小说评论。他常常把诗歌与小说进行互证，不只是比较其优点与不足，更具有创造性的是，他用同时代的小说中的细节去解释诗歌，又用同时代的诗歌去解释小说，这就更容易让人理解一个时代文学的审美特征，也更容易让人理解作品本身。

由此我想到当下文学研究和文学史研究的某种缺失。我们的文学研究往往把某部作品当作一个历史文本加以研究，而很少顾及该作品与当时其他体裁作品之间的关系，虽然我们也强调设身处地、知人论事，但这种设身处地多是从作家的生平经历和时代环境等方面着眼，而很少去还原当时的文学现场。我们比较不同的作家作品时，也很少拿诗歌和小说去比较，把文学与绘画进行比较的更是少见。这种缺失，不仅使我们很难体会文学发生时的语境，有时也使我们难以理解作品的具体细节，因而产生误读。比较起来，立足于文学现场的批评，注重的是艺术本身，注重的是对作品的艺术解读；而立足于史料的文学研究，注重的则是作品的意义与价值。对于前者，作品是一个鲜活的对象，而对于后者，作品本身和关于该作品的研究成果都只是一堆史料，被学院式的研究过滤掉的，可能恰恰是文学现场批评中最有价值的东西。

20 世纪 80 年代末，王干率先倡导“新写实小说”。他撰文归纳“新写实小说”的特征：反对“典型”，还原生活本身；从情感的零度开始写作；文学的接受是一种作家与读者的“共同作业”，是从单向的灌输到双向沟通的转变。这些观点今天看起来可能并不新鲜，但王干在 80 年代末提出这些观点，对当时的文学思潮起到不可否认的引领作用。90 年代初，王干又参与策划了《大家》杂志，使之在中国文坛一度独领风骚。不久，他又提出“新状态小说”和“南方的文体”等概念。“新状态小说”是指以朱文、鲁羊等人为代表的先锋派之后的新潮小说的创作，虽然这个概念不如“新写实小说”那么成功，但王干还是借助他编辑的《钟山》杂志，发掘、培养了许多文学新人，他们当中有不少人如今已是著名作家。“南方的文体”则是指文学批评上跟“北方”（学院派）相对的文体，实际上就是文学现场批评的文体。在文学研究与批评界，学院派往往轻视文学现场的批评，认为他们缺乏学理，观点多感性而随意，但事实上，正是这些文学现场的批评，在若干年后成为学者们研究的第一手资料。王干提出“南方的文体”，捍卫的正是文学现场批评的正当性及其价值。

90 年代后期，王干担任《东方文化周刊》主编，把一份以影视、娱乐为主的大众文化类刊物办出了文化品位。在办刊的同时，他自己也研究起了大众文化，从足球到娱乐明星，从影视到网络文化，写了很多文章，后来编成了文集《赵薇的大眼睛》。他给《东方文化周刊》注入的文化批评精神，在当时掀起了一股大众文化研究的热潮。2001 年，王干调到人民文学出版社，任《中华文学选刊》主编，10 年后他又改任中国作家协会《小说选刊》副主编。虽然不像八九十年代那样冲锋在文学批评的第一线，但他仍在以另一种方式关注着中国文学的发展。这些年他的兴趣转向了《红楼梦》研究，收在《在场》一书里的《影响的焦虑——〈红楼梦〉与当代小说创作》和《千古〈红楼〉通〈锦瑟〉》，都显示出以现代叙事学的方法来研究《红楼梦》的努力。也许王干今后会从文学批评走向文学研究，但我相信，他的文学研究必定与学院派的研究不同，他的研究一定会带有他自己的独特感悟。

30 年来，王干的文学批评，正如书名所揭示，是始终“在场”

的，他站在文学发生的现场对文学作品的得失进行分析，对文学发展的新动向进行把脉，对文学思潮的流变进行引导。他的这些文章，不仅能够帮助我们理解书中所论述的文学作品，也必将成为后人研究中国新时期文学的一份重要的史料。但既是精选，《在场》也不可避免地遗漏了一些细节。比如，王干 30 年来的主要贡献当然是在文学批评和对文学潮流的引领与倡导等方面，但他同时还是一位卓越的文学活动家，他的很多文学活动却未能体现在这本文集中。

（载 2014 年 12 月 26 日《人民日报》21 版）

工作着是美丽的

梁鸿鹰

每次与王干相见，他的第一反应就是无论在什么场合下都要给你一个无条件地张开大嘴、牙齿完全露出的笑，另加一阵伴随双肩震动的声响。他认为这样才够朋友、够意思，这样做才是美好的、适宜的。他的善意可见一斑。

记得去年“5·12”大地震发生之后不久，他为救助李西闽四处呼号，让我通过四川省委宣传部这个渠道反映、救助——尽管后来在这件事情上没有人提到过王干，但我知道王干是尽了力的。地震过后，他真诚地为废墟上崛起的诗潮鼓掌、叫好，也反映了他的良知。

作为一个批评家、思考者，王干真诚的、执着的信念没有变过。他说：“我是一个极度痛恨虚伪的人，我曾经把自己的终身的使命定为要与虚伪做斗争，像契诃夫终身要与小市民的庸俗为敌一样。”他有时候“不得不容忍那些虚伪的言辞和虚伪的表达”，因为“彻底的真诚会损害别人，当然也会损害自己”，他明知，如果文学平庸，“真正的批评往往会感到生不逢时”。但他知不可为而为之，虽然不时妥协一下，也并不愿意降低自己批评的水准。

王干注重文艺批评的内涵，他强调文学要有“思想的力量、整合的力量、人格的力量”。他反对率尔而谈，在批评的实践中，他注重考察文学所面临的时代背景、文化语境，注重从作家的思想发展、艺术演进上做综合研究。他的文学批评与当下文学创作现实的结合始终比较紧密。近年，他根据我国文学发展的现状，提出了几个“延伸”，如写作者的延伸、文学类型的延伸、载体媒介传播渠道的延伸等等，都很有见地，他的批评脱离了一般的就事论事，从来不会做隔靴搔痒的无用功。

王干的批评也向来没有条条框框的限制，他追求批评表达的多样化，拒绝用“文学的经典条文去套文学文本”，在他的评论中没有引经据典的名头，从来不以新概念、大人物来吓唬人。他的言说语气一般情况下都是平易的、和蔼的、流畅的，如邻家的大哥那样，但他的批评自有水准高人一格，而且从不与别人重复。

王干一直致力于批评疆界的拓展，他的文学批评、文化批评始终保持着敏锐、鲜活的特点，他从不满足于自己所做的一切与正在做的一切，他愿意给自己找麻烦，他不喜好安逸、平静，就如苏童概括的那样：“他的眼睛终日闪闪发光，陶醉于对文学现象或者文学思潮的高度提炼和概括中，他成为一个文学运动的狂热推动者，同时也成为一个文学口号的高明缔造者。”

王干的不安分和一再“转身”给我们太深的印象了。他要求他的批评要像条“鱼”那样，必须不时到不同的水里去，而在同一片海子里，也要经常从不同角度游几个来回。朋友们为他叫好，也为他捏了一把汗，因为他“转身”的幅度和方向有时是出人意料的。这里面其实有着他的追求、苦闷，有时是挣扎。“他的目光像一把梳子，放弃了文学这个新娘子，开始梳理大文化的头发，这是一堆貌似时尚其实苍老的乱发，需要更大的耐心，需要更大的力量，从赵薇到金庸，从尼采到鲁迅，从足球到麻将，王干侃侃而谈，词锋犀利而精准，似乎在帮助我们分析每日呼吸的空气。”（苏童）看过他的文章，你有时会想，这个老兄想到的我为什么没有想到，他这样说我为什么不这样说？于是我们便开始留意自己每日呼吸的空气了。

乐于思考的王干也是个真诚的“民主主义者”，他愿美好的生活、丰富的文化形式为社会上的每个人分享。这最集中地反映在他对网络的态度上。他提出“博客或网络文学是一种软文学”，它“在文体上，打破常见的小说、散文、诗歌、戏剧以及评论的局限，或者将这些文体杂糅在一起，不拘一格，不是戴着镣铐跳舞，而是在跳舞时砸碎镣铐或化镣铐为道具”。他欢呼法国作家、思想家罗兰・巴特理想中的开放文本，在今天终于通过网络得到了实现。在王干看来，网络的开放性和共时性为开放文本提供了硬件，读者或网民的及时介入和随意发挥使能动的、自为的读者真正诞生了。经由网络，人们在一定程度上实现了文学的普及、民主、狂欢，这应该值得让人高兴。在这个问题上，王干持这种阳光心态，是美好的。

（载 2009 年 9 月 15 日《文学报》）

作家的知音

蒋　泥

王干先生成名太早，不说他 19 岁发表处女作，20 多岁在《文学评论》连续推出数篇研究朦胧诗的鸿篇雄文，单表他 26 岁在《读书》上发表的时下所谓"酷评"，评议的对象正是当今诺贝尔文学奖得主莫言。题目是《反文化的失败——莫言近期小说批判》。莫言听说后开始很吃惊，找来一读，发现原来表扬居多，批评居少。不禁哈哈一笑，虚心接纳。

就是这么一篇文章，引起了当时主管意识形态的胡乔木的注意，以为此人大有来头，并在电话里向王蒙郑重推荐，自此"二王"惺惺相惜，开始了长达 30 年的忘年之谊。

摆在我案头的《在场——王干三十年文论选》(云南人民出版社 2013 年 12 月)，题目起得好不得意——真正的"新时期文学"也就 30 年，而王干做了 30 年的作家作品论，从头到尾都"在场"，是作家们的真知音，也是一个"老资格"！

不知道的会以为王干一定是一位年近耄耋的大先生了，岂知他刚过半百之年。

成了大名的王干，让每一位作家都愿意掏出心窝子，他阅人甚多，其论也就处处见肉，不时冒出人无我有的掌故，写来兴味盎然。

譬如他对苏童的家族历史如数家珍。第一次见苏童，23 岁的苏童吃草莓吃醉了，倒在床上说一些美丽的胡话和笑话。草莓是红色，王干由此联想到苏童作品里的红月亮、红罂粟，以及后来的红粉系列小说。认为苏童笔下的“红”，“几乎全部散布着腐朽的美丽气息”(《在场·苏童意象》103 页)。张艺谋仿佛揣着了苏童的真意，将苏童的小说《妻妾成群》改名为《大红灯笼高高挂》，拍成电影。

其实苏童的“第一个恋人也就是现在的夫人”，名字里也带了“红”字。以至于细心的王干总结苏童作品人物的名字时发现，不少是“ong”音，如颂莲的颂（《妻妾成群》），灵虹的虹（《井中男孩》），五龙的龙（《米》），殷红的红（《伤心的舞蹈》）等等。

王干对王蒙在新疆插队时期的人民公社的名字，都是脱口而出，足见他对王蒙的作品有多熟。透过王蒙的经历来看他的小说，王干认为，“王蒙的小说中只有青春和政治，爱情只是它们二者之间的混合物，当政治不能充分燃烧时，青春才会转化为爱的小夜曲”（《在场·旗子和镜子的错位变奏》127 页）。

我觉得再也没有比这个判断更为准确的了。

王蒙先生大概是当代离政治最近而成就最大的一位小说家。他出身“少共”，经历了形形色色的政治，也就始终在编织“当代中国政治的种种色彩”。

王蒙告诉王干，年青一代对政治不感兴趣，对过去的历史也很隔膜，他在后期的“季节”系列长篇里，不得不伸入过去一直回避的领域，那就是性生活、性心理、性行为。

或许这是“聪明的老王”想出的调剂之法？

和王干最知心的作家，我觉得应该是同乡汪曾祺。将来写汪曾祺评传，王干是第一人。因为汪老的一些趣味、脾性，有的连儿女都不知道，但王干知道。他们常在一起喝酒海聊。

由于王干是“老头子”的好朋友，弄得年龄比王干大出许多的汪曾祺的长子汪朗，每见王干，都得执晚辈礼。而年纪轻轻的王干，早早以“干老”之名，动之江湖，一副心安理得、受之爱之的样子，真叫我莫名其妙。

看来文坛上的辈分，是不是“某老”，不是以年龄，而是以出道长短定论的吧？

有的人四五十岁才冲出地平线，步入文坛，那他就得定位于“年轻作家”，不能冠之以老。

比如大器晚成的章诒和先生，62 岁横空出世，这样的例子十分罕见。她的心态倒特别年轻，如今过了古稀之年，从没听说谁肯尊叫她一声“章老”的。

王干称呼汪曾祺，当然都是“汪老”啦。黄裳曾如此形容“汪老”，说“他的一切，都是诗”。代表作《受戒》《大淖记事》《鸡鸭名家》《异秉》等，也无一不是诗。

王干说，汪曾祺小时候有过一段寺院生活的经历，这段生活写进了《受戒》(《在场·透明与滋润》296 页)。汪曾祺的“祺”和佛教相关。汪的语言充满禅味。他甚至按佛经的格式写过《释迦牟尼传》，可惜看到的人不多……

（载 2015 年 1 月 1 日《解放日报》）

批评和批评的解剖

——谈王干的文学批评与文化评论

张大海　孟繁华

加拿大文学批评家诺斯罗普 · 弗莱在《〈批评的解剖〉参与争鸣的导言》中提到“批评能够讲话，而所有的艺术都是哑巴”。[①]显然，弗莱是在说，面对独立表现的艺术，充满智慧的批评是必须存在的。对于普通读者来说，欣赏艺术、评判艺术同样需要有一套较为成熟的批评体系支撑，才能在姿态各异的艺术世界中了解并欣赏到较为完整的艺术语言。即使是现在，相对作家的写作世界，目光敏锐的批评家仍是连接艺术和普通读者之间最为有效的媒介。他们的存在，证明了人类的智慧不仅分布在艺术家的感性世界中，也同样分布在崇尚逻各斯的理性世界中。

20 世纪 80 年代以来的文学批评家王干即是这样一位有着敏锐

① 诺斯罗普 · 弗莱 . 批评的解剖 [M]. 陈慧，译 . 天津：百花文艺出版社，2006：5.

的艺术直觉，同时又兼有充分的理性分析，并能把握到文学发展趋势的批评家。自25岁时和同学费振钟、陆晓声联合署名在《文学评论丛刊》第25期发表第一篇文学评论文章以来，逐步进入文学活动前沿的王干通过自己的评论文章对朦胧诗和汪曾祺、王蒙、莫言、苏童等作家的理性分析，推动了同时期文学批评和文学发生互为促进的"在场"效应。在某种程度上，王干的文学批评验证了80年代崇尚变革、进步的时代精神，也为后来的文学批评和文学史研究者提供了反思80年代的有益参考。

对批评家价值的考察，首先要看批评家自己的文章。与艺术家相类似，批评家往往也是他所属时代的精神验证者，他们之间的区别主要在于抽象与具象之间的差别。若要切近地理解80年代的文学精神，理解批评家无疑是一条可值得探讨的精神解析之路。80年代的文学是从70年代末期的朦胧诗和伤痕文学等文学思潮逐渐发展起来的。对于同时代的文学创作来说，文学的轰动效应与仅限于少数人阅读的文学批评应该是互为表里的时代互补物，它们之间尽管有着阅读群体的巨大差异，但在同时代人的文学理解中，批评家的思辨文章更有可能揭示出文学的精神内核。所以，80年代的王干以青年批评家的身份，同时也以青年的思维去理解同样作为青年的作家、诗人，就具备了老批评家们所不具备的先天优势。

80年代初有关现代诗歌的最大争议来自朦胧诗，谢冕等批评家的意义，在于他们以穿越历史的目光认可了诗歌创作和时代精神的"崛起"，这对确立朦胧诗的诗歌地位具有举足轻重的作用。王干的不同之处，在于他对朦胧诗后面世界的发现，也正是这些发现，让朦胧诗的价值得以进一步的确认。他在这方面的评论文章有评述诗人北岛的《历史·瞬间·人》，有在1987年就已发现顾城诗歌悲剧性的《透明的红萝卜》，还有从整体上理解朦胧诗认知方式的《直觉的苏醒：思维结构的嬗变与调整》，以及他专论朦胧诗的著作《废墟之花》。

王干的这些文章，有文学的敏锐性，也有那个时代特有的精神特征。他评述北岛的文章《历史·瞬间·人》，仅从题目来看，就能让人感受到那个时代特有的以抽象理想主义的方式的哲学思考对文学批评的影响。就一种哲学思考来说，面对变化的世界，重新发现“人”、定义“人”，并不只是政治家和哲学家的问题，也是敏感的诗人在不可预测的世界中为确立自我所进行的终极探寻。不同于一般诗人、评论家对朦胧诗的前现代式的理解，通过意象、而非通过如困兽中的语言去把握思想，正是此时的王干在理解朦胧诗时的主要策略。对于诗人北岛，王干的着眼点在于诗歌创作的政治性和思想性，而非陷入对语言的固定理解中。这就有效的让他避开朦胧诗中诸多意象组合后的审美困惑，而专注于朦胧诗中诸多意象的政治意义和思想转变。换句话说，王干的这种评价不是单纯的以意识形态为旨归的文艺批评，而是在社会思潮发生面向“现代”的转变后，自觉的审美变身。当然，对文学批评本身来说，王干的这种批评仍可归入到对文学的延伸性理解中，事实上，正因为王干等批评家和一批新作家的出现，才改变了人们久已停滞的审美习惯。对王干来说，他并不在意解读朦胧诗的语言是否困惑的问题，他在意的是诗人的逻辑在现实世界是否畅通。这显然让他对诗歌，以及通过他，让读者对诗歌的理解跨越性地进入到诗的现代阶段，这也正是《历史·瞬间·人》这篇诗歌评论的意义所在。

王干对朦胧诗的理解因为脱离了对诗歌创作的模式化要求，这让他在语言变异和意向价值的分析中有了独特的标本意义。对于曾经有人认为朦胧诗读不懂的问题，王干认为“文学终究是语言的艺术，老化了的语言便丧失了生命力和美学魅力，五四新文学运动便是以语言革新为旗帜和突破口的，文学革命的意义不仅在于内容，也在于形式。北岛等新潮诗人对诗歌语言的革命，重新焕发了诗歌的表现力和色彩”。[①] 王干对朦胧诗的理解，让他在诗歌外的创作中迅速找到了自己作为批评家的位置。他忽略了以语言和意象的新奇所导致的“看不懂”的诗歌效果，而是倾向于有关异化和哲学中的人在时代变动中的思想震动，这一思路让他迅速地捕捉到时代的主题。可以说，重新发现“人”是进入新时期以来思想解放的主要问题。从王干等一批文学批评家的文章来看，彼时的批评家更倾向于去做追逐人们思维变迁情况的思想家。他们对文学的理解和对批评的表达并不只停留在个人的审美趣味上，而是更为注意自己作为知识分子的公共价值属性。而这，也正是 80 年代所检讨的“五四”精神在这位青年批评家身上的体现。

王干通过政治立场、思想分析来理解北岛，和他通过诗歌的悲剧性象征来理解顾城并不矛盾。评价北岛的《历史·瞬间·人》和借用莫言小说的名字来评价顾城的《透明的红萝卜》，正是王干对这两位诗人的基本判断。在 1987 年就能发现顾城作品的悲剧性，而不只停留在对他童话诗人的评价中，确是王干先于一般诗人、评论家的见识。正是因为有了这种基于顾城诗歌悲剧性的洞察，王干在解读顾城的多篇作品时，也才能对顾城形成一个较为连贯的诗歌悲剧性的叙事思路，并归纳出顾城的诗歌原点和他痛苦根源之间的联系，从而预见到在时代转换的过程中，一个童真灵魂的毁灭。坦率地说，与其如北岛成为新时代的觉醒者，顾城似乎更像是一个文化压抑时代的诗人。对于同样的文化革命，他与北岛形成了两个互为反向的理解。北岛是战士，他对未来的理解在于改变一个非理性的

① 王干．历史·瞬间·人 [J]. 文学评论，1986（3）：58.

世界，因而他有本能的反抗，在一定程度上，这甚至是一种政治反抗，而一旦政治空间发生了变化，人们的理想、思维和感性表达得到了释放，他的文化价值也就消失了。对于顾城，王干认为“顾城以一种近乎偏执的天真充分表现他眼中的、心中的、梦幻的世界，他丝毫也不顾及这种梦幻境界在生活中不能存在，丝毫也不理会他的童话天地早已随年月的消逝而消逝，但正因为这种执拗与认真，也正因为这种思维的‘不成熟’，这种艺术感觉的‘病态’，才会出现这么一个风光绮丽、色彩透明的艺术晶体”。[①]无疑，无论哪种朦胧诗人，他们的痛苦都是来自于时代的，对于转型期的中国诗人来说，这种阵痛尤甚。

至此，作为评论家的王干在当代文学批评史上的意义也就得以凸显了。他是一个紧握时代，同时又能分析诗歌的感性显现和抽象思维之间的关联，并拓展出如河流般的艺术与永不餍足的理性的、如鱼随水而动的批评家。他不是一个固定的审美批评者，而是敏感的艺术讨论者、判断者，他能随着艺术本身之流的变动来分析人类理性化身的感性表达。这也正是他在反思文学批评对于批评家的意义时，所认识到的“批评对我来说，是条鱼”的道理所在。

除了对朦胧诗的认识，王干的小说批评也有较为独特的一面，尤其是在 80 年代中期以后诗歌创作渐趋小众的情况下，王干的主要精力也转移到对小说和小说家的批评。1985 年，莫言发表《透明的红萝卜》，开始受到批评界的注意，但评论家们真正开始发表作品评述莫言，还是在 1986 年莫言发表了小说《红高粱》后。当时的批评家朱向前、李陀、李洁非、张陵、张志忠、季红真、吴俊等人对莫言的创作多有评述。但从他们的文章内容来看，又多是从正

① 王干．透明的红萝卜[J]．文学评论，1988（6）：62．

面肯定的居多。这种肯定性的正面评论与当时支持新探索、新创作的风潮有关，也与批评家对新艺术创作的期待有关。而且，就莫言小说《红高粱》的意义来说，他的创作也在于通过家族叙事的形式，以后代人的视角重新思考革命及其最初的原发价值，这样的创作主题本身就具有文化反思的意味。

王干的评论视角却与此不同。1988 年，王干在《读书》杂志发表了《反文化的失败——莫言近期小说批判》。对于莫言的创造，王干认为“莫言正是要折磨人的阅读期待和心理渴望，亵渎人们的优雅情感和审美惯性。20 世纪的世界文学就因为正视人性和世界的负面，才使人类意识到自己有一条割不断的动物尾巴，意识到在理性的表象下藏着非理性的本能和冲动，反文化便成为人的新的生存要求”。[①]就 80 年代的文化思潮来说，反文化并非完全否定中国的传统文化，这不是一场如五四运动反对封建文化的文化革命，而是一种以现代的视角重新筛拣历史的文化反思，其目的仍是以中国的文化和国家是否可以“走向未来”为根本出发点。从文学的表现上来看，我们注意到 80 年代的很多文学作品常常运用一种类似的叙事形式，就是作家仍是以“子对父”的方式来理解中国，无论是赞美、反思、龃龉、叛逆，他们的小说中所出现的多种风貌也恰恰就是他们在面对现代社会转型时，从一无所有到绝地反击时的基本精神状况。所以，王干以朦胧诗人来理解小说家莫言，和他以“透明的红萝卜”来理解顾城，就在双重对比中兼备了思辨的穿透性。作为同代人，小说家和诗人尽管在艺术的创作领域有差异，但其内在的心理范式却完全可能相同，他们都在以一种新文化的重塑来界定新的美学标准。莫言所理解的历史不是优雅的、神圣的、崇高的，而是

① 王干．反文化的失败——莫言近期小说批判[J]. 读书，1988（10）：13.

困境的、感官的、荒野的。就莫言小说中的人物形象来说，这种反英雄，或者如王干说的反文化，其实也是一种新的、以曾经被遮蔽掉的英雄在重述历史。从莫言后期的创作来看，比如他的作品《丰乳肥臀》《檀香刑》《蛙》《生死疲劳》，其主人公多有一种惨烈的英雄感。坦率地说，王干以反文化的方式来评述莫言的创作，现在看来略有偏颇，但其评述的方向还是有道理的，尤其是以相对特异化思维区别于其他批评家时，王干的这种独特性就显得尤为突出。以王干的批评视角来看，莫言在写作方式上受到马尔克斯等人的影响，在具体的形象化写作中又有丑学的审美倾向，但他的创作主旨仍未完全离开中国文化的氛围，这反倒证明了中国旧有的民间文化在作家身上的延续。

90 年代，当代文学的作者和读者都发生了很大的变化，文学已经失去如80 年代的轰动效应，转而关注文本自身的价值建造问题。新写实、新体验、新状态、新历史等实验性文学作品占领文坛。这个时期的王干已经离开北京，回到南京《钟山》杂志编辑部工作。也许是因为地理环境的变化，90 年代，王干重点推介的作家多是南京、上海等地的南方作家。同时，为了活跃文坛，在编辑部工作的王干也推出了以“新状态”命名的文学实验。新状态文学是针对 90 年代出现的一批不同于 80 年代作家的、新的写作方式和新作家创作特征的概括化描述。1994 年，王干和北京大学张颐武、文艺争鸣杂志社张未民访谈时谈到的作家何顿、陈染、马建、韩东、海男、鲁羊，是他认可的属于新状态写作的小说家。不同于 80 年代作家的社会责任感，王干认为 90 年代的新状态作家是“现实的生存状态与作家自我的精神自传的结合”。[①] 或者如作家张洁说的，是只想

① 王干，张颐武，张未民．“新状态文学”三人谈 [J].1994（3）：15.

面对自己的想法和观察，很自由地写作的状态。显然，“新状态”意味着作家更多地以自我的感受为特征的写作状态，这其实也在某种程度上验证了作为社会人的作家，不再从属于某个政治集团、文化集团后的社会身份变迁，已经改变了文学生产的方向，作家不再是某个主义、某个政见的传声筒，而是自己生活的感受者。统观90年代的文学创作，无论是所谓的“新写实”“新状态”“新体验”“新历史”，其根本原因就在于作为民众之一员的作家，在充分享受到精神自由和世俗生活后，以命运共同体的身份共同建立的文化谱系过程。可以说，90年代的公民意识，也许正是从各种以“新”为名的文化改变中开始的。对于王干力推的“新状态”作家的创作成绩，将来的文学史会有评述，而王干对于批评史的意义，也不只是作为新的写作风潮的推动者，而是已经变成了一个观察80年代的文学批评家在90年代、21世纪初文化变迁的范本。

（载2015年《作家》）

美食家与厨子

徐　坤

将批评家与作家的关系拟称为“美食家”与“厨子”，乃是缘于《文坛两栖人初露峥嵘》(《中国青年报》1996年8月18日)一文中一位青年批评家之喻。“两栖”这个词汇，总令人发出生物学上的联想，使人忆起蟾蜍青蛙、乌龟蜥蜴等爬行动物一类，光滑、黏稠、丑陋，视觉上不很入眼，远不似“美食家”与“厨子”之喻更具人类特征和包有人间情怀。美食家跟厨子究竟是一层什么关系？不说也能大致知道，虽非刀俎与鱼肉，但却也是品尝鸡蛋的那个老饕与下蛋的那只母鸡的关系。如此，谁是主谁是客，就能看出个大概。

设若饕餮者也亲自尝试下一回蛋，如何？情形就比较有意思了。王干说他目前就在做着这种行当。批评家王干最近频繁地在杂志的“青年作家专栏”里发起了小说。新近看到的《过着平静如水的日子》(《北京文学》1998年第9期)，以及不久前发表在《山花》上的《狗日的爱情》，就是他下厨掌勺后做出的两样小菜。

厨子做菜，身边油盐酱醋、糖酒味精这些作料，必不可少。且什么时间搁，该搁多少，完全是一种现场临时手感，同时亦是一种直觉把握。经验固然重要，但还有随时随地的嗅觉、视觉、触觉上的功夫，外加长期受训而成的调整火候及端勺抖腕的技巧，炒一碟好菜，如同炮制一个短篇，其间全凭一口气。需大火旺炒，一气呵成，一炒到底。中间不能停顿，偷换一口气，口感完全不一样了。还得要压得住腕，该颠勺时颠，该甩腕时甩，不能吝啬力气。

美食家做菜，就不太一样，大概全凭自己过去咀嚼时舌头和口腔的记忆。俯身实际操作时，难免嘴唇儿高手腕低，极容易油星四溅，但见一股明火从勺中蹿起，不仅燎着了锅里的菜肴，一不小心，还容易把自己的眉毛胡子烤焦。

王干还好，多年前他就把自己的写作菜单定位在“淮扬菜系”里，认为自己所从事的文学批评活动在技术上属于以叙事见长的“南方的文体”(见王干《南方的文体》，云南人民出版社 1994 年出版)。如此一来，从彼一来，从彼一处“批评”中的叙事，到此一方“创作”中的叙事，其间就不会有太多的隔膜。只要能够有效控制大脑系统中的总字库，不让两个子目录中的话语符号相互干扰，这盘南方菜做起来不会太涩，并且还显得稍微有点甜，有点绵，有点软，也有点腻。

《过着平静如水的日子》写的是一个流浪画家的故事，场景包括求学、毕业、在城市里求职、交女友、画画、卖画、为卖画跟女富婆睡觉。最后一不留神跟从前一同画画的女友(如今海外归来的富婆)撞到了一起，二人面面相觑，同时惊愕。至此，菜便做完了。

小说叙事平滑地向前行进，颇像一幅微醺之中成就的水墨人物。整个故事画面感很强，画中运用的透视手法，就是从远景向近景一点点地慢切，最后摇到内幕，逼近酒店、客房、床及床上的男女身上，横竖来了个大特写之后，回锋收笔。一幅“天凉好个秋”的画名，以及“慧熙”——那个女主人公的名字，颇有些禅意，落寞之中微凉的惆怅，透彻人生之后无由的感伤，时时漫溢在画面中和床帏里。在想象与虚构的飨宴当中，有诗，有酒，有画，有女人……要什么有什么，很是自在而随意。这的确是一股南方的意趣和才情。先在在《狗日的爱情》里，王干则用的是歌，用一种类似于 Rap 的说唱声音来绘制小说。情节被逐渐淡忘掉之后，那一段段歌词却留在脑子里：“姑娘姑娘我爱你，日日夜夜想念你，把你画在吉他上，又抱吉他又抱你”，以及“……把你画在马鞍上，又骑马来又骑你……”这些都造成一种听觉上的刺激，调味料放得很有一些心机。

《日子》中的男主角，树城画派的代表画家“小脏人”封成，在众猢狲散去、自己还在苦苦支撑一方门面、沦落到卖艺又卖身的地步时，才感悟出虚假的繁华和热闹过后人生之中“空”和“凉”的真正含义。也许这正是作家王干在 1998 年的心境写照。也许王干一开始就应该是当厨子的，当了十来年的美食家，只是历史跟他开的一个不大不小的玩笑，把他的牙齿和口味也都吃胖、吃刁了。

也许……也许吧。

（载 1998 年《文艺报》）

批评家一颗年轻的心

——王干散文集《青春忧郁》的题外话

小　可

我的朋友不多，把我当朋友的也不多。我把王干当朋友，王干也把我当朋友。实际上，我俩的思想观念以及对文学、对理论的看法有很大的距离，也似乎没有意识去调和。王干趣味相投的朋友很多，完全可以不交我这个朋友。但十几年下来，我们还当朋友。记得有一年，我写了一篇文章，批评一些人用策划代替思想，其中讲到王干策划有余而思想不足。王干旋即写文章批驳我，措辞挺激烈。等我们再次见面时，照样玩得很开心。

我知道，自己挺“冤枉”王干。一个没有思想的人，是不可能提出那么多精到的文学策划的。好的策划必须有好的思想。这些年，我读了不少王干写的东西，大量是文学批评、散文、随笔，更觉得王干是我们这一代文学评论家思想最活跃、最敏感的人。这一代所谓的青年评论家，如今能留在批评界的人已经寥寥无几，我看像样的也就剩王干了。他不仅坚持做文学评论，同时还保留了青年评论家的激情，仍然获得了许多新一代青年作家的尊重。我们这一代“青年评论家”真没有出息，尤其和上一代的评论家相比。最近，王干把这些年写的一部分东西汇编成集——《青春忧郁》；虽然，称不上是王干一生最值得夸耀的著作，但让我读来很羡慕。他那种年轻的心态让我有几分嫉妒，又有几分敬佩——女儿大学都快毕业了，当父亲的心还那么年轻。

我称赞的是王干思想的活力。这种青春的冲动从他这本散文集《青春忧郁》中很充分地表现出来。他的思想兴趣还是那么广泛，而且每涉及一种事物，都试图获得与众不同的心得，写出自己独到的想法。要获得思想，就得像年轻人那样投入。据我所知，王干是非常热爱足球的。这部散文集中的《啊，足球》《足球与作家》就写他对于足球的热爱与思想。热爱足球的人很多，但像王干那样如此热心地组织足球队，自当领队、教练的人并不多。我知道他的那些队员，都是作家和文化人，差不多每战必败。不过，从王干嘴里，给人感觉他的队员个个都可以和马拉多纳抗衡，颇有英雄气概。我知道，这是王干的独有的热情，独有的精神。有时候我会觉得，一个人的思想活力比一个人的思想深度更重要。

从《青春忧郁》的行文中，你能感受到王干的思想活力是和他的才华联系在一起的。我从来不认为，王干向我们提供真理。很多时候，我甚至觉得，他的结论相当可疑，很有争议。但我始终对他批评家的才华予以高度评价。他思想的活力与他的批评才华是很难分开的。正是他的思想活力与才华使他能写出这些漂亮的文章，也使得迄今没人把他的名字从青年评论家的阵容中抹去。也许，久久不能抹去。

还是回到关于“策划”的话题。王干不仅是个出色的评论家，同时还是一个优秀的文学期刊编辑。经他之手，编发了许多在全国很有影响的小说、散文和理论文章。这和他的“策划”能力有着不可分割的关系。今天的时代，更需要有策划能力的编辑。评论家也需要具备“策划”的能力。这正是王干的优势。

人与文渐老

邵明波

自 1979 年 19 岁发表第一篇短篇小说算起，王干从事文学、文化创作与批评，已经 30 年了。30 年间文坛潮来潮去，王干始终“在场”，并坚持“发声”，要说的实在太多。在“王干与里下河文化”座谈会上，有人感叹：说不尽的王干！

那就从我对王干称呼的变化说起吧。

回想和王干的交往，对他的称呼先后有三个：先是喊“王老师”，接着称“干兄”，再有就是最近开始称其“老兄”了。

最早知道王干的名字，还是在 25 年前。那时刚走出校门拿起教鞭，满脑子还都是新时期文学的潮起潮落，免不了被裹挟进去，总想用文字表达些什么，但有些茫然。我的大学老师王惟甦先生指点我：多看看王干的文字吧。

于是，在《文学评论》《读书》等当时的必读刊物上，专心等候署名“王干”的文章出现。在读了若干篇亲近汪曾祺、解析朦胧诗的“王干评论”后，心下暗想，这个王干的文字、文风、文气、文格，是可以拜为老师的，当然连“私淑”都算不上，勉强算是“文字师”吧。

过了若干年，依稀记得是90年代初的一个春天，在一个文学座谈会上和王干不期而遇，握手的一刹那，看见的是一张招牌标志式的青春、灿烂的笑脸。开口喊“王老师”，“久仰”二字却怎么也说不出口了，心里嘀咕：这个王干老师，怎么竟然如此的年轻啊？怪不得写得一手水汽弥漫、鲜活灵动的好文章啊！他能领风骚于“南方文体”，应该的。

又过了若干年，1997年的夏天，我已从北方迁居南京，有次有幸和王老师搭乘同一架麦道飞机，去北京遍访文坛明星大腕，谈图书项目去了。同居京城一周，走遍东西两城，文坛翘楚们的宏观妙论、微言大义，早就忘却了，唯有一件事一直记得：此后悄悄改了称呼：干兄。不是因为年龄，不是因为文人流俗，而是因为北方文化中，朴直、诚信、望厚者为兄。

2000年，干兄重返北京，就职文坛重镇人文社，文学人之外，多了个出版人的身份，愈发的活跃愈发的忙碌了，兄弟们斗酒、品茶、踏青的日子越来越少，交流的次数却越来越频繁，沟通的程度也越来越深入，越来越密切了。于是文坛走势、社会万象、五洲风云，经由电话线形成信息风暴；江南风物，乡野美食，诸如芦蒿、茼蒿、马兰头、菊花脑之类，也在南北二京的谈笑间尽兴享用了。期间一次，干兄回宁小憩，二人找了一家僻巷小店用晚餐，竟然把一条数斤重的野生鳜鱼吃得只剩骨架，回到住处品尝他随身带的上好普洱，畅谈竟至通宵。

今天，在王干从事文学、文化创作30年的时候，我更愿意称他为“干老”，觉得应该为这个圈子里原本有点调侃的称呼正名：王干是配得上“干老”这个称呼的。

王干不再年轻。人们心目中的王干永远有着一幅灿烂的笑容，但在文坛走过 30 年的王干，即将年满 50 岁了。他最杰出的泰州老乡，49 岁进入常委行列，当时还是最年轻的，那么今年正好也满 49 岁的王干，应该是有资格进入“文学常委”圈的人了。

王干的文学“辈分”非常高。19 岁开始发表作品，25 岁成为著名评论家，从 20 世纪 80 年代的旗号林立，到如今的“灌水时代”，可以说王干自始至终地参与了 30 年文学的变迁。王干本身的经历，从某种意义上，也可以说是一部“简化版”的 30 年文学发展史（当然不是“山寨版”）。当我们梳理这段文学史的时候，几乎在每个时间段都能发现王干的身影，看到王干的个人贡献。从朦胧诗、寻根文学、城市文学等概念的阐释，到“新写实”“新状态”等潮流的首先倡导和“美女作家”的发掘，再到后新时期（21 世纪）文学、80 后写作、少年写作与网络写作的推动，可以说王干是“纵横文坛 30 年，常在潮头当先立”，理所当然的“老资格”了。

再有就是王干近年来“转身”文化批评，越来越成熟“老到”了。其中在我们刊物上连载的“泰州文化随笔”系列，对“泰州文化”或者“里下河文化”概念的确立，有相当的影响。其中《泰州是谁的故乡》一文，引发当地主政者和乡亲们的关注。他那篇“五十年内废除简化字”的期许，也是在我们这里首发的，更是引起了海内外华文文化圈的广泛关注、热烈反响，已经成了“海内外写汉字处皆谈百年之痒”的热点话题。

有以上三点建树的人，当然是配得上“干老”这个称呼的。

说到王干创作与里下河文化的关系，如果说王干创作的前 30 年，主要是里下河文化哺育结果的话，那我们祝愿王干后面创作的 30 年，一定对里下河文化的新发展，有更多的丰富，更多的贡献。人们有理由坚信，20 世纪里下河文化的标志性人物是汪曾祺先生，21 世纪的代表性人物，一定是人与文渐老的王干。

在不能逼近的距离外守望

——王干论

葛红兵

一 感伤的唯美的形式主义者及其他

读硕的时候我的一位导师说：王干会成为一个当代文学批评史现象。我的这位导师是一位诗评家，经历过“文革”的沧桑，对世事沉浮有独到的敏锐。我想他说得是有道理的。王干太富于争议性了，在当代文学批评史上，难以找到另一个人像他这样受到如此多的争议又得到如此多的敬意。但是即使是批评他的人也不得不承认他的近乎神秘的悟性。他对文学的理解力几乎是天生的，这似乎可以解释为什么他当初走上文坛是从诗评开始的。80 年代中期他关于朦胧诗的系列论文就是如此。那时他不过是一个二十六七岁的年轻人，然而他却一口气写出了《反思：理性与非理性共生——论朦胧诗的哲学背景》《直觉的苏醒、思维结构的嬗变与调整——论朦胧诗的认知方式》《悲剧：人的失落与人的呼唤——论朦胧诗的理性支柱》等系列论文，涉及朦胧诗的审美特征、语言方式、哲学内涵等方方面面，成了国内研究朦胧诗最系统、最前沿的专家之一，对于一个二十六七岁的青年人来说，他的人生经验也许是不足的，但是他过人的审美悟性，给了他早慧而过敏的灵魂，帮了他的大忙，使他在诗评的领域里显得游刃有余。诗评是最能考验一个人的悟性的，一个人对诗歌语言的领受是他对物质世界的直觉的延伸，他在这个物质的世界里能感受到多少冲动、自由、限制、冒险、悲悯、优美……他就能在别人的诗歌中同样地体悟它们。王干拥有这样的悟性，他选择文学评论不是因为别的，就是因为文学青春、冒险，在限制中能够让他无限地发挥他的悟性。

由此想到他的喜欢打牌。他是一个喜欢冒险、冲动，喜欢智力挑战和自由的人——天知道同一副牌在不同人的手上有多少种不同的打法，可以说它可以给你无限的自由——从这些方面说王干不仅是一个聪明的牌手，而且是一个极富想象力的牌手，可是王干身上的诗评家气息总是帮他的倒忙，对于他来说，打牌过程中“美的仪式”要比“有利的结局”更有吸引力，牌桌上，他是一个感伤的唯美形式主义者，他是那样钟情于打牌的美的形式，一副烂牌在他的手上也会变得宁折不屈，打得从容而富于美感，充满浪漫主义的气韵，有他参加的牌局是绝对不会出现丝毫的颓废主义气息的，因为那个喜欢以行云流水的方式、以理想主义的牌法走向“感伤”的人在场：一种唯美的形式主义的出牌让人感伤，但绝不会使人感到颓废。王干就是这样以一种感伤的唯美主义的形式主义的方式追逐着“美的完成”，生活中的王干总是给人一种“追逐”的印象，就像打牌一样他的这种追逐给人一种“形式主义”强迫症的气息：伤感的唯美。我想，有时候他甚至是不知道自己在追逐什么的：他的“唯美”是苛刻、抽象、难以达到的，他身上那种堂·吉诃德的气息是很浓的。文学评论上的王干也是如此，他说：“我向往一种境界：热烈而欢快，自由而明朗，生动而优美。……文学的真谛越来越难以捉摸，我们时时感到它越来越远，但真谛会像空气一样包围我、笼罩我、侵蚀我、溶化我，我们只能在真谛中死去。”[①]

这使他十余年来一直以一种唯美的眼光追索着文学。对美的“真谛”进行堂·吉诃德式的追踪是他作为一个文学评论家最令人佩服的素质，有一次开玩笑，我说他永远是“青年评论家”，是的，新时期以来几乎每一个文学潮流中都有他的身影，从朦胧诗到后现实主义，从后现代到“新状态”……敏锐的审美触觉、热烈的追踪使他能不断地感受时代的脉搏，及时提出新的概念，给予真切的总结和提示。他不是一个赶潮者，但是，他却具有一种一直站立潮头的力量。这在批评家中是极为难得的。想一想，80 年代出来的批评家们，当初那些指点江山、意气风发的评论家们如今又在哪里？想到他们的缺席（即使“在场”，知识老化、观念僵化也使他们成为“在场的缺席者”），我们就可以理解这种“追踪”的艰难与不易了。做一个永远青春的评论家绝不是一件容易的事情。

二 时间意识·文体意识·理想主义情结

A. 王干的时间意识。也许富于天才的人总是对时间的流逝特别敏感。王干的时间意识是强烈到过敏的。批评家的时间意识和文学史家的时间意识是不一样的。批评家的时间意识更为极端：一种

① 王干．南方的文体 [M]. 广西：云南人民出版社，1994：4.

即时感，他总是试图抓住“此刻”。此刻作为一个时间概念在王干的心中地位太崇高了，他总是害怕“此刻”逝去得太快，总是企图作家们务必珍惜“此刻”，在“此刻”写出有史以来最好的作品。一个文学史家，他对“此刻”总是不屑一顾，他总是要等一种文学现象脱离此刻，成为历史中的“那一刻”的事件才去关照它，这一点我们从王干文章的注解总是用文中注的情况中也可以看出来，王干几乎不用文末注，这不是因为王干的文风问题，而是因为王干的时间意识：他重视的是那个引文对于他这篇文章的即时性意义，而不是那段引文的历史价值——换句话说，在评论方面，王干首先重视的是一个文学作品在“此刻”的意义，其次才是它的历史价值，而一个文学史家则不会如此，如陈平原的论文，他的注解不仅都是用文末注，而且几乎无一例外地要在注解中特别突出其出版时间、版本。但是这不等于说王干没有历史意识，相反他的历史意识也因为这种对“此刻”的重视而显得特别强，他总是将“此刻”和一个更大的时间概念结合起来，使“此刻”显得格外沉重，他总是将作家放在新时期或者更大的宏观历史背景上来加以评论，他的作家论总是笼罩在一种宏阔的历史意识中。王干的这种批评家式的时间意识更突出的例证是他对“世纪末”的过敏。他在有关“新状态”的一系列论文中集中突出了对于世纪末逼近的焦虑——时间就要过去了，而我们的作家还沉浸在过去的成绩里沾沾自喜，“这些日子里，他非但没有能够继续丰富他的世界，反而在无端消耗他所特有的良好的艺术知觉和语言才能，在不断稀释他偶然得来的一点灵性和感悟……”[①] 甚至他的第一本专著的名字就叫《世纪末的突围》，在王干的心中对于世纪末这个时间段有着几乎神经质式的敏感，他是将世纪末当成一种末世来加以体验的，因而在这个时刻他显得特别焦

① 王干．世纪末的突围[M]．合肥：安徽文艺出版社，1991：137．

灼。这种焦虑使他有时对作者的评家近乎苛刻，大有一种恨铁不成钢的感觉，如他对马原……他是那样地看重这些人的文学才华，希望在他们中看到大师的风范，因此他总是掩不住失望的情绪[1]，为他们虚掷“灵性”而扼腕叹息，1989年他预感马原“该搁一搁笔了”[2]（事实是竟然被他言中了）。

前年王干提出“新状态”的理论命题也是基于这一时间意识。“新状态”不仅仅是一个刊物操作策略，它更是一个深度理论命题，这个命题包含四个方面的内涵：一、它是中国当代文学告别“现代性”的努力，“现代性”概念是西方中心主义的，先有“西方”和“西方文学的现代性”，按照西方尺度理解我们的文学是落后的，然后才有“中国”和“中国文学的非现代性”，而新状态文学命题的直接指认是中国当下的现实及超越，因而它是呼唤一种中国本土性的文学。二、它是中国当代文学告别“新时期”的努力，它是中国当代作家告别新时期那种国家、民族、社会等“总体”代言人身份回归纯粹的边缘知识分子角色，它是中国当代文学告别新时期那种堂皇叙事而进入小叙事的宣言。三、它是中国当代文学进入纯粹文学、个体文学的一个理论预想，正如我的朋友姚新勇在一个对话中所说的，“新状态概念不像以往的文学概念那样纯粹只是一个现实呈现和意向指涉概念，还具有结构组织功能，不断寻找新的审美视角，不断寻找新的文学语言，不断寻找新的遗传结构，打破自己，重新组合自己。”[3] 但是他认为从整个小说创作的形式来看，超越意识还没有在更大的范围内成为一种自觉的意识，一些中年作家在结构的模式中捉迷藏。而一些青年作家也缺乏初登文坛时那种灼灼逼人的主

① 参见王干《世纪末的突围》中《先锋的落伍》一章；又可见《王蒙王干对话录》，漓江出版社，1992年版。

② 《世纪末的突围》，第134页。

③ 王干．论超越意识与新时期小说的发展趋势[J]. 小说评论，1988（3）．

动进取气势和无所顾忌的蜕变精神，缺乏一种危机感，缺乏一种自我否定的自觉意识，这不能不引起人们的焦灼。四、小说应该成为“精神的最高综合”，有的时候王干又用“实在的内在”[①]概念来指称这一点。王干在《平面人与精神侏儒》[②]一文中曾经借鉴了米兰·昆德拉的一个提法，讲到小说应该在叙事的基础上动用所有理性的非理性的，叙述的和沉思的，可以解释人的存在的手段，使小说成为“精神的最高综合”，坚持小说作为“精神的最高综合”就是要求作家们坚信文学的反世俗精神、小说的实验性、艺术的创造性，而不是将文学当成小市民的装饰物。综上所述四个方面，我们知道，王干对小说文体的认识已经形成了他极富个性的理论体系，这里有他对历史的借鉴，他人理论的拿来主义，更有来自他自己过人的审美悟性的那一份成果。

在我看来，他之所以在小说作家论方面形成了自己的最强项，其原因正在于此。他对小说的这份天生的悟性使他看作家总是比别人高出一筹，他的许多作家论，如《朱苏进论》，如《苏童意象》（1992年）等虽然时过六七年了，但是就论这些作家而言，其学术水平至今依然没有人能够超过，那依然是论这些作家最到位的可以代表当代作家论写作成绩的学术篇什。

B.王干的文体意识。一、小说必须是灵性的，一种情感的质地，而不是道德的、宣教的。在《融入幻境》一文中，他首先引用了卡西尔的一段话：“如果神话以及一种不同的方式感知世界，它就不能以其独特的方式对之做出判断和解释，必须追溯到这种更深的感知层，以便理解神话的感知特性。”然后，他说：“同样，我们研究评析作家作品的时候，就必须把握‘这种更深的感知层’，而‘感

① 《南方的文体》，第196页。
② 《作家》，1994年第1期。

知层'更多地依赖于情感的同一性，而不是依赖于逻辑的法则。……它是一个作家各方面的素养与潜能而成的一条内在的脉络，它是一个作家的精神的内运河，负载着他的生活经历和人生体验、艺术阅历、预言习惯、审美趣味，但它的终端并不是一个实在的理念世界与道德模式，它是诗的、阳光的、空气的，总之是不可捉摸的、不可人为构造的一种情感质地。"[①] 二、小说必须体现人格的力量，是对人性的张扬和肯定，人文与本文统一的意识。王干说"现代生活里面，很多的作家往往只是作家，还有些作家小于他们的作品，人与文的统一和人与文的分裂都是很正常的。我是笃信人格力量总会投影到作品中发挥效应的（这一点很古典，很落伍），人本大于文本"。[②] 三、超越意识。"他认为中国文学必须具有超越历史和现实的勇气，向纵深和广阔的领地进军"，所谓超越意识即充分张扬个性，充分发挥主观灵动性和自由性，表现为艺术表现手段的不断蜕变、不断更新的批评范式的日渐成型，他将二者有机地个性地结合起来的条件终于具备了。在这方面他是有意识的，他正在有意识地建构一种批评上的独特的文体：南方的文体，这是他的一个明确的追求。这标志着他独特的批评风格的形成。

对于批评上的南方文体，他如是说：

南方文体是一种作家的文体，是一种与河流和湖泊相对应的文体，它的流动，它的飘逸，它的轻灵，它的敏捷，并不能代替北方文体的严峻、凝重、结实、朴素。北方文体是学者的文体，这是与山峰和长城密切相关的文体，在文学理论和批评的领域里，北方文体始终占据中心和主导地位，而不像南方文体处于边缘的、被遮蔽的状态；北方文体追求立论和结论，而南方文体更注重过

① 《文艺争鸣》，1993 年第 6 期。

② 同上文。

程的状态；北方文体相信公共原则，而南方文体则倾向于人化的语体。……但是南方文体显然是一种新鲜的文体，是一种需要发展、需要补充的文体，它的热情、它的稚嫩都充满着一种青春的光彩，而北方文体的成熟、老到都是一种中年的象征。

C. 王干的理想主义情结。对于文学，王干在很大程度上是一个理想主义者。他在时间体验方面的焦灼感使他总是不能对现存的文学状况完全满意，他总是希望看到“大师”“大手笔”，他长期从事编辑工作训练出来的文学星探的本能促使他到处寻找“更好”和“最好”，当他在现实中找不到的时候，他就只能寄希望于“理想”了。1993 年他发在《文论报》（8 月 12 日）上的一篇题目为《孤岛·非卖品·乌托邦》的文章就是在这样一种“理想主义”意识支配下产生的。在这篇文章中要求文学家们既不要沉湎于对逝水年华的追忆和感叹，也不要为现实的世俗的特别是经济的障碍所迷惑，而坚守文学这个“孤岛”，他呼吁生活于这一孤岛上的人们要首先有一种顶住的意识，要顶住孤独寂寞，要顶住金钱和其他诱惑，甚至顶住死亡的考验。他说“顶住”是一种必需的姿势，一种心理。进而他甚至提出了一种“非卖品的文学”的建议，并探讨了“重返‘乌托邦’的可能”。在 1993 年那种人人争下海的情势之下，写这样的文章的人不是一个理想主义者又是什么呢？恐怕这一点连他自己也意识到了，在常熟一个全国性的文学会议上，他的这一提法有些修正“后乌托邦”，他说有感于严肃文学的困境和第三世界知识分子的精神焦虑，特点是面对大众消费文化的冲击，如何采用新的策略来维护文学的价值尊严，来对抗世俗情调对知识分子精神的亵渎，便有了“后乌托邦”这张盾牌，所谓“后乌托邦”是在承认对传统乌托邦幻想和神话的消解的前提下，进行新的超越的尝试，是对旧的乌托邦理想主义价值的批判，也是它的复兴和承继，一种借助于语言和信仰获得的诗意，一种对外在世界的新的解释和理解。不管王干的阐释如何，其中的理想主义色彩终究是抹不掉的。

二 呼唤的姿势与南方的文体

王干的批评文字有的时候看起来似乎有两幅笔墨。有的时候他的文字特别讲究诗意和美感，是一种诗意的再生与重塑，这时他是用一种特别感性的方式来写作他的评论的，这个时候他是一个感悟型批判家（如前文提到的《苏童意象》）。而另一些时候，他的文字又特别理性，使用一种严格的理论词汇来写作，这个时候他是一个学者型批判家（如他关于朱苏进的评论文章），他对中外文学史、文艺理论史的系统了解，对现代西方哲学，以及后现代文化理论的了解，使他的文风有时有些学院气。但是随着他批评工作的日渐深入，随着他个人性能的预设概念，我在一个对话中也讲过，“新状态”概念不仅问“文学怎样在”同时涉及“文学可能在”的问题，“新状态”概念之最重处在于它是一个“优美的世纪末”告别仪式，同时也是对新世纪来临的迎接式——这里蕴含着一种怎样的时间意识是不言而喻的。从这个意义上讲，王干及他的合作者在“新状态”这一理论问题上的作为是悲剧性的，王干一向不相信理论的所谓“指导”意义，相反他反对那种将自己打扮成上帝“宣喻真理”试图引领读者走向一个唯一的神祇的写作者理论家[1]，但是在这一问题

---

① 《南方的文体》，第344页；又可见该书第192页：“今后文学的发展，不可能按照既定的蓝图去实施……艺术运动从来不会依照人们的意志去规矩地发展。”

上，他却主动地跳向了这个“指导”的布满百合的深渊，原因很简单，王干心中有一个“世纪末”的强烈的时间概念。他的世纪末意识太强了，以至于他不能对我们这个时代的文学状况只是保持一个追踪的形象而不出现一个引领的姿态了，甚至违反他的理论信念，甚至明知这是一个陷阱他也要义无反顾地走去。就此我不得不说，“新状态”作为王干一次重要的理论努力是悲剧性的。因为一个批评家具有如此的时间意识是无可厚非的，这是批评家的宿命之一，任何批评家无论他怎样优秀都无法反抗这一宿命，甚至可以说做一个批评家就意味着自觉地接受这一宿命，它可以认为是一个出色的批评家的前提。

但是这并不影响王干作为一个批评家在理论上的预见性。1988年他在与王蒙的一个对话中指出“现实主义经历了创立、分化、瓦解的几个阶段”，做出“现实主义在今天的文学生活里实际已经消失”的断言，同时预见性地提出了“后现实主义”的概念，概括出后现实主义“消解典型”“还原生活”“从零度开始写作”“读者作者共同操作”等特征，这些都为后来“先锋派”的崛起、“新写实”的风行所证实，再比如1989年他使用的“第三代作家”的概念也是如此。上文已经提到的“新状态”概念也是如此，尽管这个概念在整体上存在这样或者那样的缺陷，但是它的若干理论命题（如个体化等）还是被今天已经成为文坛主力的“晚生代”小说家的创作所证实，晚生代小说家创作中越来越明显的非道德、非英雄、非意识形态、非“作家”（反堂皇叙事、反宣教型叙事人）、非构造倾向都与“新状态”理论的一些提法不谋而合：这恐怕就是理论的预见力量吧。

王干不仅拥有创造性地提出文学审美的时代新命题，用他个人化的创新概念指涉不断发展的文学精神的力量而成为新时期文学潮动的最出色的梳理者之一。作为一个批评家，他更出色的地方还在于他拥有自成一家之说的小说文体理论体系。当然，他首先是个批评家而不是理论家，因而他的小说文体理论不是用专论的形式写出来的，而是融合在他的批评论文中的。

王干渴求唯美、珍视感悟，但是他同时也是一个注重自由、讲究灵性的人。他承认“真谛”的存在，同时又“要求摆脱被上帝领导、控制的奴隶意识，从而真正成为世界的主人”。[①] 他是那种不愿“拉着真谛的手向它请安、向它道歉、向它忏悔”的人，因而在批评的领域里，他一贯反对那种高高在上的宣教型批评，反对那种艰涩枯槁的导师型批评，反对那种虚伪做作的道德型批评，反对那种意识形态化的哨兵型批评，他总是以一种平等的姿态对待他的批评对象，用一种平和的诗意的语言阐述他心中的体验之流，因而他的批评文风是优美诗意却又平和中肯的。即使有时不免苛刻却也总是让人心服口服。他从不摆出一副道德主义的面孔训诫别人，从不装出一副牧师的样子“超度”别人，他的评论完全是从他对作品的审美的体验出发的，而不是从一个外在的什么概念、什么精神、什么利害出发的，所以他也容易导致这样或那样的误解。但是，一条美的悟性之流总是在他的文章中哗哗地流淌着，只要是从这一河流中淌出来的文字，即使有时是酸涩的刺耳的也总是因为它的启发性而终会得到人们的认同。

（载 1998 年《南方文坛》）

① 王干．底盘陷落之后游戏继续进行 [J]. 山花，1990（12）．

明亮短暂的符号火焰

——读王干《赵薇的大眼睛》

祝　勇

当代批评家中，很少有人能像王干那样敏锐、冷峻和深刻。他不仅在纯文学领域指点江山，而且当代诸多复杂的社会文化现象，都成为他解剖室里的标本。他试图透过某些复杂的检测程序，搜寻根植于那些杂芜纷乱的文化肌体深处的精神基因，为各种各样的肉体版本寻找它们的文化依据。

《赵薇的大眼睛》（江苏教育出版社 2005 年版）是这位批评家一部关于 20 世纪 90 年代以来大众文化的书，在这本书中，许多正襟危坐的正牌作家、深奥难解的文学术语和名目繁多的团体流派让位于司空见惯的文化符号：小燕子、无厘头、春节晚会、美女作家……王干将后者命名为"新世俗文化"（第 17 页）。"新世俗文化"很少进入严肃文学的观察视域，尽管文学家们同样离不开"春晚"，而且每次都会奉献上若干精辟的谩骂，但那些显然并非严格意义上的评论，作为一种"垃圾文化"或曰"快餐文化"，它们显然没有资格接受评论家们的礼遇，而最多只能停留在街谈巷议的范围内。对文学界而言，尽管小燕子的大眼睛无孔不入，但它们实际上并不存在，这一点，就像广大群众对纯文学话语视而不见、充耳不闻一样。人民群众并不需要接受再教育，他们需要的只是娱乐和消费。这是一种深刻的隔膜，这一隔膜揭示了两种文化形态间的对立与敌视。

王干的不同之处首先在于他观察领域的扩大。实际上，任何文化符号，哪怕一张小小的名片，都可以被认作文化的载体，都将透露出文化的信息。各种现代欲望分别寻找着它们的代言者，而这所有的符号，又反过来引诱着人们的欲望。它们通常在经过作家的整合之后，出现在诸多经典或者不经典的文本中，而王干在这里则省略了这道手续，他对这些原始符号进行直接观察、整理、分类、解析，从中发掘这个时代的集体无意识。他透过那些明亮短暂的符号的火焰，看到了当代人类的欢乐与孤寂。

仅就春节晚会而言，王干认为：“春节联欢晚会是一个时代文化精神的承接之器，这个巨大器皿里翻滚着浩大的泡沫，但我们拨开这些繁杂的泡沫，便会发现这个巨大器皿中的沉淀物是如此平庸、如此单调，涮来涮去只是那么一点点可怜的文化和欲望。”（《盛满平庸的地方》，见《赵薇的大眼睛》，第 15 页）他不仅对“春晚”做出文化学诠释，而且发现了它内部的天然悖论：“‘联’是政治性的、群众性的要求，‘欢’才是晚会的本质。如果春节晚会‘联’而不‘欢’，就会变成宣传教育的第二课堂。近年来人们对春节晚会的不满，更多的是冲着‘欢’来的，这种‘欢’不只是在喜庆和吉祥方面，还在于表达他们愿望和欲望方面。快乐不只是来自表面的搞笑，还在于内心的自由和人的解放，而后者正是文化拼盘这一审美形式所匮乏的。文化拼盘采用的是后现代的拼贴方式，而拼贴本身是以牺牲强烈个性来求得平衡的，被拼贴的事物只能依照一种平面化的模式组合到一起。而它盛放的只能是平和、平凡、平庸的内容，极端的、个性化的节目必然会被削去或磨去棱角。”（同上）“春晚”实际上透露了“新世俗文化”的困境：它以取悦大众为目的，而大众是由多元的、纷杂的个体构成的，他们的文化需求充满个性，而求取“最大公约数”，只能使“新世俗文化”沦为没有价值的垃圾。

王干透过这些变幻莫测的文化泡沫，看到了当代人类文化家园的迷失。文化在欲望的勾引下正一步步背离它的本质。叙事，正在这个时代里消失。无厘头、综艺节目、伪悲剧，均是这些“非叙事”的主打形式，它们以赚取观众的笑和泪为目的，但这些笑声与泪水皆来路不明，它们与人们的内心处境无关，没有逻辑性，只是一种即兴式的身体下意识。长期从事小说研究的王干，对于“新世俗文化”这种“非叙事”“反小说”倾向，显然有着敏锐的触觉。文学的精致、巧妙与逻辑性，反衬了“新世俗文化”的逻辑混乱、粗鄙不堪。后者与这个泥沙俱下的时代相勾结，占据了文化传播的有利地形。王干把这个时代称为“微软时代”——“微”，意味着“小”，它不可能大话语，创造大奇迹，中心话语不复存在，宏大叙事已被解构，“90 年代市场经济、商业社会对意识形态的隐形终结，男性话语需到文学以外的领域来运行宏大叙事了，政治、经济、科技成了新的神话，法学也有宏大叙事的可能”（《女人为什么写作》，同上书，第 141、142 页），而文化领域，则只能从一些分散的、微不足道的话题中，使人们获得一时的满足；“软”，则意味着软弱、涣散、柔媚、女性化。总之，当文化成为消费品的时候，它显然会令一部分理想主义者失望，它们为大众营造了浮浅的梦境，在时尚的名义下，它用一种虚假生活的范本引诱大众，而它的非逻辑性将使这些所谓的范本无法复制到真实的生活中。

我们可以把对于“新世俗文化”的观察，视作王干对于纯文学研究的一个补充，两者具有某种互文性，从被文学所不齿和忽略的现象中，我们可以发现当下人们真实的精神处境。“新世俗文化”并不高明，但它们重要，因为它让我们认识到我们自己是多么容易沉迷于文化的蒙蔽与欺骗。

2005 年 8 月 16 日

（载 2005 年 11 月 22 日《北京日报》）

“相对主义”的大眼睛

——评王干《赵薇的大眼睛》

颜炼军

90 年代以来，大众文化的泡沫大面积地渗透到了我们的日常生活中，以迅雷不及掩耳之势了占领了空白的时代信仰空间，为理想主义幻灭后的时代心理失落补充了一种亚信仰形态。而在随即而来的全球化和市场经济的“鼓励”下，大众文化变得无孔不入，它不再只是暂时的信仰填料，而已经以一种低空飞行的态势和我们的日常生活联系到了一起，影响着社会生活的构成逻辑，左右着我们想象和言说生活与世界的方式。

由于市场上升为时代的遥控器，我们对“文化”一词的意义边界也有了不自觉的重新规划，影视、时尚、消费、足球、网络等一度为精英知识分子排斥的文化现象，也进入了“文化”研究的范畴，成为精英论坛的关键词之一。因为由时代变迁而来的社会和自我认知方式的改变，马克思以来的文化研究传统经过西方马克思主义各支系的发扬光大之后，以其庞大的解释力和包容力，成了当下的显学。马克思开创的文化批判传统和知识分子自身的社会批判意识相吻合，经过阿多诺、本雅明、福柯等几代知识分子的努力，为文化研究奠定了稳定的态度：批判。但是，在大众文化日益发达的今天，这种批判自身的话语惰性带来的弊端也显现出来，许多精英批判沉浸在批判话语狂欢带来的愉悦之中，散失的自省意识，遗忘了批判的目的和对象，从而陷入百劝一讽的境地。

著名评论家王干的新著《赵薇的大眼睛》以漫话的方式和本土化的视角，避开了许多大而无当的“文化”问题，择取了明星、电影、武侠、足球、电视、麻将、女性等当代最为典型的文化意象，在诸多文化交接点上作了细入肌理的评析，显示了一种独到的眼光和雍容的气度。作者好像相信真理的破碎性，所以无意于构建庞大的理论体系，只着力于具体现象的点睛式批评，让世相万花筒背后隐蔽的文化逻辑和意识形态之手在慢条斯理的点评中自我展现：比如，通过把“小燕子”赵薇作为一种文化符号与奥黛丽·赫本放在一起讨论，作者看到了赵薇受欢迎背后的深层文化因素；在张信哲的歌声和东方不败的绣花针背后，作者看到了当代文化中对审美“中性化”的认同趋向；以张艺谋为例，分析了电影和小说之间的关系，批评了张电影中的“人妖”文化。还有对许多社会现象，比如“第三者”、婚外恋、春节联欢晚会等的别致的分析，显示作者细致入微的社会观察和生活体悟能力。

但读者也将会看到，作者文中显示的声音和态度不是一种简单的批判，而似乎有一种分裂的态度：作者生于 60 年代初期，他不像 80 年代出生的一代，能融入大众文化带来的喜怒哀乐之中去；但作为批评家、社会的观察者和批判者，他对大众文化又有深入的观察和了解。这种分裂给作者搭建了一个特殊的观察平台：大众文化对作者近在咫尺，同时又置身度外，作者可以在贝克汉姆的发型和县委书记的帽子之间找到相同的特质；可以跳出足球迷的激情来观察世界杯后面的意识形态空间；既可以作为一个大众文化游戏的参与者，但由于作者社会身份和生活阅历，使得他能够马上产生警醒，然后从中逃出，去做一个观察者和品评者。这种来回穿梭使得本书记充满了一个批评家对社会的深刻观察，也体现了我们研究大众文化时的共同迷惑：我们在探清大众文化产生的过程之后，要做什么？是参与到其生产和消费的快乐中，还是把对它们的批判作为我们理论欢乐的注脚？王干肯定领悟到了这种迷惑，所以，他以灵动的碎片解读大众文化经验，用商量的语气和读者达成对话共识；还以“赵薇的大眼睛”为书名，赋予她相对主义的神色，和我们相互观望。相对主义成了我们这个时代的真理，它不是骑墙取巧，而是为我们在这个复杂的时代里寻找恰当的视角提供了适当高度的台阶。这是王干新著潜藏的意图，还是我们可以读到的呢？请读者诸君明鉴。

中国女性主义文学的反思

——论王干的女性主义文学批评

王澄霞

摘要：王干的女性主义文学批评体现出他的学术锐气和霸气，这主要表现在他对中国女性主义文学症结的剖析切中肯綮：中国女性文学日渐沦为女性的“性文学”，女性文学“性”化了，这是近20多年间中国社会迅速蔓延的性放纵倾向和“一切商品化”倾向的双重作用的结果。因此，中国的女性主义文学从一开始就带着先天不足，从而也注定了在这个一切商品化的消费时代和情色年代中，女性文学在自以为找到出路的同时必然走到了它的末路。王干论文注重思想的原创性，语言鲜活，文本富有阅读亲和力。

关键词：王干　女性主义文学批评　学术锐气　原创性　阅读亲和力

当代著名文艺批评家王干不止一次强调“我不是一个女性文学的研究者”，但是，在他的《话说“小女人散文”》《女性主义与个人化写作——王干 / 戴锦华对话》《女人为什么写作》《花非花人是人小说是小说——与铁凝对话〈笨花〉》《盛世晚熟的一代》等有数的几篇女性主义文学批评文论，却充分体现出王干对中国女性文学洞若观火。这些文论的亮点并非在于对女性写作的适度肯定，而在于对当代中国女性文学创作症结的剖析一针见血切中肯綮。王干论从己出，讲求批评的原创性，语言鲜活，文本富有阅读亲和力，体现出他学术批评的锐气和霸气。“王干文学批评一个显著的特点就是活，语言活，观点活，文本活。”这些特点都能在王干的女性主义批评文论中得到清晰体现。

在 20 世纪 90 年代之前，中国大陆可以说还没有严格意义上的女性文学，没有哪一位作家或哪一部作品以女性主义的独特视角来观察社会现实，以女性的社会生存状态为特有的表现对象。90 年代以后，一部分女性作家开始涉足这一领域，并且在特定的历史条件下迅速升温，呈现出一种病态的繁荣。所谓“病态”，指的是这一时期的女性作家及其作品，从一开始就无暇他顾，急不可耐地突入女性自身的性活动这一私密空间，在自己的身体上寻求写作灵感和写作资源。十多年来，其写作视点日益下移，“性趣”日渐浓烈，以致深陷于自己的两腿之间不能自拔。这就注定了这一时期的中国女性文学在其短暂的病态繁荣之后，必然迅速走向衰落。这一特殊的文学景观非常值得反思。

一

中国 20 世纪末再度兴起的“私生活写作”可以看作是这场女性文学潮流的先声。继号称“当代中国人情感口述实录”——女记者安顿的《绝对隐私》一书之后,《单身隐私》《女性白领隐私》《男性白领隐私》等纷纷登场。与清末民初的隐私文学不同的是,这轮隐私文学不去搜罗政坛权谋、官场黑幕等社会现象,而专在女性、单身女性、女人之“性”等方面做文章。这类作品印数动辄几十万,它们的旺销和流行,预示着一个以披露个人隐私尤其是女性隐私的文学风气正在形成。

几乎与此同时,另一批女作家则对于披露别人情感隐私的“纪实类”文学全无兴趣,干脆直截了当地以自身的“性”隐私为写作内容。这一时期的代表人物当推女作家陈染,她的《无处告别》《与往事干杯》等作品,开了近十年女性文学新潮、“私人化写作”之滥觞。特别是她的长篇代表作《私人生活》(1996年),用女性独特的个人话语来描绘女性私人化的生存体验,大胆表现了女性的性欲望、性行为,以及性活动中的躯体感受,体现出女性生命体验中极为偏执的迷狂色彩。作者自称小说颠覆并消解了男权文化传统中女性性客体的角色定位,赋予女性以主动者、征服者的性主体姿态驾驭男女间的性爱关系,体现出强烈鲜明的女性主体意识。但《私人生活》中其实同时还残存着连陈染本人都未必有明确认识的、她灵魂深处男权意识的清晰烙印。小说中的“我”及陈染本人,都反复地强调了对“父亲般”的男人的迷恋渴望及终不可得的惆怅和遗憾:“我迷恋父亲般的拥有足够力量的思想和能力‘覆盖’我的男人,这几乎是到目前为止我生命中一个最致命的残缺。”所以,小说中的年轻男人小尹尽管也是“我”真正与之相爱过的男人,但他只是一般意义上的情爱对象,“我”更迷恋、更执着追寻的异性则是从年龄、学养到能力和成就都堪称“父亲般”的男人,这样的男人才足以成为“我”这样的年轻女子的精神导师和物质依靠,为“我”提供情感、生活的最终归宿。有着强烈女性主体意识的“我”(及陈染本人）正是对这样的男性表现出一种永恒的精神上的追慕和思恋。究其实质，这仍是男权传统下女性依附意识的一种表现。正如她在短篇小说《麦穗女与守寡人》中所说的那样："无论在哪儿，我都已经是失去笼子的囚徒了。"所以，我们不能不看到，陈染这样一位有着使命意识、立誓与主流话语与男权意识相抗衡的女作家，她竭力张扬的女性意识仍然带着作为男性"囚徒"的第二性特征，依然打上了男权意识的鲜明印记。

与陈染相比，林白的小说更多地展示了女性感性世界的丰富与美丽，她的代表作《一个人的战争》(1997年）写女性个人的成长经历。女主人公多米在性意识的成熟过程中不断遭到男性世界的打击与伤害，最终转向了自恋，如小说题记中所言："一个人的战争意味着一个巴掌自己拍自己，一面墙自己挡自己，一朵花自己毁灭自己。一个人的战争意味着一个女人自己嫁给自己。"作品用非中心化的零散、片段式的叙事方式，表现女性个体与外部社会环境的强烈对峙，刻画女性对自身肉体的感受与迷恋。

正如王干所言，以陈染、林白、海男为代表的女性文学创作的意义是在"文学上凸显女性的性别"；"她们，以一种独特的方式解构着'他们'，解构着几千年来由男性一直统治着的文坛，动摇了几千年来男性在文坛上的霸主地位。"于是乎，对个体性经验不遗余力的细致铺陈，成了女性文学作品的主要表现内容。从大量的内心独白、精神迷思、顾影自怜、揽镜自慰、躯体的性生理性心理感受，乃至诸如月经等纯粹为女性才有的生理性征等，一并成为女性作家自认为有别于男性书写的招牌和特色，在她们的小说创作中被加以极度渲染和大肆张扬。

即使像张抗抗、铁凝、池莉等以探讨新时期女性社会角色转变见长的资深女作家，在上述这股描写性事的文学热浪面前，居然也来赶了一回热闹，如张抗抗 2000 年的长篇小说《情爱画廊》，用自然主义手法呈现男女主人公过量的、过度的性事活动，津津乐道地描写他们于其间是如何的迷醉和满足；以至于后来作者近乎技穷，只能频频以“他们在床上又度过了 × 天 × 夜”的句子相敷衍。铁凝《大浴女》（2001 年）从题目到内容无疑也与女“性”文学的浪潮多有合拍，书中对母女两代人各自的性爱活动描写得极其充分。而一向以描写市民生活见长的女作家池莉，竟也赫然以“有了快感你就喊”这样“性趣”十足的句子，作为她 2003 年推出的一部长篇小说的书名，而小说的内容与标题其实毫无瓜葛。如此一来也就更显出作者的庸俗无聊，故意用如此充满刺激性的书名来误导读者，简直是不折不扣的商业营销策略。但池莉还要此地无银三百两，为自己辩解：“这是一句充满阳刚之气的格言。是男人们所追求的精神状态……这句格言非常上口，刺激性强，爆发力强。做这部男性小说的题目，再合适不过了！太好了！唯一的希望不要被狭隘的理解和被庸俗者望文生义，以为‘快感’是猥亵之词语，上帝保佑！”不知能体察出女作家这份“良苦用心”的读者得有几人？不知如池莉本人那般对“快感”“有了快感你就喊”之类能持宽广理解的读者得有几人？因最早写作知青题材长篇小说而为人所知的竹林，她 1998 年出版的长篇小说《女巫》，简直可谓是部“性事大全”，夫妻之爱、情人之爱、兄妹乱伦、父女乱伦、公媳乱伦、人兽交媾……现实世界的丰富多彩、广阔深厚，竟然全被光怪陆离的性描写取代，或者说作者眼中的现实生活就是如此，这位女作家视界之褊狭之病态，也实在到了令人瞠目结舌的地步。

继陈染、林白之后，在私人化写作一途上越走越远的当数卫慧（代表作《上海宝贝》，1999 年）、棉棉（代表作《糖》，2000 年）、九丹（代表作《乌鸦》，2001 年）及木子美（代表作《遗情书》，

2003 年）等。检视一下这一路发展而来的女性文学的代表作家及其代表作品，可以清楚地梳理出不同女性作家笔下性事描写的不同特点和它的不同功用。以陈染代表作《私人生活》为例，抽去充斥文本中的女性自恋、同性恋和诱奸情节，其作品已无多少主干内容，甚至不能再称之为长篇。但是陈染、林白笔下所呈现的毕竟还是女性性生活中的一般情形，作者的性观念与性行为还不太出轨。这一状况到了卫慧、棉棉那儿已经发生改变。在这些所谓“美女作家”笔下，性隐私的描写已经不仅是作者刻意为之，而且完全失却了分寸——女性的性放荡、性放纵已是她们小说展示的主要内容，作者对此还津津乐道、沾沾自喜。但卫慧、棉棉到底还不忘给这等放纵浪荡的内容蒙上一层“爱”的遮羞布，她们还没有或者说她们还不敢把这层遮羞布彻底丢掉。所以卫慧的《上海宝贝》中，一方面充分展示女主人公的放荡成性，“过客”般众多的性伙伴，耽溺于西洋物质（包括西方男人）的消费：进口名牌商品，咖啡与红酒情调，白种人粗壮的肉体和他们“大得吓人的器官”；另一方面却又要蹩脚而可笑地虚构出这个女人如圣母殉道般与一个名叫天天的性无能大男孩生死相依的真挚爱情，为她与其他男友们的性放纵遮羞。当然，卫慧笔下的这位“上海宝贝”毕竟还没有丧失最后的道德底线，在理性占据上风的时候对心地纯良的男朋友满怀愧疚之感：“我不习惯对着天天那双黑白分明的眼睛说谎”“我觉得一种异常的歉疚”……小说最后并以“我是谁”的自我质问，表达了在浮躁喧嚣的世界里内心难以形容的空虚和绝望，暗示一种自我反省、自我拯救的开始。棉棉的《糖》主要渲染都市女“愤青”的颓废生活——“生活以最快的速度向着黑暗滑去”，同时对混合着肉欲、刺激和梦魇的现实毕竟还表示了厌倦和抗拒，尽管这种抗拒的情绪并没有强烈到痛心疾首、一刀两断的地步。

而到了 2001 年出版的小说《乌鸦》中，作者九丹以一个女性的视角，揭示了从妓女性残酷而又真实的一面，与此前古今中外男性作家大量妓女题材的小说相比，《乌鸦》一书撕开了妓女世界的黑幕，的确具有震撼人心的效果。问题是，《乌鸦》中这点稍可提及的长处，随即就被作者津津乐道、全力铺陈的妓女生涯中放纵无度的各种性事描写覆盖和淹没，而且作者对具体性活动的描写已经没有任何节制，找遍《乌鸦》全书已难觅爱的踪影。这固然与小说主人公特定的妓女身份有关，娼妓生活中找不到爱也无爱可言。所以说《乌鸦》一书是有性无爱，爱已经被彻底逐出了文学的伊甸园。对此九丹却显得若无其事：“性是现实生活的一部分，我无法回避。”《乌鸦》一书的编者、出版者也认同这一观点：“作品较多地涉及性。但在作家笔下，它是这群女子谋生的一种手段，如同穿衣吃饭，是生活的一部分，无所谓淫秽、罪恶抑或纯洁崇高。而在以金钱为上帝的现代男权社会中，性还是女人战胜对手，赢得男人的必要武器。”按此推论，卖淫原来还是女性争取自身所需的一种行之有效的正当手段，如此荒谬的逻辑岂不是让人哭笑不得！

但《乌鸦》的作者九丹始终没有从正面肯定“只要性，不要爱”，她笔下的“小龙女们”似乎还为找不到完整的、未被玷污的爱而伤心哭泣，尽管这种哭泣带着“竖牌坊”的嫌疑。赤裸裸地宣称“没有爱，只要性”的是 2003 年出现的浪气袭人的木子美及其同样浪气的《遗情书》。这部作品的特点是公开炫耀自己的性纵欲、性滥交，对性活动的展示已没有任何道德底线可言。正如木子美本人所言：“不怕出名不怕壮”，只要能出名，只要能赚钱，无论怎么卖自己都可以。木子美乐于也善于卖自己，“还在大学三年级，我就经常为了能冲个舒服的热水澡而在一个男人家里过夜。我用了很多他的煤气，还穿上他的睡衣吃他做的饭，还一夜三次做爱，还不需要跟他恋爱，幸福死了”。现实生活中的木子美仅仅为了能洗上一次热水澡就可以出卖肉体，然后再把她在现实生活中如何一次次地出卖肉体赚取利益的行为向媒体、向读者再重新贩卖一遍，在双重贩卖中一夜成名，名利双收。木子美现象充分体现出一部分女性以“卖”谋生、以“卖”为荣、以“卖”制造传媒热点的娼妓情结。从这点上说，《遗情书》确实可以称得上是前无古人，就连陈染、卫慧、九丹这些“性坛”上的大师姐们大约也要自叹弗如。

2003 年旅英女作家虹影的《英国情人》（又名《K》）其实是一个再简单不过的偷情故事，而且很有影射现代文学史上真人的嫌疑。由于虹影在女主人公身上极尽笔墨渲染中国隐秘的道家养生功——房中术，并把它与鸦片（西方社会传过来的东西），以及中国的妻妾风习等都标榜为中国文化，因而被某些论者吹捧成了“情色小说”为表、“中西方文化冲突”为质的名篇佳作。

中国当代女性写作日渐颓靡，从陈染、林白到卫慧、棉棉、木子美，再到当下的网络写手“流氓燕”“芙蓉姐姐”之辈，从灵与肉皆脱而卖之，以至于无可再脱，无可再卖。但是再怎么说，她们卖的还是她们自己，她们还没有假借别人的名义，剥卖别人的身体与灵魂，也还没有假借历史史实、别人隐私，假借写实文学的名义作为自己作品的卖点；更没有把自己抖弄的那点东西称之为中国文化、东方文化，以所谓“东西方文化的碰撞”标榜。如此看来，“流氓燕”之辈倒还比虹影坦诚、直率，与虹影相比，“流氓燕”等人自己承认是流氓，倒显得过于自谦自贱了。

针对上述这类现象，王干先生有非常精到的描述和分析：

实际上，“私生活写作”“身体写作”，有一个最大的特点就是在过度使用女性本身的资源。这种资源的使用有好处，能够在文学上凸显女性的性别，但是缺点也很明显，在反对男权话语之中心的同时，它也因循了男权话语中心的逻辑。在女性话语充分展示优美、多情，甚至妖艳的时候，也充分暴露了女性的脆弱、过于敏感，甚至病态。当然，文学不能奢求完美，但是女性话语到了 90 年代后期，《上海宝贝》之后，彻底蜕变成了商业话语，女性写作也心甘情愿地站在了被看的位置，此前女性写作的思想解放意义也被展露女性特殊生活方式的功能所取代。

20 世纪最后这十几年间中国女性文学堕落之快，实在是世所罕见。

二

由此可以见出，20 世纪中国女性文学主潮的最主要特征是女性文学日渐变成了女性的“性文学”，女性文学“性”化了，其发展趋势是性事日见其多，文学日见其少；性趣日见其浓，而品位却日见其下，这就让人不得不问：十几年间中国女性文学为何出现这种走势？

王干的《女人为什么写作》一文就精准分析了造成女性文学“性趣”十足乃至性描写泛滥的最根本原因：近 20 年间中国社会迅速蔓延的性放纵倾向和“一切商品化”倾向的双重作用，是造成中国女性文学“性趣”十足乃至性描写泛滥的最根本原因。中国女性文学生不逢时，它诞生在整个社会日益商业化时期，诞生在“一切向钱看”的利己主义时代。经济大潮滚滚而来席卷一切，所到之处很少遇到抵抗，也很少有事物对此具备抵抗能力。商业化时代的特点就是一切都可转化为商品，一切都迫不及待地转化为商品，譬如地位、学历、人际关系、人格乃至人自身等，都被日益商业化、商品化。在这样的时代背景下，对于一部分女性群体而言，她们身上的性元素就是女性个体最具商业优势的唯一资本，于是，对自身性资本的有效运用就成为这些女性获利的捷径。所以，王干实在忍不住要追问：女人为什么写作？

卫慧的《上海宝贝》里只不过写女主人公与洋人私通鬼混，而《乌鸦》里女主人公坦然地向洋人卖身收取美金。……九丹的出现，说明女性文学已发展到赤裸裸的地步，当卫慧对“身体写作”还颇有微词，“下半身写作”这自以为耸人听闻时，九丹的《乌鸦》撕开了最后一块遮羞布，让女性写作的要害和痛点暴露无遗。

……

我在感叹我们社会越来越女性化、越来越阴性化的同时，却忽然发现，所有的女性，以及围绕女性展开的活动其实都是在按照男性的法则运转，也就是取悦男性的。文学也不例外。这是我写作本文到最后不敢直面的问题！女人为什么写作？所有女作家都会说为自己。可实质上为谁呢？

我不愿将她们推入“菲勒斯中心主义”无边无际的黑暗之中。

其实，近 20 多年来，以男性为中心的这个男权社会和商业时代已经以各种方式与借口，把女人们一步步剥个精光了。这种“剥光”可以从各个层面上得到显现。

女性“被剥”最原始、最直接的方式首推“卖淫”。20 世纪 70 年代末，也就是改革开放以来，人民生活水平大幅度提高，道德环境也不再那么严厉，一度绝迹的“卖淫”业悄然兴起，色情行业五花八门，嫖娼活动日益频繁，从妓女性难以计数。

与“卖淫”相比，女性“被剥”的第二种方式较为隐蔽，那就是打着各种“为艺术”旗号而出现的自我写真、“选美比赛”、行为艺术、各式人体彩绘（实为“女体彩绘”）到干脆不加绘饰的赤裸裸的人体摄影兼表演。大约从20世纪90年代开始，从“中国美女”“亚洲小姐”到“环球小姐”等，选美比赛铺天盖地名目繁多，“足球宝贝”“汽车宝贝”“性感宝贝”层出不穷……从行为艺术、人体彩绘到裸体表演和人体写真，包括曾引起万人空巷的黑龙滩裸体摄影艺术大赛等，可以说，这股人体（女体）“被剥”之风在当下更是愈演愈烈，大有一发不可收拾之势。直至自称“中国人体（女体）第一人”的汤加丽自拍写真集袒露阴部，车模兽兽自爆尺度超大的“不雅照”，直剥得女人们无处隐其“方寸之私”。而在沈阳长春进行的“格格”比赛、“女童泳装秀”，则表明这股“剥女”之风连五六岁的女童都在劫难逃。

女性“被剥”的第三种方式更隐蔽也更艺术化，那就是近20多年来出现的所谓“情色文艺”，女性文学（更准确地说是女“性文学”）只是其中之一。这个社会上有太多的人喜欢窥女人之“私”，窥女人之“性”，喜欢赏玩女性出卖自身肉体的文字，一部分女性也从这个商业化的男权社会中看到了无限商机，便也乐于在自己的性器官上做文章，以满足男性的欲望，以便从男性世界大捞一票。所以，部分女性就由被动地“露”“脱”“卖”，到主动创造机会心甘情愿地以文字的形式出卖自己，主动迎合男权社会中男性的性消费心理，以获取丰厚的利益回报。上面列举的女作家笔下形形色色、林林总总的性事描写，几乎是人间一切合法的、常态的、畸形的、变态的性事汇全，从中可以清楚见出社会整体道德的滑坡，整个社会对女性的放纵和许多女性（包括女作家在内）对男权社会的利用。所以王干尖锐地指出，在中国，女性主义理论家们的倡导和努力其实与女性小说写作者的姿态形成反讽：

当女性主义者们在拼命为女性的写作争取与男作家平起平坐的

地位时，这帮不争气的“宝贝们”却放弃与男权平等的权利，心甘情愿地做男性视野里的风景——这是90年代末期女性写作的一个巨大转捩点。

尽管有学者想用身体写作的概念来包装，但比之更大胆的下半身写作迅速将身体写作覆盖。之后70后作家群体瓦解、烟消云散。

放眼现实生活，女性的“被剥”事例就更是屡见不鲜、不胜枚举，我们每一天目之所及、耳之所闻几乎都充斥着“裸”和“脱”。从网络、报纸、杂志到打开电视看广告，十有八九不外乎是在“女色”上做文章：浴缸中年轻女郎轻罗薄衫玉体横陈，旁边配以“泡的就是你”的方便面广告；声色暧昧的男女对答“泡了吗”“漂了吗”的洗衣粉广告；为提高收视率电视台尝试新闻“裸播”，女明星故意制造“走光”吸引观众；云南昆明的“女体盛”、四川重庆的“男体盛”，男女裸体真人已被当作菜盘子被搬上餐桌供嫖客们享用；“干得好不如嫁得好”，女大学毕业生不找工作而“找老公”或“傍款爷”，以便免去数十年的事业打拼，轻轻松松坐享其成。从董事长、总经理身边走马灯似的“小蜜”，到东南沿海那一座座富丽堂皇的“二奶村”；连经济学家都提出“美女经济”现象……“女”和“性”几乎成了商家商业炒作和一部分女性自我炒作的不二法门，凡此种种背后的最终驱动力无非就是名利二字。

可见，在性放纵和商业化的合谋之下，从“君子忧道不忧贫”到如今的“笑贫不笑娼”，整个社会道德滑坡，价值取向庸俗化，金钱成了推动一切的杠杆。女性、女作家，以及女性文学都在商业狂潮的裹挟之下被迅速地商品化，不加抗拒地商业化，女性文学沦为专以性隐私为卖点的女“性文学”，实在不过是平常而又平常的事了，不过是现实世界中铺天盖地扑面而来的庸俗化大潮中较为惹眼的一个浪头而已。这也就是王干一针见血地指出的“这种受商业化影响的女性话语其实是更加被男性统治了。阅读变成了一种猎奇，而猎奇不是审美，只是满足窥探欲”。

三

纵览近20年来的中国女性文学创作，可以见出女作家们都热衷于对男女情事进行描绘渲染，而且是无所不用其极，她们笔下情色描写之大胆、之无所顾忌，某种程度上令男性作家都无法望其项背，几乎到了无性不成书、无书不成性的地步，似乎没有性描写、没有床上戏就无法构成一篇作品，或许是在这些女作家看来只有性关系、性活动最能体现个人的性格特征，最能反映社会生活本质。

美国社会学家贝蒂·弗里丹在《女性的困惑》一文中指出：“文化不允许女人承认和满足她们对成长和实现自己作为人的潜能的基本需要。”鲁迅先生也通过《伤逝》中子君的悲剧沉痛指出，女性只有获得政治经济地位的独立，人格的独立才有可能。这些都意味着女性在自我觉醒、争取男女平等方面可以有所作为的事情实在太多。但是，一个让人不得不正视并必须引起深思的问题是，为何一谈到“女性解放”（此处用“解放”实在有点对不起这个神圣的字眼），在一些女性那儿就意味着“性解放”，就想到“脱”和“露”；在女作家那儿就非得以性，甚至以性的极端放纵或是对性隐私的露骨描写来表达。换句话说，女性的解放、自主意识的觉醒，为何不能表现为女性工作、事业、人格、修养的成长与完善，而非得以表现性、描写性为旨归？

女权理论认为，女性文学作品中的性描写表达了女性身体和意识的觉醒，女性自由支配和处置自我身体的权利，让女人的性回归女人自身；表明了女性挑战男权社会、挑战男权话语，包括挑战性领域中男权地位的勇气。至于女性主义文学作品中大量描写女性自恋、女同性恋，旨在表明女性之间才有纯洁而恒久的“姐妹情谊”（Sisterhood），在性领域内女人自己满足自己，这其中的偏颇显而易见。就是女权主义者埃莱娜·西苏倡导的“身体写作”或曰“描写躯体”，认为“女性用身体，这点甚于男人。男人们受引诱去追求世俗功名，妇女们则只有身体，她们是身体，因而更多地写作”。但这也决非意味着“身体写作”就仅仅是写女人的性。名为反抗男权社会，张扬女性性别意识、自主意识（包括性意识），标举女性身体觉醒的女性主义创作，存在名实上的背离。就本质而言，十多年来中国的女性文学创作，实际上暗合了男权社会对女性的角色期待，它与男权社会持的是同一标准、同一基调，是对男权社会消费心理的自觉迎合，是女性把女性自身自觉置于“被看”的地位，是一种更不可救药的清醒沉沦。

长期以来，以男性为中心的男权社会历来对女性性消费品的角色定位，也形成女性自我的心理认同。一方面，男权社会把女性牢牢地钳制在奴从的地位，女性被视作性消费品，供男性消费和享用，女性的独立人格和自身应有的尊严被完全剥夺；可另一方面，男权社会又乐于为姿色出众、愿意卖身的女性提供丰厚的物质保障。正是男权社会的长期诱迫，使得女性滋生了靠“卖”谋生、“卖”即谋生的娼妓意识。因此，对自身姿容的不懈追求和对性资本的有效运用成了历来许多女性的“集体意识”。由是观之，以卫慧、九丹、木子美等之所以向男人出卖自己，再把这种“出卖”向社会又卖一遍，木子美等人之所以能如此一夜成名，已经或可望一夜暴富，从本质上说，正是男权社会既诱且迫、又诱又迫的直接结果。不过，女性也从中看到了巨大商机和巨额回报，所以主动投怀送抱，以文学为载体，尽情地暴露性隐私来吸引男性社会的目光，以便从男性世界中大捞一票。

其次，“文学是苦闷的象征”。文学作品都是作者显意识和潜意识的自觉和不自觉的流露。充斥于女性文学中的如此强烈如此驳杂的性事活动、性事场景，是否也反映了女性作者内心深处的愿望和渴求呢？再进一步说，这般强烈的愿望和兴趣是否又是因为作者自己生活中的匮乏所致呢？因为女性作者写出这样的作品非常符合她们自身的心理过程：由于在个人生活经历中自身性感受的缺乏或不足，便产生了极度的苦闷和压抑，于是欲以“苦闷的象征”——文学创作为渠道，宣泄这种情感和欲望，并借此达到身心的平衡和熨帖。所以大量女性主义小说中大量的性描写实际上是作者的一种性幻想，因为它们既有悖于生理常识，也不符合生活真实。依照弗洛伊德的理论，人的幻想和人的梦境在很大程度上反映了人的愿望、人的内在欲求，以《私人生活》《一个人的战争》《女巫》《情爱画廊》《英国情人》等为代表的女性文学作品便真实地反映出现实社会中大批女性，包括知识女性的性压抑、性苦闷、性幻想和性渴望，尽管这一切让读者和研究者感到沉重，感到同情，感到一种不可退却的社会责任——如同鲁迅“救救孩子”式的社会责任。

中国女性文学的写作与西方后现代主义也有关系。存在主义者萨特在他的著名剧本《间隔》中借剧中人物之口喊出了“他人即地狱”，以及人们彼此之间“都是刽子手”的口号，表现出人与人之间尔虞我诈、你争我夺的关系和极端个人主义倾向，这一论调在中国有很大的市场感召力。人们玩世不恭、放荡不羁，否定鄙弃理性，活在刹那间，注重瞬时的感官享受，放任情欲尤其是追求性的满足和放纵，以此来反抗这个工业社会对人性的压抑和钳制，反对科技文明对人的异化。事实上，人们在反抗孤独苦闷获得一种解脱的时候又陷入了另一个误区，十多年来中国女性文学“性”致勃勃，正是陷入这一误区的标志。

当然，女作家群体在创作上的“性”趣十足与女性群体在整个社会中的边缘化地位有关。千百年来以男性为中心的男权社会统治的直接结果，就是把女性排除在社会统治力量之外，无论在社会政治、经济、文化任何一个层面上她们都处于边缘人的地位，女人成为“第二性”。边缘化角色使得女性对有关国计民生的重大事件、重大题材产生陌生感和疏离感，只对与她自身发生直接关联的衣食住行、婚恋、家庭等感兴趣。而女性偏重于感性的情感特点，也使得她们对表象的关注胜过理性的分析。正是这些因素的制约，所以社会动荡、权力更迭、经济转轨、体制改革等社会重大问题、重大题材一般都进入不了女性作家的创作视野。女作家对这些题材既陌生也不感兴趣，更缺乏驾驭的能力。社会通过所谓的性别意识来强化她们的创作定位，一旦女性作家在重大题材上与男性作家一样成功把握，她的创作就被认为泯灭和模糊了女性性别意识。这也是女作家对婚恋题材、性题材那么感兴趣的一个原因。

所以，王干有感于“小女人散文”不断遭到质疑或打压的态势，专门写了《话说“小女人散文”》一文，充分肯定“没有还手之力”的“小女人”散文的存在意义，可他同时也直击其要害：与那些大手笔，大气魄，大建构的“巨型叙事”相比，“‘小女人散文’当然相形见绌，是小”。所以他更加认可“大散文”，推崇“大气和大器仍是不可动摇的审美砝码”。

四

为什么中国的女性文学仅仅经过了十多年，辉煌到衰败的过程竟如此之快？

首先，是因为比起诉诸声色的生活中种种真人版的情色广告、情色光碟，小说毕竟属于刺激不太强烈的东西，其商业效应和收益回报效率是与前者无法相比的。其次，这也说明了如果仅仅在“方寸之私”上不停倒腾，在“女”字和“性”字上做文章，以迎合一部分读者（网民）的低级趣味，满足社会对女性的窥私欲，这种文学就注定不会有多大格局，也不会有多大出息。成也萧何，败也萧何，这种两腿之间的文学从一开始就带着先天不足，因此也注定了领得风骚三五年之后迅即走向衰败了。以大胆描写女性性感受而著称的陈染，的确曾为文学的女性书写开拓了新的表现空间，但随着女性文学对女性情欲的描写越来越倚重，女性文学被性描写挤兑了它应有的社会表现广度和深度，从而女性文学在刚刚找到出路的时候也注定走到了它的末路。王干对女性文学的末路就早有预见：

应该说，卫慧、棉棉等人的创作在文本意义上是有些探索的，并不是纯粹的商业写作行为。但商业性的包装覆盖了她们在文本上的探索意义。而且最根本的是，她们被遗忘、被覆盖的根本原因在于创作资源的匮乏。她们的创作基本是源于对自我的书写，尤其是对自我身体状态的书写。但身体是有限的，生活是无限的；容貌是有限的，心灵是无限的。她们在 20 多岁蹿上文坛，可谓早熟，但文学需要持续的写作能力和连续不断的作品问世，她们超薄的阅历可能比她们的衣衫还要薄，她们对自身深处的过度开采不能掩饰她们肤浅的社会生活资源。因而，息影文坛，或转向新的路径是必然的。

女性文学“性文学”化是特定社会时期的产物。女性自身情欲的放纵与商业利益的追求的结合，使得女性身体迅速商品化，这就极大地刺激了色情消费市场。而女“性文学”只不过是这股潮流中一个小小的浪头而已。它是这股潮流的衍生物，但同时又迅速地被这股潮流淹没。因为铅字印成的女性文学在色情消费市场上销售前景愈来愈黯淡，愈来愈没有市场，以至于女性作家的末流如竹影青瞳、流氓燕等，文学不够臀部来凑，把自己的屁股贴到文章的屁股后面。王干自然早就关注到了这一点：

美女作家采用一种仿自传式的写法来招惹读者的眼球，满足读者的窥私欲。因而一本美女作家的作品，首先映入你眼帘的是她的艺术照，其次是她的简历，而简历往往都隐隐约约和小说的人物命运搭上一点联系。一些出版社和出版商在组稿时也对作者的年龄和相貌特别关注，最好能抖出一些猛料来，“妖女”们不再担心能否摆脱男性视角的照射，而是关注如何进入男性的视野，如何能抓住他们的眼球。

早在 1995 年 12 月，王干曾与女性主义学者戴锦华就“女性主义与个人化写作”议题展开对话，“一度被当作男权批评与女权批评的一次交锋”。鲁迅先生曾经调侃“‘妇人科’虽设有专科，但在文艺上，‘女作家’分为一类却未免滥用了体质的差别，令人觉得有些特别的”。平心而论，笔者作为女性，与戴锦华一样不能认同王干用“巫”指称女性作家，但是笔者赞同王干“至少在文学领域中，不存在着男性话语和女性话语间的鸿沟”；“至少在文学领域里男性和女性拥有一个共同的空间”这一观点。正如前文分析的那样，写作视野和创作题材上的自我设限和逼仄狭隘，女性文学创作主体自我的清醒沉沦，是中国女性主义文学必须正视的一大不足，戴锦华并非没有认识到这一点，但是她把板子一味打在男权社会或者男性身上，总让人觉得力气未免用错了地方，实在不利于女性主义文学的健康发展。

木子美一度以她的文学才华而自诩，以为单凭她的文字就能给人足够的性刺激。没料到，时隔不久，就被加贴裸照的竹影青瞳、流氓燕挤到一边去了，以至于也不得不将自己的露臀照贴将上网，以便与别的女人们一争高下，并得意地声称男人们都被刺激得硬将起来。不料好景不长，比拼并未完结，另一女“作家”竹影青瞳也迅速贴上一张张露臀照，并声称她的光臀比木子美那瘠臀要丰腴、性感得多，木子美还是被比将下去了。事情到了这个地步，这已不是文学的比拼，而是女人屁股的比拼了。女作家们倒腾的女性文学终于被她们用自己的光屁股埋葬了。这就是中国女性文学的最终命运了。所以，将文学当作赤裸裸的色情消费商品，它是远远竞争不过赤裸裸的女人肉体的。如此的结局，也实在叫不得冤。

（载 2014 年第 5 期《南方文坛》，发表时全文有删节。）

他的温暖，他的熨帖

——读《夜读汪曾祺》有感

庞余亮

“这天正是腊月三十，这样的时候，是不会有人上酒馆喝酒的，如意楼上空空荡荡的，就只有这三个人。

外面，正下着大雪。”

这是《岁寒三友》的结尾，三个好朋友，王瘦吾、陶虎臣、靳彝甫，坐在年关岁底，喝酒。那寒冷中的薄酒，就是人间的小温。

其实，每个读书人心中都有这样的“岁寒三友”，在寂寞的文学夜晚，王干先生的“如意楼”上也有许多老朋友，而那个靠着红泥小炉的最好位置，一定是留给汪曾祺先生的。

“在《岁寒三友》这篇小说里，体现在貌似随便的结构上，其实精心构思，巧妙运行，真可谓‘极炼不如不炼也’，简直是‘不炼’到极致。”

“从‘这三年啊’开始，小说的节奏变得冷意横生，叙述的语调变得滞重而沉痛，写到陶虎臣被迫嫁女，上吊自杀时，寒意逼人，节奏停滞。之后，三人小酒馆相聚，‘醉一次’，节奏又舒缓荡开，人性的热度，友情的温暖，在叙述的语调中自然呈现。”

一盏灯，一盏读书的灯，在如今的时代有些孤寂，而在这样的孤寂里，《夜读汪曾祺》里却处处曝出阅读的欣喜，如爆燃的灯花。很多在白天消失的歌再次和露珠一起降临。

“有一次在他的故居门口，竟痴痴地待到半夜。直到路过的人以疑惑的眼光盯着我，我才赶紧离开。”

这是王干写他在汪曾祺高邮故居前的等候，那空，那疼。

“汪曾祺的作品好像更适合晚间阅读，他的作品释放着光辉，但不是灼热的阳光，更不是鲁迅作品那种凛冽的寒光。汪曾祺的文字如秋月当空，明净如水，一尘不染，读罢，心灵如洗。”

的确，汪曾祺如同月亮，水边的月亮，湖水上空的月亮，没有一点灰尘，亦如王干对于文学的赤子之心。

《被遮蔽的大师》《有志者的困局》《透明与滋润》《淡的魅力》《像汪曾祺那样生活》……一篇又一篇，王干如此兢兢业业，如此念兹在兹，如此叨念着汪曾祺，就像画家季匋民和鉴赏家叶三。

“好在哪里？”

“紫藤里有风。”

紫藤里的风，是季匋民对于叶三的奖赏，也是汪曾祺对于王干的奖赏。这令我想起了汪曾祺的老师沈从文。沈从文和汪曾祺，汪曾祺和王干，都是星斗其文的好师友。文坛上这两对情深义重的师友，像一场马拉松接力，每一棒都接得稳而有力。文坛上已很少有人像他那样，如此薄情的时间里，王干做着最辛劳又最值得的文学接力。

“他对时代的关注，对政治的关注其实一点也不淡漠，只不过是用灰蛇草线的方式来表达。”

“他刻意融合小说、散文、诗歌文体之间的界限，从而营造一个更加让读者赏心悦目的语言世界。语言在他手里像魔术师的道具一样，千姿百态，浑然天成。”

汪曾祺的“轻盈的笔墨意象”，汪曾祺的“抒情的人道主义美学”，这些论断，是月光的波光，是月光和烛光的完美纺织。每个子夜的阅读，长达40年的阅读，已不是固执，而是使命。我甚至想，《夜读汪曾祺》与其说是王干回馈给汪曾祺的文学夜晚，还不如说是王干写给被遮蔽的文学史的长篇信札。

这个年头，很多歌消失了，很多曾经很热，很热的人和词，被这个健忘的时代列车一闪而过。一闪而过的还有那些脸，那些誓言，那些来路。很多人忘记了誓言，他们忘记了来路，忘记了恩情。但还是王干没有忘记，哪怕是人间一小温，他用这本《夜读汪曾祺》把“小温”珍藏，酝酿，凝成滚烫滚烫的琥珀酒。

“……读着汪曾祺老去，一天天变老，也是不懊悔的事情。76岁的汪曾祺已经定格在那里，而我在一天天地向他这个年龄接近，然后超越。而且，在我活得比他更老之后，更来的我还会读他，读汪曾祺，读高邮的汪曾祺，读扬州的汪曾祺，读中国的汪曾祺。他的文字永在，我们的阅读也永在，无论白天和夜晚。”

他的温暖，他的熨帖。

汪曾祺的温暖和熨帖，也是王干的温暖和熨帖。

有了这样的温暖和熨帖，在这个讲究意义的年头，热爱文学就有了意思。

（载2016年8月《兴化日报》）

“汪学”的探路之作

——简述王干先生《夜读汪曾祺》

陈　武

《夜读汪曾祺》是王干先生30余年来研究汪曾祺文章的结集，也是汪曾祺研究领域的重要成果，可以说是近年悄然兴起的“汪学”的探路之作。

说是“探路”之作并非夸张，一来，王干是新时期以来最早系统研究、评论汪曾祺的评论家之一；二是以专著形式评论、介绍汪曾祺，该书是最具独特的一本——书中收录的文章，不仅有对汪曾祺作品的评价，有对汪曾祺书画艺术的论述，还有对其为人、为文、生活情趣等多方面介绍，属于多维度、立体式；三是王干还是新时期以来，和汪曾祺接触最为密切的朋友之一，从他对汪曾祺的称呼上就可见一斑，最早称汪老师，后称汪老、汪先生，最后随家人直呼“老头儿”；四是，王干和汪曾祺是同乡，在同一种风俗、气候和人文环境里度过了童年、少年时光，最能体察和品味汪曾祺的文学情怀和行文风范。而“汪学”渐有风气，王干这本以综合性评论文集出版，恰是时候。所以说，《夜读汪曾祺》是“汪学”的探路之作并非虚张声势。

随着汪曾祺的作品不断被重新编排出版、再版、重印，不断有逸文被发现，让广大“汪迷”（汪粉）欢呼不已，“汪学”也在这股风潮中逐渐形成。和汪曾祺文学作品热度不断升温相比，“汪学”研究虽然有些“低调”，也渐渐形成共识，即汪曾祺是他这一代作家中最有可能被传下去的大师。在这一“大气候”熏染下，一批“汪研”成果应运而出，东北师大徐强历多年心血完成的《人间送小温——汪曾祺年谱》（其实这部年谱只是“简编”，长达 80 余万字的“长编”也即将出版）就是代表；孙郁的《革命时代的士大夫——汪曾祺闲录》也是一本比较全面评价汪曾祺的“汪学”专著；金实秋的《汪曾祺诗词选评》则事无巨细地从各处打捞出汪曾祺散落在文章、书籍、题画、书法及书信当中的诗词楹联，并作详细的考证、点评、解析；刘涛选编并点评的《汪曾祺论沈从文》则是把汪曾祺写沈从文的相关文章汇编一册，读者可以从中读出沈从文和汪曾祺之间的师承关系。还有人民文学出版社历经多年整理的具有学术价值的《汪曾祺小说全编》。这些专著的出版，都证明了“汪学”风潮正扑面而来。另外，作家出版社、山东画报出版社、江苏文艺出版社等多家出版社争先恐后地出版、再版、重印汪曾祺的著作，也为这股风潮推波助澜。

《夜读汪曾祺》在这股出版风潮中的独特之处，就是提出了汪曾祺是“被遮蔽的大师”这一新概念，“我们一直呼唤大师，也一直感叹大师的缺席。但有时候我们常常容易忽略大师的存在，尤其是大师在我们身边的时候，我们会选择性地失明。有一个作家去世十八年了，他的名字反复被读者提起，他的作品被反复重版，年年在重版，甚至比他在世的时候，出版的量还要大。我们突然意识到一个大师就在我们身边，而我们却冷淡了他，雪藏了他。他就是汪曾祺”。王干如是说。

《夜读汪曾祺》一书所收的文章，大致从三个方面来阐述、评论汪曾祺的文学作品及其诗意人生。其一是针对汪曾祺的小说、散文，如《有志者的困局》《难得的暖意》《美丽的梦，伤感的诗，文化的画》《淡的魅力》《汪曾祺风俗小说评论》等，分别对小说《徙》《岁寒三友》《晚饭花》（小说集）《受戒》《大淖记事》和散文《故乡的食物》《葡萄月令》等名篇进行评价和解析，从多重角度分析了汪曾祺作品的文学价值、美学趣味和诗学意义，对汪曾祺小说中所体现出的诗化、风俗化、散文化、意境化和抒情精神进行准确的批评。其二是从理论上论述了“汪曾祺现象”的由来和形成。这方面的篇章有《被遮蔽的大师》《透明与滋润》等，告诉我们，“汪曾祺的光芒，来自于他无人能替代的独特价值”；汪曾祺的价值“在于连接了曾经断裂多时的中国现代文学和当代文学”；汪曾祺的另一个价值“在于他的作品激活了传统文学在今天的生命力，唤起人们对汉语文字的美感”；“还在于打通了文学创作与民间文学的内在联系，将知识分子精神、文人传统、民间情怀有机地融为一体。”其三是关于汪曾祺生活情趣的描摹，《像汪曾祺那样生活》《翰墨丹青隔行通气——汪曾祺的书画美学》《汪曾祺印象记》《美食家汪曾祺》《父子美食家》等是这方面的代表，把汪曾祺文学之外的生活情态展现了出来，包括书法、绘画、美食、游览等，从中能看出汪曾祺日常生活中的真实性情。阅读这些文章，对研究汪曾祺的创作风格、文学趣味和文学立场的形成，无疑将大有裨益，也是“汪学”研究的重要部分。

《夜读汪曾祺》一书的贡献，不仅仅是揭开了汪曾祺被“遮蔽”的面纱，还在于开辟了中国现当代文学研究领域的一个新领地——汪曾祺身上还有许多“宝藏”有待开发，他的小说，他的散文，他的戏剧，他的诗词，他的书法和绘画，他的诗意和名士风采，他作品前后的风格演进，他和同时代作家的比较研究，他的散文和中国古代散文的比较研究，等等，都有待研究者去发现和开拓。《夜读汪曾祺》一书已经在这方面做了可喜的探索，基本上为“汪学”起了个头，而且这个开头的调子正正好好，起点正合适，把“汪学”带进了健康的研究轨道。因为汪曾祺已经够得上这个量级，他身后的作品热，是市场检验出来的，是读者发自内心的，因而才演绎出庞大的“汪迷”群体。这个群体有爱书人、读书人、著书人、藏书家、研究家、作家和艺术家，更有很多普通民众，无一例外地都是被他的作品所迷倒，所崇拜。在为《人间送小温——汪曾祺年谱》写的序文《寻找汪曾祺的足迹》中，王干直言不讳地认为：“随着时间的推移，随着文学本身大浪淘沙的洗礼，汪曾祺的价值在显现，尤其作为文学教父的身份正慢慢地凸显。”在说到汪曾祺及其作品时，又说：“作家的平凡肉身，如世间所有生命，根本无法摆脱或缓解时间巨大的推力。好在有文学，文学说到底，不过是一门对抗时间的艺术。好的文学作品总是能够抵抗时间的落差，经久传世。”是啊，在时间流水的淘洗、冲刷中，汪曾祺“三维起来”，“立体起来”，伟大起来，“汪学”适时地发展起来。在这篇序文中，王干还引用了铁凝在汪曾祺逝世十周年上的讲话：“汪曾祺先生是当代中国文学界的一位大师，他的文学成就一直受到文学界的高度肯定，他的作品深受广大读者的喜爱。”我觉得铁凝的话恰如其分，王干引用得也恰到好处。

通过王干的这本《夜读汪曾祺》，通过他对汪曾祺及其作品的解读，汪曾祺在文学上的大师风采和在生活中的趣闻逸事，真实地重现在我们面前。“汪学”的雏形也在《夜读汪曾祺》中就此诞生，同时也必将推动和引领“汪学”向前健康地发展。

（载 2016 年 8 月 20 日《泰州日报》）

《夜读汪曾祺》阅读札记

李　樯

王干先生尊汪曾祺为自己的“启蒙导师”，而王先生恰也是我的文学启蒙导师——大学期间就去过几次南京市湖南路上的《钟山》编辑部，当时王干先生正是该杂志的编辑。这样说来，我该称汪老为“师爷”了，所以一拿到王先生的这本书，顿时觉得亲切，书香扑面而来。

虽然非常汗颜只在二十几岁时读过汪老的《受戒》，也异常喜欢沈从文、汪老这一路的文气。遗憾的是，由于自己的愚钝无知，竟自舍下了这些中国美学意境已臻巅峰的大师们，一头扎进西方现代主义的怀抱，囫囵吞枣地爬了几年图书馆，到头来仍是一脸的懵懂。回头想想，确实有几分悔意。一个在传统汉语语境下长大的年轻人，还没拎清母语文学的词语、符号和经络，怎么可能理解和吸收依靠翻译摊在面前的西方现代文学呢？再细想想，到今天为止，西方现代派文学对中国文学的影响，或者对年轻写作者的侵蚀，已经可以画上休止符了。至少，西方文学仅应只是一个方向性的选择，中国本土文学的语境和气象，早已在汪曾祺等人身上实现了和西方现代文学平分秋色的布局，而不应再是一边倒的局面了。

“汪曾祺可以当之为愧被称为 20 世纪中国文学的大师，他的‘大’在于融汇古今，贯通中西，将现代性和民族性成功融为一体，成为典型的中国叙事，中国腔调。”王干先生对汪老的这段高度评价，我的理解是，汪老的小说是中国的，也是世界的，它们就是“中国式现代派”。这样说，我相信能得到很多人的认可。

在这本书里，我们可以通过王干先生的笔触尽情感受一位“大师”的三绝：小说、书画、美食。

单说汪老的书画，也是尽得中国意象画之风流的。有一次，王干先生去拜访汪曾祺，“老头子得意扬扬地请我欣赏他的国画新作”。汪老的客厅里只挂了一幅张大千的油画，自己的作品，从来都是扔到书橱上，唯独这一幅，“反而请人裱糊好，端端正正地挂在客厅里，可见其喜爱的程度”。这是一幅题为《荷塘月色》的画，它妙就妙在“画面上只有密密麻麻的荷叶，并没有出现月亮，但那些摇曳的荷叶又让人真切地感到月光的存在。这种构想可谓深得中国传统美学的精髓”。读到这儿，你就该明白，那是一幅怎样迷人的画儿了吧，也难怪汪老要“扬扬得意”地把它高悬于自家的客厅里。

在这本书里，王干先生除了通过诸多小说名篇，对汪先生的文学成就和他小说的结构、意向美学，以及“汪味”小说的文气、脉络进行了精彩、精辟的论述和肯定，他还饱含温情地向我们描述了与汪老的交往，除了现实的接触，更多的则是那种惺惺相惜的神交。这种与大师的交往当然是每一个文学青年梦寐以求的生活，我也写过与一些文学前辈交往的文章，但相比之下，王干先生的叙述更有温度，更富真情。是那种饱蘸着对恩师的无限敬意，黏附着剪不断理还乱的伤感式的温度，是那种斯人已去大师不再却仍念念不忘无法释怀的真情。自然而然地，王先生的这些篇目里，笔笔有温情，处处留“汪味”，读来意味氤氲，情义缱绻，是那种令人非常舒服的阅读体验。

相反，大学期间读过许多王干先生的文学批评文本，毕业论文更少不了参阅他发端的“新状态”小说所有文论。那时的我并未感觉到他是一个有温度、有温情的人，而是更显理性、直接，甚至有些刻板。所以我一直觉得他是一个比较冷性情的人，却未想到他还有如此这般的柔软、细腻。想想又要怪自己愚钝了。

多年来，我一直揣念着就应该踏踏实实沿着隋唐演义、《三言二拍》《聊斋志异》、沈从文、汪曾祺这一路的“中国文脉”，去研习自己的小说创作就可以了，就足够了，而且似乎更能如鱼得水，受用终身的。读了王干先生这本对汪曾祺的评传，更加坚定了我的想法。但愿亡羊补牢，为时未晚。

（“第六届江苏书展书评大赛”参与奖）

弄潮儿向涛头立

——批评家王干

李洁非

一

S → I → S1

I → S1 →非 S[①]

读者不必以为上面是什么物理学公式之类。那是批评家王干80年代某篇文学论文中，对于诗人顾城创作之精神世界所内含的悲剧性“形式结构”，加以抽象的表示。如今，很难想象从事文学批

① 王干《透明的红萝卜——顾城诗歌的悲剧性》，《在场》，云南人民出版社，2013，页021。

评，会采取此种样式。而在我来说，见到这一串符号，则莫名地生出亲切感，嘴边油然浮出会心的笑意——作为另一个经历过相同段落的批评者，我对此再熟悉不过，甚至当年自己亦曾这么干过。在80年代中期，文学批评一度深深迷恋科学主义，所谓“三论”的控制论、系统论、信息论，以及玻尔、海森堡等现代物理学巨擘的理论，在文学观念革新过程中被心慕手追，许多作者与文章，极力模仿科学的风度，热衷于将文学问题的讨论数理化。此种风尚，人们一时鲜能置身其外，虽然骨子里大家不过是“文科生”，却纷纷企图披一件科学家的外衣。

对于王干来说，这是一个深深的记号，有如古玩中的鉴定依据，确凿地标明了他闯入评坛的时间和岁月。当然，除此以外，它还有一层意义，亦即同时标明了王干身登评坛时的姿态。显而易见，那是充满了新锐和前卫精神、挺立潮头的姿态。因为即便在80年代中期，也并非所有人都以这种姿态向评坛挺进，那些持重守成之人，会本能地与新的潮流拉开距离，坚持使用老一套的批评语言和范式。所以，在当时，一个批评者愿意如此组织和表达其批评见解，实际上是非常鲜明地亮明立场：自己将同文学的变革紧紧站在一起。

这便是青春期的王干，在80年代文学批评中的亮相。而我以积三十年与此人相识的印象作证，这种姿态几乎从未自他身上消失。后一点，是更加令人吃惊的。“弄潮儿向涛头立”，遥望曩昔，此种身影还有一些别的人，然而转顾目下，存者寥寥，王干庶几就是从80年代“弄潮”至今而不倒的唯一幸存者。这个人仿佛“驻颜有术”，能让活力与青春这样长久不衰。从朦胧诗到网络文学，他没有错过任何一个文学热点，三十多年以来中国当代文学的变迁，在他笔下保持着全部连续性。如果试图仅借一位批评家的批评生涯，去追踪三十多年文学的缕缕丝丝，恐怕王干即是不二之选。面此，吾等曾经同路之人，难免敬愧交加。王干做到的，盖非所谓“坚持”那么简单；里面着实饱含了对于当代文学发展的巨大热忱与殷殷关切，不体会这一层，无以知其心之拳拳。

㊁

然而，我意外地也对他感到一点陌生和新鲜。这次有机会去读他各时期的文章，才发现许多年前，他主要是一个诗歌评论者。我认识王干，约当 1987 年左右，那时他关注的对象，应该主要已置于小说。加之我本人从来是新诗门外汉，故对诗评界孤陋寡闻，王干早年那些大作也就无缘见之。跨越这么多年，突然面对作为诗评家的王干，那种感觉相当独特。

“文革”后的文学复苏和变革，诗歌是走在前头的。我后来因做文学史研究，不得不补了一些课，这才知道早在“文革”晚期，北岛、多多、芒克诸人即已在白洋淀以流浪者姿态，用诗歌自由地探索超出时代政治之外的文学，而其他文学体裁，无论小说与散文，当时却都还被时代闷得死死的。这就是为什么，“新时期文学”肇初，朦胧诗便挣脱镣铐、翩然起舞，而小说等辈却在观念和技术上落后一大截。王干开始即致力于诗评，从一个侧面说明他对文学潮流的敏感以及关系之紧密。相比之下，我那时却溺于古典，还没有被当代文学的骚动所传染。

邂逅一个往昔的诗评家王干，已属意外，但更使我讶异的，是他这些诗评之作的质感与质地。按照我们一般人的通俗的想法，诗或与诗有关的事物，或天马行空，或羚羊挂角无迹可求，总之是极感性极灵异的，诗评之异于一般的文学批评，也应如此。80年代中后期，诗界兴起一股“非非主义”，因颇为轰动，吸引了我读过几篇他们的宣言檄文之类，印象就非常挥洒和浮嚣。依我对后来主要作为小说批评家、活动家的王干的风格之了解，是以机敏与激情见长，如果按图索骥，彼事诗评，亦当有此面目。岂知不然，这次读他几篇诗歌评论代表作，如《历史·瞬间·人——论北岛的诗》《透明的红萝卜——顾城诗歌的悲剧性》《辉煌的生命空间——论杨炼的组诗》《直觉的苏醒：思维结构和嬗变和调整——论朦胧诗的认知方式》《新的转机——第五代—新生代—后崛起的一代》等，皆皇皇大论、条分缕析、理路井然、密思谨识。这些论文的写作方式，我不禁想到了“学院派”字眼，虽然那时还未曾有此说法。王干的小说评论，以鲜活的感性和“在场”“直击”的经验形态有别于同侪，但其诗歌评论，却偏偏走着理性、思辨的路线。此人之有个性，一至于斯。照这几篇诗歌论文来看，转做小说评论后，他完全有能力亦更有理由，拉开架势去写那种高头讲章、体大虑周的作家论、作品论一类文章，然而他反而不这么干了，摇身一变，以轻骑兵方式在小说评坛冲锋陷阵，大量地写一些及物即时、随物赋形、见情见性的文章。

虽然我对诗评知浅闻少，难以置喙，但王干的旧作有不少地方仍带给我新鲜感。例如1985年10月，他曾写下这样的句子：“北岛的时代已经结束了。”[①] 我们知道，北岛乃当代诗歌一个时代之象征，很多后起之辈，都以跨过他的身影作为自我突破的进阶，“北

---

① 王干《历史·瞬间·人——论北岛的诗》，《在场》，云南人民出版社，2013，页019。

岛死了”曾经是诗坛一句极富煽动力的口号。王干上述说法，虽不像“北岛死了”那么耸人听闻，但却可能是类似意思的较早提出。他在文中下此断语时，尚未从全盘超越和扬弃朦胧诗的立场出发，而是假由朦胧诗内部诗路诗格的比较，提出“江河、杨炼的时代即将来临（今天是创造史诗的时代）”[①]，但无论如何，他对北岛的怀疑，都有“春江水暖鸭先知”的意味，可见他的见识在当时诗评界之前卫。写于 1987 年的《新的转机——第五代一新生代一后崛起的一代》一文，应该是受到上一年年末《中国诗坛 1986 现代诗群体大展》的激发，而就诗界大变革及未来走向予以总览、前瞻和纵论的一篇雄文，辞气之盛，在王干历来批评中无有过之者，劈头第一句：“现在需要重新开始。”[②]我觉得是借镜于胡风 1949 年的名句“时间开始了”。但这里我于此文，最想说的并非其行文的勃勃青春之气以及它对诗歌前景的种种展望，而是里面出现的几个崭新语词和提法。其中之一是“新生代”这个字眼，文曰：

> 新生代后期出现了人类，没有新生代的巨大磨难，便没有现代文明的历史。[③]

随后作者明确做出“把北岛之后的一大群诗人比作新生代”[④]

① 王干《历史 · 瞬间 · 人——论北岛的诗》，《在场》，云南人民出版社，2013，页 019。

② 王干《新的转机——第五代—新生代—后崛起的一代》，同上书，页 058。

③ 同上。

④ 同上。

的表述。如今，“新生代”已是针对小说创作某个群体、现象或发展阶段的通用语，而以我所知，它大约到 90 年代中期才普遍用于小说批评，而王干用此词却早至 1987 年，故我怀疑，是他将这术语首先引入了当代文学批评。又一字眼，是“后崛起的一代”；如果我未错记，“后 ××”的构词法，整个 80 年代并无踪迹，也是 90 年代以降，方始蔚然成风；这样看来，此文又成为另一流行词的始作俑者。稔知近数十年文坛变故者，都了解王干素有“命名大师”之才，这里他以一篇文章而催生两个流行词，即为明证。

但我们不可据以认为，王干诗歌评论一味以观念、创想为先，缺少对诗人作品的灼见与发微。实际上，正如我前面所说，诗评家王干相当“学院派”，相当注重文本解读。有时候，此种工夫或功力，近乎达到洞穿对象的地步。在他对顾城的批评中，我读到一段令人惊艳的话：

> 顾城老是想回避现实生活的矛盾和冲突，而企图回归大自然的明朗与亲切之中，但人与自然也并不是能够全部和谐地相处，人与自然之间时时发生着悲剧，当顾城把整个交付给自然的过程中，自然也以另一种内在的强大力量制约着人。[①]

称之“惊艳”，可能有些残忍；但作为一位批评者，以卓越的预见，早早做出这样的论断，吾人不得不为之击节。顾城隐居激流

① 王干《透明的红萝卜——顾城诗歌的悲剧性》，《在场》，云南人民出版社，2013，页 023。

岛，犹在本文发表一年后；其杀妻自戕，更是有待五年之后。然而王干上述诸语，何啻直指其悲剧，从根因到结局，字字不爽，断可谓不刊之论。知人论事，无过此矣。

三

90 年代初，王干达于其批评生涯最夺目的时刻，他所发明与首倡的“新写实小说”，引领了那时文坛的潮流。1988 年 11 月，《钟山》杂志在无锡举行了“现实主义与先锋派”研讨会（文学研究所似乎也是发起单位之一），我本人亦得与涉此会，记得王干在会上作了主旨性的发言，翌年，《钟山》随即辟设了“新写实小说大联展”，不久，王干于《北京文学》发表《新写实：近期小说的后现实主义倾向》一文，就“新写实”的概念及创作表现，做出全面完整的论述。

正如他文中所谈及的，当时小说创作陆续出现了像刘恒《伏羲伏羲》、朱晓平《桑树坪纪事》、方方《风景》、刘震云《塔铺》《新兵连》、池莉《烦恼人生》等一批作品。但这些作品的出现，是散落的，孤立的，起初并未结束为一个方阵。是王干从中抽取出来某种属性，并以“新写实”名称为之命名，然后通过《钟山》挑旗推动，把它变成当代小说继先锋主义之后一个新的潮流和重要阶段。其中，当时的刘恒、刘震云、池莉诸人，或者乃是新人，或者虽非初登文坛但声名犹未鹊起，他们一跃而至小说翘楚，王干确实功不可没。当代文学批评，在二十世纪七八十年代的时候，全非后来那种自说自话、温温吞吞、言不及义的样子，而是指点江山、挥斥方遒，对创作实践时有再造之力，以致足令作家惟批评之马首是瞻。“新写实”正是这一批评强势时代最后一个范本，文学批评引领并推进整个时代文学步伐的历史，以后似乎就画上了句号。又数年，因“新写实”之成功而在文坛已有“命名大师”地位的王干，复曾撰其“新状态”之词，并为作家出版社编“新状态小说文库”，推朱文、鲁羊等人，亦获一定反响，然时势已非当初可比，批评家的华彩乐章渐渐有了曲终之态。

返棹而寻，王干命名“新写实”的傲人之功，一方面有乘乎势运的可遇不可求的天时地利，另一方面，终归是他作为优秀文学批评家的创造力的体现。重读《新写实：近期小说的后现实主义倾向》，当能了解这种创造力在时代的激发下，是如何不可阻遏地被尽情释放。文章伊始，便精准地陈明了“新写实”口号的提出依据及内涵：“开拓了新的文学空间，代表一种新的价值取向。虽然目前未能构成完整的体系，但在作品中所体现出的一些共同审美意向和阅读指向，已值得我们进行阐释和解析。”[①] 亦即，“新写实”将能把文学路径拓得更宽、对过往的文学价值有所更新和改易，并且所影响到的对象除了创作自身，亦将同时施诸读者的趣味。寥寥数语，理路明磊，充分显示论者对所论之事成竹在胸、洞如观火。不知别人怎样，我在读这样简简单单几句话时，深感于 80 年代文学批评的锐气以及立言的明晰。彼时批评家既言能有据，亦知其所言抵于何物，故而中鹄中的，切实地发明和激活创作。反观现在，批评文章大多不知所云，绕行在连作者都未必明了的各种浮论之间，徒然令人昏昏欲睡而已，而创作与批评于是便日益阴阳两隔，异途

① 王干《新写实：近期小说的后现实主义倾向》，《在场》，云南人民出版社，2013，页 086。

而行。

王干有很强的理论创新能力，但这种创新断非对时髦的盲从或对洋文的袭抄。《新写实：近期小说的后现实主义倾向》一文，使用了当时令人耳目一新的表述。一是“还原”说，一是“零度写作”。依我的印象，如果这两种表述后来成为文学批评常用语，即始于该文。关于“还原”，王干这样说：

> 现实主义和后现实主义都强调表现生活的真实性，但采取了相异的方式。后现实主义不像现实主义那样通过“再现典型环境中的典型人物”来表现生活的真实面貌，它反对这种理念概括与归纳的“典型”方式，而注重对生活原始面貌和原发生态的“还原”。[①]

关于“零度写作”，则说：

> 只有将主体人格的思想、观念、情绪、意识冷冻处理，进入一种透明无瑕的真实状态，才能保持生活本态在小说中绝对的客观呈现。所以称后现实主义为客观主义并非贬义，骂它的小说叙述者是冷血动物也许正是褒词。[②]

随着他讲“还原”，另一个词“原生态”也流行起来，以至今天走出文学批评，成为很日常的用语。在“还原”的概念中，王干力图重塑“现实主义”的出发点。其实，80 年代中期以后文学观

① 王干《新写实：近期小说的后现实主义倾向》，《在场》，云南人民出版社，2013，页 086。

② 同上，页 091。

念革新的主要方向，是对“现实主义”的根本怀疑，尤其是假由结构语言学能指大于所指的理论，推导出“再现真实”在文学上既不可能亦根本有违文学的艺术特性和天性，从而普遍地推崇“叙述形式”。王干的思路是对上述先锋派文学的修正，他不像后者那样完全视“生活的真实性”为无稽之谈，打算重新承认它的存在，然而主张变革和废弃古典现实主义的“典型化”方式，走另一条“对生活原始面貌和原发生态的‘还原’”的路子。事实证明，他的这种思路对于修复被先锋文学破坏了的文学与现实、文学与读者的关系，同时又避免回到老路上去，是很有效的方案。80 年代中期以来，由于恣肆的艺术颠覆，文学与普通经验世界以及读者审美认知，裂隙过大，已经反过来造成文学生存的惨淡和寂寞。“新写实”能够重新建立文学与生活的通道，它之获得作家与读者的双向认可，原因在此。至于“新写实”的那个“新”字，则着重体现在“情感零度”的理论中。古典现实主义强调教化，注重以人道主义伦理输入社会，此为其“旧”；而“新写实”提出叙述层面上的“客观还原的要求，自然需要作家冷却感情的热度，进行一种无调性、无色彩的冷面叙述”[①]，是为其“新”。

除上述两点，王干“新写实”概念，还特别讲求“作家和读者的‘共同作业’”[②]。古典现实主义是一种作家单方面主导的文学过程，作家乃给予者，阅读者则完全处于被给予的位置，这就是古典现实主义说教感的由来。而经过“新写实”调整之后的秩序，“由单向的灌输到双向的沟通，后现实主义对现实主义的阅读关系进行了根本的调整。在这种调整的背后，暗示着支撑以往小说的那种中心

---

① 王干《新写实：近期小说的后现实主义倾向》，《在场》，云南人民出版社，2013，页 091。

② 同上，页 093。

的崩塌。因为作家在通过作品对读者进行种种道德的、伦理的、政治的、审美的灌输时，灌输者，始终处于一种高人一等的讲坛上，他是整个世界的中心，世界按照他的意志构成。而强调读者的阅读机制则无疑取消了灌输者，迫使作家从讲坛上走下来，与读者持同样平等的态度进行‘对话’。”[①]

借此粗略梳理，不难看出王干构想与提出“新写实”，认知之透辟，理路之明彻。当时，彼年龄未届而立，正是头脑最锐、闯劲最足的光景，不过与此同时，我们必须看见时代造人的因素。换成当下，很多人三十来岁还自视为“孩子”，但王干在这样的年龄，却写出了足令文坛改弦易辙的文章。80 年代中国，有诸多缺陷，将其神奇化大可不必，然而有时回首当时某些往事，则确乎不能不慨然于它在精神上的砥砺与进取。

四

长期以来，作为“新写实”“新状态”等潮流的始作俑者，王干被定格为一种文坛活动家的形象，抑或说，与某些一味勤奋笔耕的同行不同，他更多地以擅长宣传与鼓动的批评家形象示人。这有时会伴随一种印象，亦即，他的批评特色在于“制造”说法，为文坛增添一个又一个热点，而文本细读则非所长。

以前我如果想起王干，多半也是这样。这次集中读他文章，印

① 王干《新写实：近期小说的后现实主义倾向》，《在场》，云南人民出版社，2013，页 096–095。

象竟然为之改观。虽然是老相识，但彼此难说读过对方所有文章，是很自然的。所以王干若干旧作，我其实还是初次见到，尤其是他的一些作家作品评论。而此类篇什，颇能带给我新的体验。

比如写高晓声的《苦涩的“陈奂生质”——高晓声新论之一》。文章劈头第一句写道：“高晓声的小说主体形象是农民，即令那些以知识分子出现的人物，形象也是按照农民的思维习性和心理方式完成性格历程的。”[①] 前半句“卑之无甚高论”，后半句却令人眼前一亮；以我过去读过的有关高晓声的评论而言，点出这一现象的句子，似为仅见，显出了王干对于作家作品的观察之细。后面又有一句：“对阿Q们，鲁迅是‘哀其不幸，怒其不争’，而高晓声对陈奂生们的态度则是：‘怒其不幸，哀其不争’”。[②] 两个词稍移换位，一举揭示现代和当代两位不同作家笔下人物的基本形态。这种评点，幅度至小，小到有些令人恍惚，但是，时代的况味却绵久不断，需要一点一滴地品咂。读这样的片断，我真的不禁对王干感到了一点陌生，发现他做批评不止一副笔墨，而也有闲花幽草的细腻。俞文豹《吹剑录》记：“东坡在雪堂日，有幕士善讴，因问：‘我词比柳词如何？’对曰：‘柳郎中词，只好比于十七八女孩执红牙拍板，唱杨柳岸晓风残月。学士词须关西大汉，铜琵琶、铁绰板，唱大江东去。’”我以往只知王干评论颇具“大江东去”旷放风，其实，他也能唱“杨柳岸晓风残月”。

同样体现着细腻的，亦如《苏童意象》里的这句：“我对苏童小说中的人物的名字略作考察，发现他们的名字居然大多是与‘红’

---

① 王干《苦涩的“陈奂生质”——高晓声新论之一》，《在场》，云南人民出版社，2013，页080。

② 同上，页085。

的韵母‘ong’相同或相近的词。”[①] 这样的考察，已近乎细琐，有点日本人做学问的风味了。文中还提到，“苏童对文学的理解可以用一个‘光’字来概括，他把自己的创作活动称之为‘寻找灯绳’的过程，这种温馨而又不免有些惶惑的感受表明苏童对光影的特殊感情。他说：‘小说是灵魂的逆光。’文学作为一种‘光’自然不会有契诃夫那样解剖刀式的深刻与冷静，它追求的是一种影的效果，尤其作为‘逆光’那种‘影’的意识就更为突出，而‘影’在其美学意义上是与‘意象’一致的。它们都是艺术视知觉复合在作家灵魂空间的产物，都是凭借主观情绪摄取的人生现象，都是人性之光折射的结果。”[②] 这样的论述，既是分析，同时何尝不是诗意的捕捉？其实，我在读《苏童意象》时，甚至觉得王干的笔调亦因对象而一变，毫无高头讲章的格局，而变得随笔化、散文化，隐隐贪恋着笔墨情趣。

近年，他为已故汪曾祺先生写了几篇文章，除开汪老文坛耆宿、本地郡望的缘故，我以为还因他对汪氏“文学趣味”于心戚戚然焉。汪一生为文，非常注重“挖掘、分享日常生活的诗意”[③]，从内心深处沁出一种使小说散文化的意趣。王干还写过一篇《寻找一种南方文体》，里面自称：“直到如今，我的评论文字仍含有大量的描述成分，有时描述甚至大于说理。我对描述有种特殊的喜爱，因为我在描述时感到笔端有种说不清的滋润和灵动。”[④] 这与他对汪氏小说的仰慕，应当流出同源。我也由此想起，晚近王干在写作上，

① 王干《苏童意象》，《在场》，云南人民出版社，2013，页103。
② 同上，页117。
③ 王干《论汪曾祺的和谐美学——纪念汪曾祺诞辰90周年》，同上书，页289。
④ 王干《寻找一种南方文体》，同上书，页193。

爱散文犹胜于爱评论，连他所获鲁迅文学奖，也是其中的散文奖而非评论奖。把这些迹象归拢在一起考虑，或许会让我们对多年来主要以批评家鸣世的王干君的研究，找到更多的维度或途径。

2017 年 5 月初记于北京

（载 2017 年第 8 期《读书》）

嬗越：理论与批评的界限
——评王干《废墟之花：朦胧诗的前世今生》

初清华

自二十世纪八九十年代以来，一直活跃在文坛上，且热衷于不断抛出文坛新闻话题的王干，在其敏捷而跳跃的思维引领下，用郜元宝所引用苏童的评价来说，就是“王干一直在‘转身’”，从文学批评到文化批评，再而是语言学方面倡导繁体字要求废除简化字的言论，他开阔的学术视野和他所操持的灵活多变的理论风格，使得他本身就已成为一种文化现象，不断被解读的同时也被“误读”，尤其是当一本理论性、逻辑性都很强的学术专著，被冠以如此通俗而诱人的名字“废墟之花：朦胧诗的前世今生”时。

《废墟之花：朦胧诗的前世今生》是以对“朦胧诗”这一个案现象运用不同理论话语进行系列批评的方式，表达出作者对于文学理论某些基本问题的思考的学术论文集。集中所收录的十四篇论文，主要集中发表于1986—1989年间。在经过近二十年的沉淀后，作者重新编辑整理这批文章，不仅是其文学情怀的延续，更试图梳理并营构出自己对于诗学本质及规律等问题的体系化思考。不是割履适足地简单搬用、套用西方理论术语，而是杂糅中国传统文化背景以形成自己的文学观。

一 变：方法·古今·中外

如《文心雕龙·通变》所言：文辞气力，通变则久，此无方之数也，要实现文学创作的百花齐放，实现“变”的前提是“通”，“通”包括纵穿古今、横贯中西。《开放与综合：多向“引进”与纵横渗透——论朦胧诗的艺术态度》中所提出综合、开放的文学视野和心态，是王干对“朦胧诗”的评价，也是他自己一以贯之的文学追求。从 90 年代他所推动的“新写实”“新状态”小说，及近年来他所发起的“恢复繁体字”论争，熟悉《废》中他对“朦胧诗”批评研究的观者就会明了，貌似互相矛盾的中西、古今不同的价值取向，对他而言，从来就不是个问题，他总能轻易地穿越各种理论口号的界限，发现“朦胧诗的艺术创新与探求，既是五四时期那些诗人探索精神的继续，也是屈原、李白、李贺、李商隐、吴梦窗等人开创新风精神在广泛意义的延接。他们更多是继承了中国古代文化那股坚韧的雄浑的精神和气质”[①]，在强调了“朦胧诗”的现代主义特征后，又找到了“朦胧诗”与中国文化传统的联系。出人意料，却也差强人意。最重要的是，在通变中永远要做到与众不同。

---

① 王干：《废墟之花：朦胧诗的前世今生》，江苏文艺出版社 2009 年 11 月版，第 146 页。

遥想新时期文学的黄金时代，在“重返五四”和“走向世界”的思想学术背景下，解除思想禁锢，重新打开国门后，“诺贝尔”文学奖成了中国文学工作者的梦想，杂糅了西方古典主义、浪漫主义、现代主义、后现代主义创作的翻译大潮，不仅令文学创作者新奇、激动，出现了“朦胧诗”“现代派”、先锋实验小说等，甚至是“寻根文学”的发起，也与这一梦想密切相关，1982 年拉美作家马尔克斯的《百年孤独》获得该奖后，更令国人开始相信歌德名言“越是民族的，越是世界的”，从传统途径找寻创作的突破口。文学批评与研究者也不甘寂寞地参与着这一梦想的建构。

可以说，《废》中所集王干对“朦胧诗”的批评，正是当时各种时髦现代“理论”的“批评”式演练。尽管王干一直都强调“现实主义”是评价文学创作的最高标准，此现实主义却并不仅止于“镜子说”“模仿说”的生活故事化或人物性格化的展示，而是以人物内心世界审美多元化展示为主要特征。《废》中对“朦胧诗”心理机制、认知方式、艺术态度等方面的探求，就烙有文艺心理学的印记；而对“朦胧诗”的语言、意象、结构方面的剖析，则明显借鉴了法国罗兰·巴特为代表的符号学结构主义分析理论，却没有生搬硬套的晦涩难懂。这都源于他对汉语言本体形象性的把握和感受力。首先，善于运用比喻，如《意象：艺术视知觉的艺术空间》文中对意象与诗的关系用“电脑元件”作比，既赶了“信息论”“系统论”的时髦，又形象生动容易理解；其次，较深厚的古典文学修养，赋予他更敏锐的语言审美感受力，他的批评很少注释，少了理论研究论文的拘谨。

在 20 世纪 80 年代就能综合历史学、社会学、心理学、语言学等诸多研究视角，把“朦胧诗”拟人化地作为一个审美对象来研究的艺术经验，使得“美”与“人”成为支撑他每一次嬗越文学理论与批评、文学批评与文化批评疆界的有力双翼。同时，对同一对象群体“朦胧诗”运用多种研究方法变动不居的剖析，也多了几分灵动、从容与优雅。

二 美：语言·意象·结构

对“朦胧诗”进行拟人化研究，这源于作者对诗本性（即沟通心灵的审美客体）的认识，并烙有 80 年代文学的深刻印迹。尽管新时期文学是伴随着思想解放运动展开的，“朦胧诗”刚浮出水面时，她所传达出的美感，仍然还是引起一场不小的论争，力挺朦胧诗人的谢冕老师，在二十多年后回述当年的氛围还依然激动不已。《废》中的“引言”部分对于朦胧诗产生、发展、变化的背景、进程已做出较为清晰的勾勒。并指出朦胧诗的重要意义在于催生并参与了新时期文学的“语言革命”。可见，首先吸引作者靠近的是朦胧诗语言的符号美。书中虽也有针对朦胧诗人北岛、顾城、杨炼的个案批评，而更主要视朦胧诗作整体若心仪女子，由表及里，琢磨她在语言选择、意象、结构中溢出的情感美，进而探究产生“朦胧”美学特征的哲学背景、认知方式、心理机制、艺术态度、理性支柱等，不断向“她”的灵魂更深处靠近。

在《语言的变更：诗的符号化与陌生化》文中，作者把语言作为剖析产生“朦胧”美原因的突破口。他指出，朦胧诗在抒发情感、表达心灵时，“对情感进行全新的艺术抽象，往往舍弃了‘事实’和外部的特征，而以心灵主体性的色彩融化一种超越现实状态的结构形式，这种抽象的结果就是使诗歌上升为一种艺术符号”，“完全超出了其中的字面陈述所造成的效果”，这是在强调语言的造型功能并重视诗的视觉价值的美学追求。同时，朦胧诗的语言还是一种陌生化的符号系统，即选择与日常生活语言不符合的，破坏标准化日常语言规范的语法、词汇和句子，从而唤起读者新鲜的感知和情感。因此，语言的造型感、陌生化成为“朦胧”美产生的最表层原因。

对意象的探究成为作者确认朦胧诗的现代主义美学风格，而与浪漫主义、象征主义相区别的力证。《意象：艺术视知觉的艺术空间》文中，首先对“意象”的概念作了定义：意象乃是诗人感性和理性的复合体，它自身像一个集成线路和元件，就其美学价值而言，有点类似中国传统美学中的“意境”，它对诗的作用，犹如一个集成线路的元件之于电脑。虽然这个定义还有值得商榷之处，但其后对朦胧诗的意象与象征主义相区别的分析，如“朦胧诗人是把知觉与视觉的复合作为诗的灵魂……构成了诗的‘意’，在选择、组合意象时他们注重画面感、雕塑感等视觉功能，借此构成诗‘象’……这就从根本上变更了意象派诗中‘意象’的内涵，使意象在新的范畴里获得新的体验，新的生命”，“象征主义诗人（以兰波、魏尔伦为代表）注重诗的音乐性的程度要甚于象征性……而朦胧诗人由于重视语言的视觉效应，恰恰忽视对语言音律的音乐的表现”，尽管早有闻一多“三美”原则的诗歌理论，从诉诸听觉与视觉不同的角度来区别朦胧诗与象征主义，今天读来还是觉耳目颇新。

在对于朦胧诗的意象分析中，作者把“朦胧诗”向中国古典诗词溯源，如在评析顾城《古寺》、舒婷《还乡》、江河《星星变奏曲》等诗作中“套层结构的意象方式”时指出，“我国古典诗词里所常用的‘通感’、‘移情想象’等抒情手段便也是利用意象的套层来完成的”，并对其中不同做出评价，“像朦胧诗人这样大幅度，高容量地运用意象的‘套层’来结构诗篇的，应该说还是一个创举。”同时，正是从朦胧诗美的区别性特征出发，作者始终把握住朦胧诗意象组合的“流动”性特征，通过分析朦胧诗中意象的重叠、交叉、渗透、错位、变形和抽象，来与意象基本是单元的、静止的西方意象派诗歌相区别。

㈢ 人：思想·情感·态度

仅止步于朦胧诗的外在美，还不足以令这位顽童批评家的好奇心得到满足，凡事都要究个根底，日后其小说批评与文化批评中一针见血的犀利，此时已露端倪。朦胧诗研究饱蘸了作者对文学不改初衷的真情，当然不仅仅是由于以上所分析的语言、意象结构的外在美。到底朦胧诗是有怎样的个性，才能在异彩纷呈的80年代文学中脱颖而出，得到作者的钟爱呢？

首先要说，朦胧诗是有思想张力的，她所擎出“人”的旗帜，与由芒克《天空》，多多《无题》，江河《葬礼》，北岛《十年之间》《履历》等诗作所勾勒出的时代浪潮，及其中一代人的心路历程，形成鲜明对比。对于“人”的呼唤，作者认为不只局限于北岛、江河的慷慨激昂，也为当时被指责没有深刻思想的舒婷《遗产》、顾城《永别了，墓地》做了辩护，指出从人性、人情的角度揭露批判灾难性，不是最高层次的也不是最有力量的，但在特定时期却显示了巨大的战斗力、杀伤性。从意义和作用着眼，回避掉思想稚嫩的指责，足见作者对于“朦胧诗”的偏爱，更重要的是为了维护“人”的旗帜。正如作者在后记中指出，恰恰是情绪表达而非理性思考的需要，成为朦胧诗活力的内在源泉，而当时代变迁，可以自由表达时，被理性控制的朦胧就显得苍白和做作，终结成为必然。

对朦胧诗内在的探究，作者没有止步于人道主义的理性支柱，进而向心理机制挖掘出“情绪结”，悲剧是其底色。以顾城的《一代人》为例，分析其悲剧性心理机制的结构形态，得出模式：S—I—SI，I—SI→非S，即在S（环境或非人化的存在）中，I（我，即人）对于非S（理想境界）的追求过程。可以看出，悲剧痛苦为底色的朦胧诗，却不是悲观主义者，而是充满理想主义情怀，特别是拿舒婷《这也是一切》与北岛《一切》作比，视二者为理想主义的正、负面，强调北岛是以一种否定性的态度来发泄昨天的理想破灭的愤懑，而称其为“顽强的理想主义战士”。没有感同身受过的人，很难写出如此华丽而深情的语句，“这不是一般人的乌托邦式的空想，而是一种对人的解放的希望，一种对个性自由、人类幸福的向往……更反衬出动乱现实的可恶、可怕、可笑，继而固执地在理想幻景中满足心灵的饥渴，这就形成了一种奇异的循环，他们的诗便在这种理想与痛苦之间艰难地徘徊。”

如同“人”的成长有阶段性，通过对艺术态度选择呈现出不同取向的分析，作者把朦胧诗分为前后两期。与北岛选择存在主义作为思想武器批判传统文化不同，从1983年开始，江河、杨炼、顾城等人几乎不约而同地对古老的东方文化表现浓厚兴趣，杨炼的“重新发现”宣告了这不是简单回归和对传统的妥协，而是由于认识到“一味地凭借个人的直感和经验，片面地单纯地‘反传统’，强调‘自我’，很可能因为根底软弱而难以长成参天大树，甚至很快凋敝于他们所轻蔑的土地上”，所以要反观传统，来发现过去由于认识水平的限制而未认识到的价值。正是对文化的重新发现，朦胧诗由青春期的情绪躁动，转而呈现出中年的淡泊与稳健。通过对杨炼《敦煌》《西藏》组诗中传承老庄思想与佛教思想的分析，肯定江河、杨炼为代表的“文化—史诗”创作，在挖掘古老东方文化潜藏的现代意义与生命内涵时取得突破，同时，也清醒地指出他们对神秘主义的兴趣与热情，使得诗歌深奥艰涩，“滑入非理性主义的泥塘”。从理性，转而非理性，也预示着即将被新生代诗人所叛逆而取代。《新的转机—第五代—新生代—后崛起的一代》一文中，从反讽、反文化、反意象、反语言等层面，对朦胧诗与第五代诗人间的血脉关联做出梳理，目睹着这一次面目全非的嬗变，只余无奈的叹息：这是一个归根而又失根的时代。

以上分析可以看出，作者对（美）艾布拉姆斯《镜与灯》中所提出盛极一时的文学活动“四要素”说的理解与反拨。与西方文论中或认同于作者主观情感投射的浪漫主义，或秉承文学是镜子的“模仿说”，或是坚信罗兰·巴特文学是语言狂欢的结构主义不同，《废》中体现出作者试图在坚持文学是“人学”，文学是关于“美”的艺术这一基本观念的基础上，把各要素协和于一体的努力，如作家专论《历史·瞬间·人》《北岛：孤独的岛，真诚的岛》，就分别以文学社会学、文学心理学的方法切入研究北岛的诗歌创作，抹平了所谓文学“内部研究”与“外部研究”的界限。尽管文中不乏相互矛盾之处，却也体现出独特的智慧。

仔细想来，曾经把钟爱之情隐匿于客观、理性的研究态度背后，对朦胧诗做出精细分析，为其辩护的同时，更是不断地给自己继续保持爱恋的理由。而今，在他已放弃了“卑鄙是卑鄙者的通行证，高尚是高尚者的墓志铭”这一座右铭后，又重新出版了这本诗论集《废墟之花：朦胧诗的前世今生》，是否是对青春记忆的一次清理，又或许是将对近三十年爱恋的舍弃呢？毕竟，已经内化于血肉中的对于“美”与“人”的追求，不是想放弃就能轻易舍掉的。

（载 2011 年第 7 期《文艺争鸣》）

张望，在生活的海洋里
——读评论集《赵薇的大眼睛》有感

初清华

初识“王干”这一专有名词，缘于一漓江社朋友送的《王蒙王干对话录》。早在那时，他就表明拒绝狭隘文学观念的立场。文学是什么？曾经他说文学是魔方，随后又用无规律性来纠正这种比喻的机械色彩，那还是种种形式试验盛行之时，他承认纯文学、先锋文学，但也并不讳言对政策文学、方针文学等赵树理创作的肯定。你可以说他是态度暧昧，甚至是“骑墙派”，更重要的是这种宽容和开放性，成为他掘出新写实小说之流的利器。这也注定了他后来的批评道路必然是走向更为关注日常生活的大众文化研究。

这是一本研究大众文化的评论集。大众文化，简言之，就是普通人的生活方式以及蕴含在这种生活方式中的思维方式。赵薇的大眼睛、赫本的脸、至尊宝的月光宝盒、东方不败的绣花针、大红灯笼、足球、“人妖”电影、美女写作……已被符号化的生活的不同面孔一一粉墨登场。虚构的文学世界与实在界的文化现象在他的批评生活中相遇了。作为一个从20世纪80年代走来的言说者，曾经自以为是作为社会的良知、作为历史的见证而存在，甚至把自己作为政府的监督者和批判者而存在的他，绝不会甘心做一个张望者。尽管也早知道仅靠举着理想主义大旗或是坚守知识分子立场对“媚俗”现象的声讨，偶尔发出的几个不和谐音，不论你是如何痛心疾首，如何语重心长，也不过是给过于流畅的旋律中，添几分意外的情趣而已，甚至都激不起一丝回骂的情绪，因此少了许多当年指点江山激扬文字的豪气。

于是就有了文章《赵薇的大眼睛》。不作简单的价值判断而是另辟蹊径，从分析小燕子的形象特征与受众文化心理的契合点入手，揭示出异数中的定数，文末对“木头人心理”的忧虑流露出80年代文学批评的余绪。《阿哲的歌与东方不败的绣花针》似乎走得更远些，从张信哲几乎分不清性别的歌声，到东方不败要求无性别才能臻于至境的武功，明褒实贬，对人类挑战极限的行为提出质疑。失去了敬畏之心而自信心极度膨胀的人类，将要面对怎样的未来？生活之川，将流向何方？《盛满平庸的地方》《悲剧、无厘头、综艺节目》中对春节联欢晚会中政治与商业合谋现象和解构理性的无厘头文化的批判，都带有早期法兰克福学派大众文化批判的色彩。女人，足球，绝对是时尚中不可或缺的元素，也因此在书中也占有重要篇幅，但它们都不是我所钟爱的，除了那篇《贝哥哥的发型和县委书记的帽子》。表面看来，英国的名人贝克汉姆与中国某省中部一县委书记，简直可以说是不搭界；但在作者笔下，从容不迫地信口道来，毫无牵强之感，拿别人家的（外国）和老祖宗的（过去时）说事儿，让人不得不佩服他的聪明，不留把柄。正是凭着自己对语言驾轻就熟的功力，在不动声色中表达出忧虑的心情。

不动声色、老成持重当然是成熟的表现，也是很多人追求的境界，但它同时也意味着少了许多生机和活力。因此，在听完那么长摇头晃脑、意犹未尽的叹息后，跳出一篇《文学不是小毛驴》，真有惊艳之感。如此指名道姓的嬉笑怒骂，在今天实不多见。而至于一贯讲究措辞委婉、态度宽容的王干，就更为难得一见了。文中高潮迭起，“与文学这有几千岁的老爷爷相比，电影实在是个年轻的小毛孩，可现在有人本末倒置，将爷爷当作孙子，甚至还把爷爷当马骑，这就是犯了‘不孝之罪’了”，用爷孙来比喻文学与电影，尽管有阿Q的嫌疑，却也真是骂得酣畅淋漓！“他太蔑视文学了，这是要受到报应的”，这样的诅咒，尽管有泼妇之感，却为我所偏爱。除了“文学”，还有什么能荡涤掉作者早已习惯的语言上伪饰的面具，露出真性情来？

我猜测，或许曾经他更愿意做，而且以为自己就是一个生活的凝视者。在对生活中层出不穷、应接不暇的变化的凝视中，期待着背后会有迷人的、可以叫作永恒的东西出现。这样的期待又是怎样地迷失在光怪陆离的生活海洋中了！远去了心浮气躁、年少轻狂的激情，《论麻将的无限可操性》《闲读围棋》《说谱》《语言垃圾和语言黄金》中不再有对大众文化的批判，而是更为谦和的研究姿态。他开始为国人能精于麻将此类小技而叫绝，也为大赛无名谱开脱，因为“我们不能把自己装进古琴的声韵里不食人间烟火”，也开始期待今天的流行歌曲成为未来的唐诗、宋词和元曲。这是否是一个预示？生活的巨浪又漫过来时，曾经奋起溯源的努力，是否要永远的成为过去时？

（载2005年《文学报》）

我们的干老

说不尽的王干

赵本夫

我和王干曾在江苏作协同事十几年，熟得不能再熟。他先是在《钟山》杂志做编辑，后到省作协创作室当领导，管理专业作家。江苏那么一大帮有名的作家都在他手下。他不大像个领导，更像大家的朋友和秘书。王干成名很早，写过小说和大量散文、随笔，是一位名副其实的作家；王干还是一位编辑家，在《钟山》做过很长时间的编辑，调到北京后，又在《中华文学选刊》任主编。在编辑岗位上，王干称得上是一位名编。早在20世纪90年代，《钟山》曾先后首倡“新写实”“新状态”小说，王干都是主要的策划者之一，“新状态”干脆就是由他提出来的。这两个文学概念，都催生了一大批优秀作品，引起当时文学界的轰动。当然，也引来很大争议。但编辑部并不介意外界的批评和争议。因为大家认识到，作为一家在全国有影响的大型文学期刊，在新时期文学蜕变、发展过程中，不应当是被动的，应当有自己的声音，有所观察，有所思考，有所梳理，有所倡导，有所展示。王干是敏锐的，他正是捕捉到当时文学创作的某些微妙动向，大胆提出一些新的文学概念。这些文学现象当然不是当时文学的全部，但它是一种新气象，有争论是很正常的。事实证明，“新写实”和“新状态”已成为新时期文学史上不可回避的话题。对此，王干功不可没。在编辑岗位上，王干除了联系名家，还发现和扶持了大量业余作者。这是一个优秀编辑所必须具备的眼光和品德。后来，又是王干策划了“联网四重奏”活动，由《钟山》《大家》《作家》《山花》四家有名的刊物共同拿出版面，推介文学新人，这个活动持续了几年，成为文学界引人瞩目的事件。很多活跃在当今文坛的青年作家，多多少少都得到过王干的热情帮助。但作为批评家的王干，也许更为耀眼。在当今中国文学界，王干更多是以批评家出场的。王干过人的才华、聪明、敏锐，是大家公认的，他的视野之开阔，视角之独特，行文之机智，都是独树一帜的。和他在编辑岗位上一样，他时刻关注着那些著名作家的创作动向，因为他们对文学的思考和实践，常常代表了当时文学的高峰，研究他们和他们的作品，研究他们的创作思想、创作感悟，无疑可以站在文学的制高点上，对整个文坛起到启蒙、引领和推动作用。比如早在 20 世纪 80 年代，他就有了和王蒙的长篇对话录，就写过大量著名作家的评论文章。王干的文学批评是真正的文学批评，是独立的文学批评，他并不一味肯定和褒扬，他只肯定那些他认为应当肯定的作品，对一些他认为不那么好的名家之作，也毫不客气地指出作品的缺陷和问题。为此，王干还曾惹过一场轰动文坛的官司。是非姑且不论，起码王干的批评态度是严肃认真的。一个独立创作的作家和一个独立批评的批评家，都应当赢得尊重。在关注著名作家的同时，王干还有大量文章关注那些不知名的作者。碰上王干的文章，我总是要看的，可有时对他评价的这位作者却完全不熟悉，出于对王干的信任，我有时会想办法找到这位作者的作品看一下，果然发现有独到之处。读王干的批评文章是一种享受，不艰涩，不掉书袋，不故弄玄虚，更不会离题万里。他的批评文章首先面对的是文本，而不是信口开河，不着边际。有时我们会看到这样的批评文章，它可以看成是批评任何一部作品的，却终究什么作品也没有批评。但王干不是，他的批评研究是极有针对性的，绝不会空洞无物。有时我们还会看到这样的批评文章，几千字的内容里，起码引用十几段甚至更多西方理论家的观点，后头的注释一大堆。我们因此知道了很多被引用者的观点，却到底不知道这位批评家的观点。王干当然不会不知道那些西方理论家的话，但他不卖弄。王干的批评文章，极少这样引用别人的话，他用他自己的语言，鲜活、准确地表达出他的取向和判断。对一个杰出的批评家来说，他一生的建树也许就体现在三个方面：一是有没有属于自己的批评体系。如果体系要求太高，起码也应有属于自己的批评视角和语言；二是哪一位作家是你发现的；三是哪一部作品是你发现的。以此来衡量，王干已差不多做到了。

也许王干有太多的才华，太多的精力，他感兴趣的东西实在太多。比如社会上的诸多文化现象，比如关于繁体字的讨论，比如关于城市建设，比如关于足球，他都是一个热心的参与者，都能说出一些独特的特点。差不多 15 年前，江苏作家曾成立一个足球队，和高校、新闻界打过一些比赛，这支足球队就是由王干牵头组织的。当时，不知他从哪里给每人弄来一身阿迪达斯的行头，那双球鞋，我至今还常穿上锻炼身体。王干还是一个围棋爱好者，前些日子在《围棋天地》上看到他和国手常昊、邵炜刚的对话录。这又让我吃惊不小。王干棋下得不怎么样，对话录却高屋建瓴，一派大家气象。说起来，我和王干已是 20 年的棋友。20 年前，我刚调到省作协工作时，还没来得及搬家，一个人住在南京一间临时住所，下班无事，就迷上了围棋。当时我刚知道活棋要做两个眼。王干也是单身，也迷上了围棋。有一段时间，他几乎每晚都泡在我那里下棋，第一天晚上弄清怎么做两个眼，第二天晚上就杀得人仰马翻。大家都不懂棋理，完全没有章法，却一下就是一夜。江苏文学界向来棋风很盛，其中最厉害的要数储福金了，他现在已是业余六段高手，在全国文学界稳坐第一把交椅。我曾写文章说他成就了一位作家，却少了一个国手。大家常找储福金下棋，当然没谁是他的对手。偶尔会听某人说，我昨天把储福金赢了，但被让了几个子却闭口不谈。但是这样的氛围还是提高了大家的棋艺。王干属于那种才子棋，有时一步棋很臭，有时一步棋却异想天开，你根本想不到他会这样下。以前，我和王干棋力差不多，现在他有点厉害了，前不久还输给他一盘。到底他去了京城，不仅有和国手的对话录，而且据说还和常昊、古力下过棋，有点伪国手的味道了。下次再和他手谈，真要当心了。

王干是深刻的，又是单纯的，好玩的。这是个真实的人，热心的人，从不懂得掩饰自己。我们相交多年，互相引为知己。当我的《地母》系列最后一部长篇小说《无土时代》写完后，我毫不犹豫地交给了王干，请他做责编。《无土时代》原名《木城的驴子》，有点调侃的意思，也很文学。但人民文学出版社总编潘凯雄不大满意，认为题目起小了，不能承受作品的分量。那晚我们一起喝酒，中国出版集团老总聂震宁赶来作陪，大家一齐想名字，还是王干说出“无土时代”这几个字，聂、潘二位一致叫好。我也很高兴。这名字的确提升了作品的内涵和品质。那天晚上，我们四人喝了三斤白酒，我喝醉了，回南京头疼十几天，打电话骂王干给我喝了假酒，他却大呼冤枉。后来证明，这的确是桩冤案。

（选自赵本夫散文集《到远方去》）

南方的王干

徐 坤

一

用“南方”这一地理方位来标识王干，盖是由于受了他的新著《南方的文体》的启发。橘生淮南而为橘，逾淮北而为枳。中国南北学术风格传统的差别，便是将南方的帅哥才子，一律做成北方的领袖“萎”人。王干因其生与长都在南方，荫着南方树木的葳蕤，吸附着南方秀水的氤氲，因而灵动，因而茂盛，因而稠密，因而耐力持久，因而能在风口浪尖上随中国的新文学思潮颠簸跌宕直干到今。

也许会因而难腐或不朽?

某日，一群文友包括王干等在京都的酒吧闲聚，众人以猜谜益智的方式来打发盛夏夜晚燠热的时光。其中戴诗人口拈一谜：“气死太监”，用来打一人名。众人皆奋力憋住心底的洞明，竭力装出一本正经的哑然。其间一名叫徐坤的女性，因不胜酒力也不明机关，晕头涨脑地瞪着酒杯脱口而出说：“不……是王……干吧？”

“轰”的一声，坏蛋们强忍住的笑一下子全都给引爆出来。戴诗人恶作剧成功似的连笑不止，王干也跟着众人暧昧的笑，露出他一粒粒整洁细腻的南方小玉米牙，非但不恼，嘴角还暗暗上翘出几分宽容的骄傲。

二

其实，这篇文章换一个跟王干更熟悉点的人来做更为合适，比方说，任意一个跟他一道从新时期一步一步扎扎实实走过来的男女青年文人。大概他们每一个人都会信口讲出一大串有关“成长的烦恼”的好玩故事给观众听。指派我来完成这样一项任务，故事就会多少显得有些支离破碎不甚连贯，因为，我在 1996 年仲夏见到王干时，王干已经“老”了。

所谓“老”了，一是指相对于当年他站在王蒙家院子里的枣树下，一脸阳光灿烂，如同北方暖冬里一株小树般极力向上挺拔的青春情景而言。几年的时间过去，王蒙家的院子里依旧有两棵树，一株，是枣树，另一株，还是枣树。

据可靠资料记载，王蒙跟王干进行十次对话的日子，具体应是在 1988—1989 年之交。其时，王干也就是 28 岁左右吧？ 28 岁，在我不甚可靠的阅读记忆当中，当是钱钟书归国任西南联大外文系教授，开始萌发写作《围城》之念的时候；也是李敖决定不再皓首穷经追踪先师足迹，而是另辟蹊径“造反”，以别一种方式进行文化突围的时候；还是胡适被选为北大英文部教授会主任，预备挑起“问题与主义”论战的时候……此等罗列并无他意，只是感慨“自古英雄出少年”时代之不可追。生不逢时，当是20世纪60年代出生的文人的命定际遇。若非如此，王干那一支充满朝气与灵秀的笔书写的将是怎样的“别一种历史”，谁也不敢轻易对此妄言。

然而，命定的辉煌想躲也躲不开。至少，王干28岁时的这一部《对话》，已经作为“《新时期十年文学大观》的简写本”（批评家蒋原伦语）而当之无愧地载入中国20世纪末文学批评史。

二也是指经过十多年的文学批评实践，王干已经建立起他自己独立于京派、海派两大文化脉络之外的，一种新型的批评写作文体：南方的文体。用他自己的话说，“南方的文体不是一个流派，也不是一个‘主义’，更没有宣言，他是评论的一种状态，一种犹如蝉之脱壳之后的新状态。南方的文体是一种作家的文体，是一种与河流和湖泊相对应的文体……”（王干：《寻找一种南方文体〈自序〉》）

王干用这样一种方式给自己的批评定位，足见他的智慧和聪颖。是文体而不是体系，这样既避免了打正面的遭遇战，免受一切所谓“正统”学人的攻讦诘难，同时又聪明地给自己确立了从边缘向中心突进的某种可能。实际上已经不是“可能”，而是一种既定的事实，他已经用他十余年来的创作批评的实绩，赫然矗立在中心的位置上了，（用北京老百姓的话讲，就是已经成“腕儿”，已经有“款”了。）他的南方文体不再是一种稚嫩粗疏的假设，而是这些年来一直伴随着他的批评的武器，是一种切实的强有力的批评方法上的沿革。他以一种流动的、描述性的批评文本，向我们传统的固态思维提出挑战。在学院圈子里做科，卷子通常是被从后往前审阅，先查引用了多少拉丁洋文，再查掉书袋子的数目。做着做着学问，猛一抬头，却发现已经被学问给做了。这时难免就要心虚气短心力衰竭。而远在南方的王干因其超脱了师承，超脱了地域那种无形的“场”所发散出的圈里规范，因而也就能一直保持着年轻健康的体魄，文字之中少了一份限制与羁绊，多了一份怡情与忘我。所以他的灵气，他少年老成的调皮也就藏也藏不住地在流动的描述中汩汩涌动着时隐时现。

三

如果说，中国80年代的文学批评总是跟那么些个业内人士所熟悉的名字连在一起的话，90年代的中国文学批评界，无疑也少不了“王干”这样一个名字的。

在没认识王干之前，就听到了坊间散布的种种关于王干的传说。用同是写小说的朋友小关的话说：“一个地区有一个像王干那样的批评家特别重要，要不咋能那样快推出一大批文学新人来呢？”用外文所晓强兄的颇为知根知底的话说：“王干就像一个头羊，率领着江苏的群羊，一拨一拨地冲向中国文坛牧场。”用北京最新晚生代作家座谈会上的七嘴八舌的发言记录说：“咱们《北京文学》怎么就不能像南京《钟山》那样往外推新人呢？你看王干，做出多少江苏新人出来？”

言语之中不乏感叹、羡慕之意。

四

当然，近两年来江苏文坛咕嘟咕嘟成串往外冒男性新人（很奇怪只冒男新人不冒女新人），除了跟新人们自己的刻苦努力、跟苏童叶兆言等榜样力量的鼓舞、跟江苏众家杂志社的编辑们的栽培分不开外，还跟全国各地文学界一批同是60年代出生的、正在年富力强有朝气有才干的年轻男编辑同志们的辛勤培育也分不开。他们共同在为推举新人、为中国的当代文学建设进行着无声无言实实在在的努力。仅举一斑：

王干，1960年出生，主编有“新状态丛书”，作家出版社，1996年出版，内收五位60年代出生作家的作品；

李师东（《青年文学》副主编），1962年出生，主编有“晚生代丛书”，华侨出版社，1996年出版，内收八位60年代出生作家的作品；

宗仁发（《作家》主编），1962年出生，率先在杂志推出“青年作家小辑”并策划“联网四重奏”活动，将杂志的封二封三开设成青年作家影集窗口；

兴安（《北京文学》副主编），1962年出生，主编有《蔚蓝色天空的黄金——当代中国60年代出生代表性作家展示（小说卷）》，中国对外翻译出版公司，1995年12月出版。

…………

一代作家的成长，总是与一代批评家、编辑家的成长密不可分。比起那些“述而不作”或“著而不述”者，再或者是那些喜欢在成功者的头上捅一炮，专事拆台解构然后建构自身者，他们这些年轻的批评家、编辑家的劳动应该说更有意义，也更应该得到广泛的认同和尊重。

五

如果仅仅是具有才子气，那么王干还不足以在最短的时间内成为众家之首，兀立于才子之林。这个世界能够动不动随便要出点小聪明的男子几乎比牛毛还要多。王干还有他作为文人才子的十分仗义豪侠的一面。这一点他倒颇有些不太南方，而是显得相当北方，有些像我们北方的血性男儿。我不知道别人对这个“义”字抱有怎样的心理，至少，在我这样一个北方女人的心中，衡量一个男人的最通常、最基本品质时，“义”字当是高于一切。若是缺了道义、不讲信义、少了正义、毫无仗义，那么这位男人就好比是印度的一种黄颜色的咖喱软饭，“looks like shit and tastes like shit”，看着像屎吃起来也像屎。

当然文人有时一遇到一点风吹草动就爱做鸵鸟，这里边也有极其漫长复杂的历史原因可以追溯。说起来似乎是情有可原。可也正是在这时，那些仍然直立者才更显出了难能可贵的品质。南京的青年作家朱文的一本新书出了一点小小的波折一事，很可以让立志于文学事业的青年们从中窥出许多值得思索颇堪玩味的东西。闲来无事可以随意翻翻各地报刊，顺耳听听各个方向来的传言，看看谁家还在继续发他的稿子，谁家还在一如既往地给他做着评论，我想这实在是一件很有趣味的事情。

王干的评论题目是：《船上车上马上——朱文的游走美学思想》，文载《山花》1996 年 8 月号。

早在 1993 年，王干曾做过一篇题为《一个幽灵：自省或批判——新潮文艺中的“文革”阴影》的文章（载《文艺争鸣》1994 年第 1 期）。文章在纠察诊疗了新时期文艺中的种种“文革”延续下的政治病灶之后，作者得出了一个比较中庸的结论：“事实上，这些年先锋文艺的兴盛就说明‘阴影’并不是最可怕的敌人，而商业化、金钱的诱惑才是毁灭先锋的‘敌杀死’。”以后的事实证明王干还是有点太乐观了。时隔三年，当历史进程已经推进到 20 世纪的最后几个年头，社会主义市场经济已具雏形，且已经给人民带来了巨大的实惠，而距离“文革”开始和结束也已经整整三十和二十周年的时候，我们所不愿看到、不愿听见的蓄意诋毁改革、扼杀社会主义文艺新生事物的“文革”式的大批判语言仍如幽灵一般在古老的大地上徘徊。对此，王干文尾的结句：“如何在我们的思维中剥离‘文革’的限制与压迫，走出那个巨大的阴影，已变成了一个不可回避的难题实实在在地放在我们面前。……还是要把‘文革’病灶的危害缩小在最小范围内，以保证先锋文艺健康并且充满青春活力地生长”，此番话语倒是深中肯綮，且具有无限的现实意义和深远的历史意义。

六

1996 年仲夏我去江苏扬中参加笔会，与朋友顺路到《钟山》编辑部蹭饭。载着我们的车子七拐八拐，穿过南京老城一路婆娑的梧桐浓荫，才在一处端庄的类似于医院白色病房的所在前停了下来。上得南方的木质小楼，又是一阵七拐八拐，找到编辑部的牌子，探头探脑进去，对着那密不见人、层峦叠嶂的火锅城（王干语）一般竖壁起来的写字间喊了一声："王干——"

"……"

没听清他回答了什么，总之是王干应声出来，身上并无炭火炉箅烟熏火燎的乌涂痕迹，一件丝质的亚麻宽松T恤，一条质地柔软的栗色休闲裤，一双高帮的、美军侵略越南时在丛林里穿的那种软牛皮的翻毛软底鞋，一口松软温润的南方普通话，整个人清清爽爽，不是南方的帅哥才子又能是什么？！

忽然就想起小时候看过的卡通片"没脑筋和不高兴"，想起那些个大脑袋小细脖的聪明小人儿，不由得就偷偷地笑了。

1996年8月8日

谁能定义王干先生

——王干先生印象记

庞余亮

这世上有一个王干先生，就是那个微笑着的王干。

这世上又有许多个王干先生。比如兴化的王干。比如里下河的王干。比如评足球的王干。写作的王干。下棋的王干。弹古琴的王干。书法并篆刻的王干。编辑家王干。而在写作的王干中又有写评论的王干。写散文的王干。写小说的王干。写博客的王干。搞微博的王干……

——谁能定义王干先生？

我和王干先生是同乡，在见到王干先生之前我遇到了他的许多做教师的同学。那是80年代中期，他的同学是我乡村学校的老同事，他们知道我悄悄写作，就纷纷向我介绍起王干先生的文学神奇。那时，王干先生所办的文学民刊《大野》已和《今天》一起被美国的大学收藏。那时我已经读过王干发表在《上海文学》中篇小说的《故乡的红蜻蜓》。这部小说中的秧田，夏夜，蛙鸣，红蜻蜓……

王干先生写了那么多透明的红蜻蜓！那是兴化的灵性之光！当时我正处于最苦恼的青春写作，常常想逃出这多水的兴化，有如孤岛的兴化。那偏僻，那闭塞，那阴冷。类似于潮湿的爱尔兰。一想到文学的王干，我就想到了何多苓的油画《春风已经苏醒》，带着小小野心的风，就这么拂过多水的兴化……

1991 年夏天，兴化老家遭遇百年不遇的大水。我去县城看望几个老朋友，恰巧遇见回家看望父母的王干先生。我受到的鼓励，就如同当年的洪水退去的欣喜。回到学校，我继续写诗，寄诗，并且每天去学校边的邮局等信。

我记得王干先生在回信中说：如果你出第一本诗集，我一定会给你写序！在那个寂寞的小镇上，得到王干先生这样的许诺，我至少兴奋了一个月。再后来，读王干先生的《王蒙王干对话录》《世纪末的突围》。几乎是读完了每一个字。现在回想起来，在那个小镇上，能够有那样温暖而亲切的阅读，真得感谢那时才华如朝霞般喷射的王干先生。

王干先生有很多头衔，推进过写实新状态等文学思潮，也向文坛推举过许多新人，第一个给莫言先生十万元大奖就是王干先生主持的《大家》刊物。王干先生就如同那个叫哪吒的孩子，在密室一般的文坛上弄海戏龙。南方文体——这样的命名就是一次神示。比如一句废除简化字，引起了多么大的波澜。

但“哪吒”绝不能定义王干先生。有两个证据，一是王干先生与汪曾祺先生的情谊。这情谊有同乡同根的缘由，更有惺惺相惜的珍贵。汪老的子女与王干先生同龄，但他们却以待长辈的礼仪待王干先生，这里面，已经不能用情谊两字概括了。颜回的厚道，如同扁豆棚架中的风一样透明而滋润。评论家说，汪曾祺先生是中国最后一个士大夫。而士大夫之风，已有幸在王干先生身上绵延。王干先生为汪曾祺先生的遗作整理所付出的汗水——竟然也反哺了王干先生自己，已不止一次有人说，王干长得就神似中年的汪曾祺！还有导演请王干先生扮演汪先生！

“菌子没有了，气味还在空气中。”

是的，王干先生的“菌子气味”又通过文学传递到我们这些后生身上。这些年，他还“潜伏”在京城，就如同家乡盛产的慈姑。内敛、苦涩、简洁，连书的名字也叫作《王干随笔选》。这本很简洁的书后来就获得了第五届鲁迅文学奖（2007—2009）（散文杂文类）。

“……一直想写关于《野草》的论著或长一点的论文，但老觉得笔力不逮，就将这些感受和心得写成了随笔发表。在这位革命家、思想家、文学家的散文里，我发现有一个柔软的鲁迅、忧郁的鲁迅和怀旧的鲁迅，我的写作就不再担心孤寂和寒冷。”

这是王干先生的心里话，似乎不太像那个潇洒、飘逸的王干先生了。

但的确就是他于子夜时分的自言自语，他不是说给别人听的，他是在和寂寞的自己手谈。

谁能定义王干先生？

也许家乡闻名于世的垛田能定义王干先生的围棋。

也许兴化几万条长短不一的河流能够定义王干先生的板桥体书法（是我见到的最得板桥精神的书法）。

也许留在记忆深处的那些透明的红蜻蜓能够定义王干先生的灵性。

其实，谁也不能定义王干先生。

是的，回到原点，王干先生就是他自己的笔画，他的笔画很简单，恰好有经有纬。

王干先生只是他一个人的经纬。

王干的转身

苏 童

王干在《钟山》期间开始显露了他评论创作之外的才华，不知是工作的压力，还是天性使然，他的眼睛终日闪闪发光，陶醉于对文学现象或者文学思潮的高度提炼和概括中，他成为一个文学运动的狂热推动者，同时也成为一个文学口号的高明缔造者，于是“新写实主义”“新状态小说”在《钟山》纷纷出笼，一时一事成为文坛的重要话题。

王干的转身运动则仍然在持续，起初他在江苏作协内部转，从编辑部转到创作组，成了我的顶头上司，但做我和叶兆言之类的领导大概无趣，或者他嫌转身幅度太小，不爽，于是他开始从我们身边逃跑，他先是应邀去了南京的一家时尚杂志当总编辑，还是不爽，后来干脆向北一个大转身，带着家属杀回北京去了。

现在我们与王干已经天各一方，属于北京的终将属于北京。因为王干的原因，我对《中华文学选刊》感到亲切，依稀可见那熟悉的探测文坛潮汐的闪闪烁烁的眼睛，仍然热情，仍然灵敏，也仍然机智，是我们熟悉的王干的眼睛。

这么多年来，王干一直在转身，一个酷爱转身的评论者，他的创作必然也会转身。在王干最新推出的评论集《赵薇的大眼睛》中，我们清晰地看见了王干的一次勇敢而华丽的转身，他的目光像一把梳子，放弃了文学这个新娘子，开始梳理大文化的头发，这是一堆貌似时尚其实苍老的乱发，需要更大的耐心，需要更大的力量，从赵薇到金庸，从尼采到鲁迅，从足球到麻将，王干侃侃而谈，词锋犀利而精准，似乎在帮助我们分析每日呼吸的空气。我们看见王干的梳子梳出了文化的虱子，如果我们效仿王干先生，也转个身，也许我们会发现王干先生是在用那把梳子捕捉文化的黄金。

真诚而轻松的言说者

在与他一起出道的评论家纷纷改走他途之时，在文学已经并将继续边缘化的今天，王干以一种献身者的姿态，依然专注于文学，专注于评论，始终在场，并且激扬文字。他是文学的同行者，命名者，策划者，启动者，他有着用之不竭的智慧和精力，有着一种不旁骛于他人他事，执着于一份事业的忠诚。他踏着时间和空间一路走去，集拢了众人的目光，也招引着各式箭矢。然而他会抖落掉所有之种种，并且天真地笑着，说不定还会喊一些——无论喜欢他的还是不喜欢他的——人去喝酒。就是这样，王干使浮躁的文坛感受着一阵阵清爽之风。看来，这风已经吹了 20 多年，而且还将吹将下去。

无疑，正因这种执着与真诚，王干赢得了文学对他的嘉勉，他的所言所行，总是得到文学界和媒体的关注。而王干那种可以随时收拾起自己心情的潇洒之姿，自然之态，也正是文学对他的另一种奖赏。

对于文学，沉浸于其间多年之后，随之便有一种超然的状态。这是历练得道的结果。王干现在就是这种状态，并且在其最新的评论集《灌水时代》中得到了展示。

原本以为文学有着指点江山之功力，现在则到了轻松的“灌水时代”。

当文学成为以市场为中心纸做的商品，当文字随时可以悬于网络使语言的自由成为脱缰的野马，还会有几个耐得住寂寞的人，着力于探索真正人文的境界呢？

听说王干的评论集以“灌水时代”为名的初始我为之愕然，看到其中的内容及自序之后我为之释然。

我们的干老

胡　平

我们的干老，人当然不老，资格老。1960 年出生于泰州，祥云笼罩。1979 年开始发表小说，1985 年开始发表评论，1986 年起连续在《文学评论》发表论文，1988 年诞生《王蒙王干对话录》，算起来今年是他从事文学事业 30 周年纪念，他不配称干老谁配称干老呢？干老本名王干。

干老前进道路上唯一的障碍是他的面相，白白净净、大眼秋波，永远欢天喜地，像个“70 后”，所以庄重场合上亮相或给人以初出茅庐之感。但这绝不影响他的声名越及大江南北，慕名而希望有缘与他一晤者大有人在。

一个评论家的声名基于他的学问，更基于其见解，而干老，我们说，正是一位卓有创见的评论家。也许受到泰州学派的影响，也许深得里下河流域灵秀之气，他思维颇为敏捷，蕴含睿智，常出惊人之语。譬如都知道的，关于 50 年内废除简化字的建议，就在网上带来纷纷议论。能带来议论，说明并非无稽之谈；议论自他而始，说明他的过人之处。干老是作品研讨会的常客，他发言很少引经据典，不作累赘铺垫，惯于开宗明义亮出主打观点，这观点自然也是新颖和与众不同的，有时是语惊四座的。记得有一次研讨小小说，大家畅所欲言时，他发表意见说，小小说和手机段子有相似之处，大家就注意听，他说两者都是只看作品不大关注作者，不管作品如何精彩，作者都不大出名，所以都属于读者的文学。他这角度出人意表，但仔细想想，果有道理，而且奥妙。又一次研讨网络文学和传统文学，众人观点皆很严肃，唯他旁枝逸出，说传统文学是“问苍生”的文学，网络文学是“不问苍生问鬼神”的文学，此言一出，也收非同凡响之效。许多年来，传统文学确是以关注现实和民生为圭臬，到了网络文学，才出现大规模的奇幻和玄幻的文字。王干这一宏论，叫人无话可说。再一次，忘记是讨论什么作品，会议进行一半，干老发言，就作品提出两个新鲜概念，曰“软文学”和“硬文学”，说当下软文学太多了，缺乏和应该提倡的是硬文学，于是场上有些交头接耳，有媒体记者抢过话筒，建议与会者就此话题各抒己见。他的建议被主持人理所当然地拒绝了，会议才继续进行下去。所以，王干的高明之处，在于他的绝不因循、有想法和有独见。我以为评论家就应该这样，评论家要立言，一说到立言，就绝非易事了。

干老的立言，不完全凭借他的聪明智慧，也凭借他的登高望远。他善于俯瞰，余光里永远盯着文学大势，首先对文学流变有个总体把握，有个自己的观察，然后再去对待具体作品。这使他明白将一件作品放在什么位置，赋予何种意义，见了树木，也见森林，故此他论说能够大气，观念能有启发，有时甚至可以影响全局。想当年，红火一时的“新写实”“新状态”写作，一度形成自觉，便与他的理论倡导有关。文学理论是有过辉煌时期的，王干也曾辉煌过的。当然，他至今仍保持着矫健身段，活跃在文坛上。只是今日的文坛变得小众了，有点使干老施展不开了，那么干老也在“转身”，把文学批评扩及文化批评，他现在是文化名人了。

就此出发，他写了不少随笔，谈围棋、谈足球、谈武侠、谈麻将、谈女人、谈一夜情、谈第三者、谈明星、谈电视剧，等等。这样，干老就成为大众的干老，喜闻乐见的干老。这对公众是件好事，因为如今大众的文化格外需要小众的精英介入和置喙，才不至于完全流俗。我见王干评论《潜伏》，说它写的实在是官场、职场和情场，甚为钦佩，文章虽小，却解释了当下某些创作的智谋、贴近现实的迂回和观众的悟性，一语道破，发人深省。干老毕竟是干老。

我们提到了，干老出生于江苏里下河流域，近来发现，这流域已涌现出许多文学人才，说明干老不是孤立的文学现象，这现象还有待于深入研究和理喻。干老是最老资格的“北漂”之一，总给人以一定的漂泊感，实际却早已扎下根来。其实漂泊倒是文人的姿态，如今的北京，也像巴黎那样成为艺术家聚集的中心，这里面会出些像样的人物的。

王干：影响我人生转折的人

老　克

我的家乡举办“高邮市文联成立三十周年征文”的活动，家乡的文友也让我写些文字。当年我在高邮是比较典型的文学青年，文学起点很低，资质平平，当时身边的文友的才华都让我非常羡慕。后来我能有机会在广州做 3 年记者，尤其在南京 17 年做编辑，能靠文学混饭吃，离不开当年高邮市文联对我的培养，离不开高邮浓郁的文学氛围。文学对我来说，就是宗教，就是朗朗月光，感激这种文学的洗礼，让我在价值观混乱的世界里，尚能端端正正做人，认认真真做事，一路走到今天。

在我文学人生的道路上，有许多要特别感激的人，比如一直对我们有巨大影响的汪曾祺先生。比如在我文学起步时提携帮助过我的朱延庆老师、陈其昌老师、肖维琪兄长等，尤其是后来改变我人生轨迹的王干老师。前面几位在我过去的文字里都进行过表达，唯有王干老师因为太近，一直没有机会表达，这篇文字也算是了却心愿吧！

1989 年 5 月，王干老师从高邮上调南京《钟山》杂志社，我们高邮的几位文学小兄弟帮他搬家。在我们这些高邮文学青年的心中，能为王干老师搬家，觉得非常荣耀。

记得送王干和家人去南京的那辆双排座卡车是我找的，司机是一位腼腆可靠的张师傅。当我们一趟趟从百岁巷那座老房子里搬书时，更有一种仪式感，尤其是搬出王干大捆大捆写满字的稿纸时，让我们非常感慨。一个成名的文学评论家、作家，他的背后所付出的“用功”，你只有身临其境才能真正感受到。那次搬家，王干许多年后都对我提起，其实他不知道，这次搬家等于是他为我们在高邮上了“最后一课”，我们赚大了。

20 世纪 80 年代，高邮的文风很盛，当时高邮市文联所办的文学杂志《珠湖》(刊名是汪曾祺先生题写)，更是我们这些文学青年心中的“麦加”，当时我们都特别在意文联陈主席期待的眼神，当然，我们更能以在《珠湖》发表文字感到非常荣耀。

当年汪曾祺先生三次回故乡，最为受益的是我们这些县城文学青年。从内心深处，我非常感激汪曾祺先生。正是在我们的人生“饥饿期”，相遇到汪先生的作品，让我们的审美一下子升了格。汪先生让我明白：一是对文字要有敬畏之心，文字不是好糊弄的；二是好文章是要“收”，而不是“放”，文字的背后是人格大美；三是要形成属于自己的独特审美，清楚自己该做什么，不该做什么。

如果说，汪曾祺先生是我们文学的“精神旗帜”，而王干老师就是我们身边看得见、摸得着的“文学榜样”。

在这之前，我对王干的仰慕更多是读他的文学评论、小说、散文。记得有一次，文友昇明找来王干和王蒙文学对话的录音，我们几位文友围坐在我家像地下工作者一样，听了大半夜。在那个录音里，当时年轻的王干面对大作家、文化部长王蒙一点都不胆怯，才思敏捷，语言非常犀利，这个录音完全是一次真正平等的文学对话。说实在的，当时我们很为王干的才华所折服。

从我个人来说，我特别喜欢王干的散文，有一篇写故乡红蜻蜓的文字我特别喜欢。记得还有一篇散文，他写高邮深夜里有一种硫硝的气息，读了让人拍案叫绝，因为我们真是闻过这种气息，只是从来没有人把它写出来——这个与勤奋无关，就是天生的敏感，就是才气。正如叶兆言老师所说，写作是老祖宗赐给的饭碗。2010 年 10 月，王干的《王干随笔选》获得第五届鲁迅文学奖，我一点不觉得奇怪。

记得有一年，肖维琪兄长带我去南京看望王干老师，当时王干住在如意里，好像是二楼，很局促的空间（后来搬到龙江碧树园我也去过）。记得我们在客厅喝了茶，做了交流，后来王老师的女儿晓月放学回来，我们就告辞了。

我是一个念旧的人，以前在广东回高邮老家过春节，我都爱去百岁巷王干的老房子看看，好像前年春节我还用手机拍了老房子门楼，用微信发图给在北京的王老师。同样，南京如意里王干的旧居，我一直想去看看，结果再也回忆不起来了。

我在广东 5 年，每次回老家往返都要从南京转机，哪怕在车站短暂停留，都会在街边公共电话亭打个电话问候一下王老师。虽然我人漂泊在远方，但王干在我们这些小城文学青年的心里，依旧是文学的精神支撑。如今我在南京见到有人提着行李在报刊亭打电话，就想起我当年的情景。

1997 年 5 月 16 日，汪曾祺先生不幸逝世，当时我和广州同事开完会出来吃饭，看到报刊亭的《南方周末》汪曾祺先生的照片打了黑框，当时觉得大街上的车水马龙一下子停滞了。所以，1999 年 11 月，《东方文化周刊》筹备复刊，王干主编带着楚尘、李昂等编辑来广州考察媒体，我见到他们犹如见到亲人。记得我们是在北京路一家饭店吃了饭，饭后我到他们所住的宾馆小坐，当时我和王老师交流最多的是创刊不久的广州《城市画报》，认为这是《东方文化周刊》办刊的一种思路。记得在交流中，王干老师突然对我说："克明，你不如回南京吧？"当时王干就和江苏有线台台长、《东方文化周刊》社长章剑华先生通了电话，几天后我买好机票，与我所在杂志社的总编辞职，飞往南京《东方文化周刊》报到，时间是1999年11月25日。

正是王干的这句话，从此改变了我的人生轨迹，让我从广州一名漂泊编辑成为今天的"南京老克"，如今我在南京已经定居了17年，这些年来，我经常在夜深人静时想这件事：如果不是王老师，也许我依旧在广州，我的人生完全是另外一个版本。

感谢王干主编对我的信赖，来《东方》之后，很快让我当主编助理，因为他知道我在广州做过某文化报纸的编辑部主任，做过某杂志的首席记者，我想最重要的还是对我人品的认可。

2000年底，王干老师上调京城《中华文学选刊》任主编，而我一直在《东方文化周刊》干了17年。17年来，我从主编助理到采编部主任，直到杂志内容总监（还曾兼任过江苏东航《银燕》杂志主编）。

在这里，我还是想强调说一下，以前我无论走到哪里，都没有忘记我是汪曾祺家乡的人。在南京这些年，我更没有忘记我是王干老师提携帮助的人。17年来，我对编辑职业有敬畏之心，广交海内外优秀的师友，把南京乃至江南作为做学问的道场，数年如一日读书写作，笔耕不辍写了近百万的文字，也出版了文化散文集《南唐的天空》《南京深处谁家院》等。

在生活中，我是一个特别低调的人，但在这里说出来就是想表达这样的意思：这些年来，我没有给汪曾祺的家乡高邮丢脸，更没有给王干老师丢脸！

这些年来，王干老师经常来南京，只要来南京，必定会喊上我和朱军，当然出席饭局的都是王干的好友苏童、张尔客、乔院长、邵明波等，当然做东最多的是作家、书法家张尔客。可以说，每次饭局，王老师都让我们有惊喜，妙语连珠，我们简直跟不上他的思维，我们会在心里说：还是那个王干！当然这种饭局交往，更让我有机会见证他和朋友们的真挚情谊，就像酒桌上，我们所有人与王干敬酒是不打折的——道理很简单，因为他待人诚恳、帮助别人不打折。

这些年，王干老师除了做好编辑、出版、评论工作的同时，在“文人书法”领域可谓是一匹黑马，其实从古到今，“文人书法”就是中国书法的主流。这些年王干来南京，我曾几次亲眼看见王老师和乔院长等书法家酒后斗字的场景，那种生命的张扬和酣畅，那种随心所欲的创造，我以为这才是续接中国书法清流的场景。

去年春节我在高邮老家，已在兴化陈堡的文友王树兴打电话告知王干老父亲逝世的消息，当晚我和忠场兄、昇明弟冒着雨雪开车赶往兴化陈堡镇。人要知冷暖、懂感恩，那个冬夜雨越下越大，一路上车轮打滑，我们没有任何犹豫，就是想快些再快些赶去灵堂，为王老爷子送一程。85 岁高龄的王老爷子几年前就患了癌症，正是王干夫妇把他接到北京协和医院，成功地进行了手术，让他赢得了抗癌 5 年的宝贵时间。那个不眠之夜，我们见证了王干老师夫妇尽孝的动人场景，王干的爱女、如今也成为教授、博导的王晓月在爷爷身边添油灯的细节更是让人心疼，尤其是那次见到王干的老母亲，她那种对待生死的豁达从容的态度，让人明白——这个善良人家是有文化清流传承的。

如今我们衡量一个人，名誉、地位、才华等，应该统统放在一边，首要判断就是善良，因为善良是人的立身之本，同样，善良也是为文做人的基础。其实，王老师一路帮助过许多人，说来说去还是“善良”在起作用。

如今在这个纷乱的世界里，我们无法选择社会，但我们可以选择人群，选择朋友。就像我能和像王干这样的有情有义有孝有才的人交朋友，是我此生的荣幸！

初识王干先生

张　明

生命中有很多事情总是机缘巧合的，就像这次能在泉州认识王干先生，并与他有了几天的亲密接触。

得知王干先生要来泉州做文学讲座，我颇有些激动。因为我还是文学青年的时候就拜读过王干先生的大作，知道他是一位著名评论家、作家、书法家，获得过鲁迅文学奖，早年曾出版过《王蒙王干对话录》等影响巨大的著述。我记得曾经买过他的著作，于是找遍了自己的藏书，终于找到了一本《赵薇的大眼睛》。这虽然不是王干先生的代表作，但想着再读一遍也会加深对王干先生的了解，如果能得到亲笔签名，就更有意义了。

虽然做了些准备，但当我驱车前往王干先生下榻的酒店时，还是心有惴惴。这种心情在与刘再复先生访谈时也曾经出现过，当我发现刘再复先生是那么平易近人的时候，才平静下来。我也发现越是有学问的学者心态越平和，对人越谦逊。见到王干先生再一次印证了我的看法。王干先生一见到我就笑容可掬地跟我握手，并赐名片，似乎是认识已久的朋友，十分亲切。知道他是第一次来泉州，这次行程又短，我想尽可能安排他多走几个地方，深入了解泉州的历史文化。

当天下午，我陪同他参观了中国闽台缘博物馆、泉州市博物馆、世界闽南文化展示中心、开元寺等景点，也许是学者的职业习惯吧，王干先生善于思考，对所见到的事物总喜欢问问它的来龙去脉。他走过世界许多地方，总是不自觉地把他在各地所看到的与这个地方进行比较，从而发现这个地方独特的文化价值。导游有时都没办法应答，我只好搜尽枯肠尽最大的努力予以补充。比如，看到摩尼光佛的介绍，我们会告诉他这是通过丝绸之路从波斯传来的，就是金庸小说里曾写到过的明教。他会问这在宗教大类里面属于哪一种，为什么会消亡，朱元璋依靠明教建立了大明王朝为什么又要禁止传播？在开元寺看到许多石狮子造型，形态各不相同，他又不停地追问这些狮子造型的寓意，并表示想去惠安了解石狮雕刻文化。

王干先生祖籍扬州，虽然在北京生活多年，普通话仍夹杂着扬州口音。他会不自觉地把扬州和泉州两座城市拿来比较。比如扬州和泉州同属国务院首批公布的历史文化名城，两地都是海上丝绸之路的重要港口城市，等等。特别是在他欣赏了晚上的南音表演后，他想起了家乡的昆曲，在他眼里两者一定有某些共通的东西值得探究。

第二天下午，我们陪同王干先生参观了以雕刻石狮子为主要产品的天润石业公司。在那里，我们才知道石狮子种类的繁多，有北京狮、银行狮、港币狮等多种，当然这是形象的说法，并非学术用语，我们也了解到摆放石狮子根据场地的需要有各种讲究。随后，我们参观了展示石雕创意的鼎立艺术馆，这里展览了国内外艺术大师的精美雕艺作品，有个展馆叫“随性随意”，王干先生称这次泉州之行就是“随性随意”。说完哈哈大笑。

为了让王干先生更加深入地了解南音，晚上与南音乐团曾家阳副团长相约在美食街中段六艺学堂会面。可参观完鼎立艺术馆，文友叶逢平执意要请我们留下来吃晚饭，盛情难却。在崇武用完晚餐，天已经黑了，加上对道路的不熟悉，当我们抵达泉州，冒着蒙蒙细雨来到一个老旧厂房改造的六艺学堂时已是晚上九时许。曾家阳老师早已泡好了红茶在等候。他向王干先生介绍了南音的历史、南音乐器、南音的唱腔唱词。当曾老师介绍到南音唱词中有用到“蓝青官话”时，王干先生说昆曲中也有。他还进一步解释说，“蓝青官话”就是古代读书人说的话，因为古代读书人都穿蓝青色的衣服，并且进京赶考必须要学官话，类似现在的普通话，才能与人对话。

这时，一个小伙子骑着自行车就进来了，一进来就落座在我们对面，也不问我们的来历，就自顾自地讲话。看来是六艺学堂的熟客。听了一会儿他的声音，我发现这不就是三年前我们组织余光中诗作《洛阳桥》首发仪式请来朗诵诗歌的播音赵红星么？他的声音雄浑、深沉，给我留下深刻印象。我提议他朗诵王干先生的作品，他当即应允，并通过手机网络找到王干先生的散文《北京的秋》朗诵起来，王干先生听得很入神。这时主人已经准备好了酒菜，酒是北京二锅头，菜是闽南地方小菜。王干先生说，今天的关键词就是“随性随意”，今天晚上是一场不期而遇的雅集。

随后，边喝酒边表演，曾老师吹奏了洞箫。曾老师告诉我们，台湾南音表演艺术家王心心正好在泉州，北京一个吹奏洞箫的年轻人来泉州拜师学艺也要来。正说话间，他们陆续赶到。赵红星深情朗诵完王干先生的《北京的秋》，又朗诵了王干先生的《北京的夏》、余光中的《乡愁》。北京小伙洞箫伴奏。王心心老师不知道是不是因为受到《乡愁》的感染，即兴创作并演唱了南音版《乡愁》，唱得如泣如诉，低回婉转，令在场的人无不为之动容。王心心没去台湾前已是泉州知名南音表演艺术家了，远嫁台湾后仍执着于自己的艺术追求，可生活却遭遇了诸多坎坷。此情此景，可能又让她感慨万端吧。只见王干先生面容沉重，并不时地竖起大拇指表示对演唱的赞许。王心心老师唱毕，这时也已酒至半酣了。我跟王干先生说，你该登场了。王干先生起身走到已经备好纸笔的书案前，一口气写下阳玲春、海朝山房、乡愁、志存高远等十几幅书法作品赠送给在场的每一位朋友。我们离开时已经是午夜时分了。

就要起程离开泉州前，我跟王干先生说，此行时间太匆促了，泉州还有很多东西没看，比如清净寺、圣墓等文化遗迹。王干先生说，此行很愉快，我们的关键词是“随性随意”。王干先生在接受《泉州晚报》记者的专访时说，泉州是一个适合自行游、深度游的地方，泉州不必过于着急，等社会的躁气退尽之后，人们一定会回归到经典阅读，那时的泉州一定会受到越来越多的人的关注。

期待早日在泉州与王干先生重逢。

我与王干、与文联的缘分

王树兴

人到中年各种遭遇猝不及防，把我从曾经一地鸡毛的生活中拎出来透口气、进而打开一个新世界的人，是评论家王干。

我最早认识王干是在高邮市文联。20 世纪 80 年代中叶，高邮文联坐落在政府大院，是一间貌似民居的平房。而就这么一间低矮灰黑的房子，在我心中却是一座殿堂。文化古城高邮崇文尚德，当时县城里街谈巷议的是从高邮东门大街走出去的汪曾祺，大家都为这个京城里的大作家骄傲，他是高邮文化人中文化自信的一个来源。

大我三岁的文联副秘书长王干，当年在党史办工作，我经常先到他办公室，找他陪我一起到文联晃晃。我祖籍兴化，王干是我老乡，一次体检，我们的身高、血型、体重全都一模一样，这样的关系使我觉得我和他比其他人更近一层，其实他对谁都很好。我们一帮文友经常聚会，喝一点小酒谈文学似乎更来劲。大家最愿意到王干家，他太太毛老师娴静和气，烧一手好菜，对我们总是笑眯眯的。说起来，没有即时通信工具的年代，我们已经有了朋友圈，要聚会只要有人提议，一个传一个，集中起来就是一堆人。我们没有山头，没有派别，都是文联组织团结起来的文学爱好者，不问出处，都是文友，怀揣着同样的文学梦。我们的活动就是文联的活动，高兴起来邀一两位文联领导，没有搭架子不到场的。结束的时候还会说："你们下次玩还要带我！"

80 年代中期王干、费振钟的评论组合，在国内文坛非常有影响。他们在高邮发力，在我们眼皮底下演绎了神话，给高邮的文学爱好者们提供了信心，只要我们努力，也可以像他们那样从高邮走出去，走向全国。他们可以说是我们一帮文学小弟们的"大神"和旗手。我还专门在王干百岁巷居所的厨房里体验了一下，他每天伏案写作到深夜的矮餐桌和小板凳，我坐在上面很不舒服。以后逢人说到王干聪明，我都会加一句："人家也是吃得大苦的。"

王干对我们这些文学小弟们很爱护，过年的时候我在宿舍的门上贴了对联：走出雨花，冲出钟山。这是模仿中国足球的口号对联，《雨花》和《钟山》是我们江苏的两个文学杂志，想在上面发表作品很不容易。有人为此取笑我，王干替我解围，说搞文学是要有精神的。因为他，作为文学爱好者的我还未感受到打击和挫伤。当然，后来脱离文学道路纯属个人原因，商品经济的大潮来了，不仅仅是我，多数文友都去当弄潮儿。我们有的开了咖啡厅，开了饭店，有的开了公司，更有辞职到广东深圳打拼的。我没有辞职，心思都放在倒腾生意上，短平快的钢材、木材生意做过，茶叶也推销过。

2002 年，我所在的高邮市造纸厂因环保问题面临关停。在经济体制改革的洪流中，我还未来得及思考人生就要成为下岗职工的一员，这个命运转换实在来得措手不及，生存忽然成了大问题。

失业、失意甚至将要失婚的惨淡局面，令借调到文艺报在北京工作的王干为我着急，给我打了无数次电话，还建议我到北京发展。他专门给我写了一封信（特别遗憾的是，信在以后我多次搬家时丢失），主要的内容令我终生难忘。他说，我把你当兄弟才说你，你是能写的，为什么不努力，不写呢？你没事的时候还是像过去那样，到文联办公室坐坐。或许你会找到有追求时的感觉。我还敢到文联坐坐？遇到文联的每一位主席我都老远躲开，头碰头也想装不认识。

我设想了下岗以后从事的多种工作，做过消防队长，能不能搞消防器材营销；有驾照，当出租车司机是不是合适；喜欢美食，开一家小馆子做汪曾祺家宴行不行？最后我定下的是准备开本钱不大的小馆子，老板也是厨师兼伙计的那种。我唯独没有想过会做与文化有关的任何工作。

尽管我一再愧对寄我厚望的王干，他对我还是很操心照顾，让我告别高邮经过一夜火车到达人人向往的首都北京，一头进入了文化产业。他替我找了一家著名的传媒集团，推荐我去一个编剧岗位。我一个十多年不写文学作品的小县城业余作者能行吗？王干说，能行，别忘了你是高邮文联的一员。

由于他的力荐，这家文化公司替我在西坝河租了两居室的房子，置办了一应生活用品，就差找一个人替我烧饭。当年我还不会用电脑，写好的文稿交前台小姐负责打印。做了三个月的影视剧编剧以后，我被公司调整到所属的广告公司做副总，负责央视“大风车”和“夕阳红”两档节目的广告营销，三个月后升任常务副总。

在北京，我和王干在周末或者节日里经常聚会，已经是人民文学出版社《中华文学选刊》执行主编的他，好像并不怎么在意我在广告业的成绩，有天问我闲下来有没有写小说。知道我没写，他显然有些不高兴，提醒我不要忘了初衷，要知道自己到北京来是干什么的。这一天晚上，我在王干白家庄居所外面，靠三里屯的一个长椅子上坐了很久，这是他因为我疏于写作第二次批评我。我是不会让他说第三次的。从这一天开始，我重新写起小说。从这一天起，我与王干亦师亦友的关系也一并升华。

世人都说四十不学艺，我买了一台笔记本电脑，装了汉王写字板，在四十多岁的年纪，对着键盘笨拙地练习“一指禅”，开始利用业余时间学写小说。第一部中篇小说《牌事》写出来请王干指导，他又请了著名编辑脚印帮我提出了中肯的修改意见。2003 年，我干脆辞去传媒集团的工作，到《中华文学杂志社》应聘了发行主管，直接在王干手下工作。我的工资收入从万元降到了两三千，但我甘心做一个文学民工，潜伏在人民文学出版社乐在其中，这期间我从干发行慢慢过渡到编辑工作，眼看着一卷卷鸿篇巨制的完成，学习积累了很多对文学创作助益很大的经验。

我很庆幸，在王干身边工作，使我经常就近揣摩一位著名的评论家是怎么帮助作家、促成优秀作品诞生的，这是其他创作者们很少能拥有的机会。我现在也经常思考，评论家和作家之间应该是怎样一种良性关系，评论家在对作家的文学培养过程中的介入多大程度？可能学院派评论家更多关注的是作家的作品而少有结交提携作家本人的，其实对于很多作家来说，我们是希望受到评论家批评的同时也得到实实在在的帮助。在王干借给我住的朝内大街 166 号后楼宿舍，我完成了长篇小说《国戏》的创作并出版，加入了中国作家协会。

2011 年，我辞去北京一家大型图书公司的繁重工作，决定专心从事小说创作。专业写作者们都清楚，仅靠稿费是很难生存的。我们的情怀、梦想、激情都可以在小说文本中安放，而现实生活的压力与经济条件的困窘很难支持我们的全天创作，作家们非常需要朴素真切的关怀，文学成果的产出之外，还要有尊严的生活。也正是在这个时机，有一次王干回高邮，特地对高邮文联的领导建议，希望能关心一下我的创作和生活。说这话时我并不在场，事后有人告诉我，我非常感动。此后，我被安排进高邮市文化单位从事专业创作。

2014 年，我在鲁迅文学院读高研班，我所住的寝室晚上成了同学们的酒吧和俱乐部，我们热聊的话题自然与文学有关，那种气氛使我想起王干在高邮文联时我们一群文友的年轻岁月。同学中有人挑出话题，在场的每个人必须说说自己的初恋，或者如何走上文学道路的。有个著名的网络作家说他走上文学道路得益于他家附近的一座移动通信机房，他有了网络写作的便利而开始了文学创作。我也忽然想到一个地方、一个处所对我文学生命的意义，是家乡高邮的文联，“那是一座带有仙气的老房子，我去那里次数多了就浸染透了……”当然，彼时彼地那里还有王干。

我庆幸王干有这么一段在高邮的生活，我们因为文学，结识、相熟。作为文联领导的王干与作为个人成为我师友的王干不可分割，我后来的人生转向、我的成长都得益于他的影响和指引、帮助和提携。王干在他工作过的扬州、南京和北京都有一大批作家朋友，围绕在他身边成长起来的青年作家，即使被他批评过的一些作家，日后也和他成为很好的朋友，这可能也是因为他从事过地方文联领导工作，养成的职业品德与他个人所具有的号召力、影响力结合所形成的魅力。

鲁院的那个晚上，灯光与啤酒再次点燃了同学们的热情，对于梦想的坚持令大家无比亲近。作为一个大叔级的学生，在一群年轻人当中，我万分感怀。其时我最想表达清楚的是关于高邮文联对我的意义、汪曾祺文学对我的影响、文联领导特别是王干给予我的新生活，要说的有千言万语，来时路复杂绵长，欲辩已忘言，我只有请“仙”字帮忙。

我和王干

王家干

大约六年前，我第一次在《雨花》杂志上看到比我名字少一个字的“王干”写的诗，随后又从《收获》《人民文学》等刊物上读到他和王蒙以对话形式发表的文学评论。对于小说家王蒙的机智敏锐、雄辩激情我早已领略得五体投地；而王干的归纳综合、演绎判断则使前者的逻辑更清晰，意图更明确。于是，这些珠联璧合、相得益彰的《对话》把“王干”这个符号深印在我的脑海里了。一打听，王干就在金陵城的大型杂志《钟山》编辑部工作，是秦少游、汪曾祺的同乡——高邮人，只二十多岁，顿时，我对“后生可畏”这个成语有了感性的心悦诚服的理解。

在“苦干巧干拼命干”的年代里，曾有人把我的名字写成“王加干”，我不曾同意，根据“达则兼济天下，穷则独善其身”的古训，在小县城混日子的我充其量只有“在家干”的能力。而这个后起之秀才是真正的“王加干”呢！只不过中间省略了那个加号而已（三横一竖的王，两横一竖的干，一横一竖的“+”）。我问王干这个姓名的含义，王干说：“玕”是一种如珠的美玉。我恍然大悟，文如其人嘛，怪不得王干的文章比王家干浓缩凝练，且妙语连珠呢！

王干是搞文学的，爱好音乐，我是吃胡琴饭的，喜欢文学，相同的不安分使不同的职业和爱好者之间有了共同的语言且一见如故。

1992年秋天，我陪在南京大学念书的小女儿去南京师范大学看望在那攻读的大女儿，看到校门口《青年文艺理论家王干、费振钟讲座》的海报，大女儿对我不屑地说：“王家干比得上王干吗？”

我说，出个对联谜语：

“南师大、南大，北师大、北大，

总经理、总理，王家干、王干。”

猜一成语！

二女儿想了想说：

“多一字（事）不如少一字（事）。”（吴方言中“事”和“字”同音）

1989年夏，南京作家协会在南京市工人文化宫搞诗歌朗诵比赛，我斗胆念了自己的《嘉峪关即兴》：

“一曲长城谣，吟唱了万里路，嘉峪关，圈起了休止符，休止不住的，是丝绸之路上远方游子的思路花雨……”

“从东面向西看——山海关—长城—嘉峪关，从西面向东看——关峪嘉—城长—关海山……”

“北方像一条大汉，长城是一根扁担，这两个‘天下第一关’啊，把扁担压得弯弯……”

南京作家协会主席、南京大学中文系主任包忠文教授对我说：“你不但文艺批评搞得好，还能写诗朗诵啊！”

受宠若惊得丈二和尚摸不着头脑的我自忖：虽然我曾在公开场合对文坛现象妄加评论过，但从不敢在关老爷面前舞大刀，著名的文艺理论家包公何以能对我有如此印象？两年后，包忠文教授才道出了原委：我一直以为你就是王干！

有此误会的人还真不少，甚至连我的一些朋友也时不时地问我：你的文章我又看到了！怎么漏掉名字中间的那个字了？是故意的吧？准备“出家”了？！

我曾把这些趣事告诉王干，他说他也碰到过类似情况。我曾经在《扬子晚报》发表《也说河豚》，许多人以为王干又在研究河豚了，他不像我那么拘谨，非常潇洒地连连点头称是。

（载 1993 年 10 月 4 日《扬子晚报》）

王干和他的随笔

任芙康

北京的王干，为扩大读者面，寄我一册《王干随笔选》。

眼下出书，大多显出急功近利，封面、封底不忍闲置，常布满名流促销语录。而稍有“阅历”的读者，其实并不认同，晓得这类小把戏，无非借风驶船而已。这本《王干随笔选》，亦未能免俗，令人叹息。但王干毕竟业内高手，哪怕追风之举，却也胜人一筹。

替他“帮腔”者两位，一为大陆王蒙，一为台湾马英九，声名均登峰造极，足以搞活看客眼球。粗看马氏之语，语焉不详，翻书后知道是与近几年的繁简之争有关，且略而不论；细读王氏之言，言之凿凿，以短短数行，披露往事一桩，颇有渊源关系。此处不予照录，只是“意译”如下：王蒙（生于 1934 年）当年认识王干（生于 1960 年），仰仗的是老一辈的胡乔木（生于 1912 年）的“中介”。这三代人的交往如此空灵。王蒙叙事，素有讲究。即如这段“忆旧”，忙中偷闲，又列出风云学界的圣贤任继愈、金克木、季羡林。如此这般，寥寥数十字中，五六个人抱团儿纠结，互为策应，大有多义及深意存焉。如遇高明写手，铺陈开来，定是一段文坛佳话；擦升上去，则具某种史料价值。而对小王来说，借老王之嘴，为自家新书鸣锣，绝非谬托知己。他与老王，关系很铁，且广为人知，22 年前，即有《王蒙王干对话录》问世。

新时期以来，言路广开，催生出文坛无数“对话录”。只是泥沙俱下，多数讨人厌烦。有的一味偏激，只顾凸显个性；有的插科打诨，止于相互调情。而对话之应有货色，诸如问题探讨、理念交锋、志趣对决等，则几近于无。有此前因，“二王”对话出笼之际，众人并不看好，即便闪耀出“王干干王蒙、王蒙蒙王干”的亮点，仍被误为二人心领神会的噱头。及至读过对话，学问一点点水落石出，价值一点点雾去山明，人们方明白何谓铜与金，何谓瑕与玉，何谓骡子与马不一般。幸运的小王，出名早，得益于自己的早慧；扬名快，离不开前辈的帮忙。小王属个案，自然也含着通理，旁人如果仅知羡慕或妒忌，只会不得要领、徒添烦恼矣。

打出道算起，王干舞文弄墨，北漂南飞，30 余载。虽童颜依旧（那是生理天赋），但已脱尽生涩（那是后天修炼）。就说这本《王干随笔选》，文字活泛如蝴蝶，气韵爽然如晨光，道行深幽如潭水，格局早已逸出小文坛，放眼大文化。如将他归类于杂家，并无不当，其品相、质地，皆纯正可靠，不乏“高人”端倪耳。一位成天读书的朋友，摇头晃脑，向我鼓吹此书。他的意见是，假如你手头不空，就先干正事；如果你闲着也是闲着，就不妨翻翻，多数篇什，是会叫人开卷释怀的。

前几日上街买书，走进一家熟店子。该店女老板，温文尔雅，喜欢阅读，尤爱随笔类，店里进货倾斜于个人爱好，几年下来，团聚起一群随笔发烧友。此刻看见我，迎上来就讲王干的新书。说话间，老板似觉我有狐疑之色（其实我真没有），遂将一段句子背给我听："随笔的功夫不在笔头上，而在人身上。一个工于心计的人写不好随笔，一个缺乏幽默感不能自我解嘲自我反思的人写不好随笔，一个不学无术的人不配写随笔，一个光知道掉书袋的人与随笔无缘。"此乃王干随笔生涯之心得，写在书尾"后记"里。老板背完，含笑相问："任老师，王干的体会是不是很有见地？"

许多出书的作家，往往倚重评论。而销售畅达与否，其实意义更大。十位评论家对你的弘扬，抵不过一位书店老板对你的欣赏。前者言而无信，常常被人识破；后者借助切磋，可直接让读者掏出钱来，抱书回家。感染着老板的喜悦，我替王干高兴，哪天见着了，一定告诉他："名人为你助兴，固然雅致；生人替你卖书，才算实惠。老弟，你就偷着乐吧。"

王干与鱼

李昌鹏

王干先生新书《潜京十年手记》问世，在书店买了一本，打开新书我便看《代序》，马上被吸引住，随后又看书后附录《我的私藏美食宝典》，有发现——王干爱鱼。

王干喜爱“鱼”这个意象。这部书的《代序》是《在北京，无人知道你是一条鱼》，“鱼”在标题中是作者的一种自况，鱼是潜泳者。王干在北京“潜泳”十年，对于想知道北京及初到北京之人，乃至“老北漂”，听听王干怎么说，或许可以听出点名堂。王干在这部《手记》中说：“我从南京来，南北差异不小，我到北京需要适应种种，有些适应了，有些不适应，适应的不一定是进步，不适应的也不一定是我的不对。”王干和北京的关系，是鱼与水的关系。实际上，这是一种暗示，我们和北京的关系也应该是鱼与水的关系。我们需要的是学习，如何把自己变成一条鱼——像王干一样在北京生活、在北京看世界。如果你是一颗石头，你当然无法感受到北京的水深水浅，你便会“投入”北京的深水，不见底；如果你是一块海绵，你也不会真正理解北京，你会吸满北京的水，从而变得面目全非，不仅无法理解北京，还会把自己弄丢。王干自况为北京的鱼，其实，不论我们在北京还是南京，在上海或者广州、深圳，只要你游来游去，便也应该把自己变为一条鱼。

王干不是第一次使用他喜爱的“鱼”。如果你读过王干的文学评论著作《灌水时代》，那么你应该记得这部书的《代自序》，那篇文章就是《批评对我来说，是条鱼》。评论家王干看待他从事的文学批评也好，生活中的王干看待他自己也罢，“鱼”始终都是他喜爱选择使用的意象。《批评对我来说，是条鱼》中王干写道：“今天我发现，批评对我来说，是条鱼……沉浮在理性和感性的水波当中，永无尽头，也接触不到真正的彼岸”，“有时候也有些可悲，文学是水，批评是鱼，这么一种鱼水关系……作家也是鱼，他们和批评者一起创造文学的河流，他们同在文学的河流里同呼吸、共命运。”

南方鱼米之乡出生的王干爱鱼。汪曾祺有“大美食家”雅号，王干人称“小美食家”，二位都是江苏人，鱼米之乡的人，从小吃鱼。在北方，喜欢吃鱼的大多是南方人。如果展开《我的私藏美食宝典》（这是王干私人的一张北京美食地图，见《潜京十年手记》最后一页折叠的地图插页），18 家成名美食店和 5 家没有名头的美食小店铺，每家店只记录了一种王干看得上的美食。23 家店中，有两家名店因炸酱面而被王干记住，其余 21 个店家的 21 种美食中有 4 店 4 菜和鱼有关。常州宾馆的天目湖鱼头汤、太湖明珠的荠菜鱼片被王干记住还好理解，毕竟是比较有名的店，王干记住海淀区五道口东王庄的无名小店是因为那里的清蒸皖鱼，而礼士胡同的无名小店则用水煮鱼给王干留下味觉记忆。我不得不得出结论：王干爱吃鱼。

王干先生爱鱼，爱吃鱼，把文学批评比作鱼，还自比为鱼。王干是如何在北京成为一条鱼的呢？我用和鱼有关的一组短语来总结这部书，你或可瞧出些端倪。这部书共七个章节，让人读到鱼的“起居”，鱼如何作为“看客”，鱼的“坛子”，作为“球迷”的鱼，鱼如何“怀乡”，鱼的“他乡”观，鱼与鱼的“互文”。这本书写得怎么样，我用“受启发”和“给力”来描绘。至于你读后能否成为一条鱼，是成条大鱼还是小鱼，还得看个人造化。

王干和《大家》

沈乔生

在现在的文坛，王干是一个颇有知名度的人物。作为“大陆十大青年评论家之一”的王干，出现在江苏南京。

曾经有一位小姐到南京，她年轻，酷爱文学，常听说王干的才气，就想见。见了面后说，哦，他这么年轻啊。我说，他本来就不大嘛。她说，看他的文章总觉得他应该比现在这样大。我笑，我们都笑，她就有些不好意思，停一会儿说，对，他就应该这个年纪，我们大家再笑。

冬天过去了，春江水暖鸭先知，就有南方北方的朋友来南京了，再过一两个月，南京的街上有一种树，特别是鸡鸣寺一带多，树叶少，却开出满树的花，大大的一朵，足有小碟大，粉的红的黄的都有，来南京的朋友就更多了。北京的陈晓明来了，潘凯雄来了，上海的格非来了，吴亮来了，浙江的余华来了，辽宁的高光来了，朋友来了就要聚会，海阔天空地谈，少不了王干，他接客送客，安排饭局，陪同游览，好像这天生就是他的任务，他接待朋友总比我们其他人多一些自觉，多些本能的喜爱。如果来的朋友在人圈里没见着他，就会说：“王干呢，找他去！”口气是很亲热很随便的，有的还带点微嗔。

聊天的时候，王干兴致勃勃，差不多总能为主角，他谈天有几种情况，一种是谈文学谈艺术，那是本行，他口若悬河，话锋犀利，仿佛是他脑中有一块火石，一打冒出蓝色的火星，一打又冒出，这和开会时的情况不同，正式开会王干的发言有时找不到合适的语言，就讲笑话，比如去年底他在上海开文艺理论年会将“人文科学的危机”比作“风寒性感冒”，给与会者留下了很深的印象。可谈天的氛围更自由了，谈天的时候可以空喝啤酒，可以东倒西歪，可以弹曲古筝来段迪斯科，这种气氛太适合王干发挥他的思想了，他的思想在这时找到了旋律找到了外壳，他的脖子微红，脸上透出光来，他在黑格尔、罗兰·巴特的思想和他自己的思想中游泳，从此岸到彼岸，从彼岸到此岸，不知疲倦，这时他的话语反而是非常严肃的，寻求着深度。你在边上听，忍不住会想，怎么啦王干，今天动真格的啦。其实这是常有的事情，大概也是南来北往的朋友奔来找他对话的一个原因。

王干闲聊时的另一种便是正剧反唱，反剧正唱，真真假假，弄得你不知该不该说幽默。比如说一次朋友聚会，酒过几巡了，该说的正题也差不多了，他就开始说闲话了，他说《沙家浜》大家都知道，智斗一场更是脍炙人口，但是众人的分析角度都差不多，我今天独从性别的角度来分析。大家说，这倒新鲜。他说，阿庆嫂是女的，是不是？胡传魁是男的是不是？刁德一是男的，沙老太是女的。大家说，这还用讲，废话。他说，这里就有名堂，他比画手指一一道来。有的人说这算什么啊，有的人说，有几分意思。他全然不顾，神情自定，照样一五一十，细细拆开，复再归拢，把个王氏分析讲得有头有尾。听的人便击掌，说，王干，有你的，真是绝了。

春天到了，大雁朝北飞，要经过南京；深秋来临，大雁往南飞，也要经过南京，鸿雁寄书，一年中王干要收到多少文友多少文学青年的信呢。有来自西北黄土地的，有来自云南边陲的，更多的是来自京城。文学是一种超越地域的存在，一颗颗赤诚的饥渴的心散落在广袤的土地上，就像一颗颗星遍布在无垠的天空，他们发出的光不管是强烈还是微弱，都在遥遥呼应着，互相构成着。海子死了，王干有一种无法言说的悲哀，我听他多次谈起海子，海子成了他那个时候的话题。他说，1988 年夏天我们几个经常在水碓西里那幢楼上一起喝酒，海子每次总是喝醉，喝醉了还要喝，因为我喝酒从不谦让，海子喜欢跟我喝。海子的死让王干伤感，海子的死更让王干追崇精神的辉煌和灼烈。

从去年下半年开始，王干被一件事拉住了，事后证明这是中国文坛上一件颇有建树性的事，那就是创办《大家》杂志。这个时候王干还没安装电话，他家就在我家楼下，创办《大家》的出版社远在云南，主编李巍先生常打电话找王干商量，王干是他们的重要策划人，那个时候正在紧锣密鼓地进行，所以不时就有电话。铃声响了，如果是我七岁的儿子接，他清脆的声音非常短促："王干电话。"我的屋子里经常响起儿子清脆的声音，起先儿子一说完就兴致勃勃地下楼，嘭嘭地敲他家的门，时间长了儿子就兴趣大减，说过这几个字后不动弹，只是用乌黑的眼珠瞅瞅我，意思是说，这不是我的事啊。云南那边大概总有急事，总觉得在定夺的当儿要跟王干商量商量，所以电话铃经常响的不是时间，有时我已经上床，有时我还在床上，到后来我一拎起话筒，那位李巍先生就在云南一迭声地说："对不起，沈乔生先生，沈乔生先生，对不起。"越到后他的声音越是像求饶，弄得我也老大不忍。苏童跟人讲过一件事情，他有次打电话要找王干，接电话的是我儿子，他不忍心让我的儿子从六楼下到五楼去叫王干，所以还是挂了电话。我想，苏童不忍有苏童的道理，然而云南那边，王干这里也一定有他们的道理，他们自己说他们是在文学界干堂・吉诃德式的壮举，心甘情愿分享严肃文学的一份寂寞，这样的联系打电话就无可非议，就不应该考虑忍和不忍，人在紧张热烈的时候就无暇旁顾，在没有办法的时候，不是办法也就是办法了。据我所知，有关《大家》的许多方面，从约稿撰文、版式、包装，整个的王干都参加了，他坚持要出豪华本，要和国际接轨，各个方面都要称得上是精品，事后《大家》的成功，无不和王干的各种努力有关。

近年来，文坛上的各种主义流派的起落几乎都有王干一份，向文学界推荐苏童的是他，中国评论朦胧诗代表诗人北岛的第一篇评论也是王干所写。几年前王蒙和王干的对话影响很大，一下子出了七八篇，全国各重要刊物差不多同时登出，王蒙犀利幽默，有指点江山、把文坛上的罐罐坛坛重新摆布之势，王干则是尖锐热烈，有初生牛犊的盛气。其后先锋派小说，新写实小说崛起，王干都是助波推浪，酿成气候。他或是发表理论文章，从大处着眼，或是评点作家作品，从细微处见精神。现在王干和《钟山》的同人们正在积极倡导新状态小说，我想对于当代文学来说，这将是一件有意思的事情。文学的发展犹如一条河，时而汹涌，时而平静；时而宽阔，时而狭窄，有趣的是王干能常在潮头上，常能够制造效果。他的专著《世纪末的突围——文学的误区》便是一部对新时期文学不足进行全方位分析的文字，充满了真知灼见。

这里记一件逸事，好几年前了，我和王干到苏州去，目的是买一件皮夹克，一个好朋友的父亲在苏州物资局工作，他已经给我们开好了条子，凭他的条子我们可以到厂家买到便宜的皮夹克。当时已经临近春节，我们俩满心希望在春节前能穿上新装。到苏州已经过吃午饭的时间了，我们走进一家羊肉馆，吃的是白切羊肉泡汤，这是一种极有风味的吃法，滋味好极了，我们好像都要求放辣，胃里暖暖的，头上冒出了汗，我们走出来时感觉非常之好，苏州真是一个好地方。没想到有意外，条子是开出来了，但目前厂里货销路好，都供应商场了，要等春节过后才能叫我们去买便宜货，我们非常泄气，又不甘心，无目的地乱逛，商店里到处挂着皮夹克，价钱却贵多了，我们犹豫不决，一点不知道该怎么办，后来我们两个全没抵制住诱惑，都在商店里买了，几乎化掉了所有带上的钱，等把不便宜的皮夹克穿在身上，我们兴奋了，买什么便宜货啊，我们怎么还可能等到春节过后，条子作废了，这件衣服值！我们穿着皮夹克在路上逛，这时华灯亮了，一个舞厅的门口热闹得很，我们走过来走过去，走了几趟，那时我们不会跳舞，我们看见一个很俏的女子站在门口，我们想去请她，讨论了几句，结果没去请就走开了，心里就有点异样，后来进了一家皮夹克商店，一个年轻的女营业员却拿了橘子，主动地请我们吃，这让我们非常得意，因为这是太难碰上的事，而且我们身上都穿着新的皮夹克，不可能再买她的。苏州是一个好地方。我们回到旅社，却发现枕头里塞得七高八低，怎么都无法入睡，于是只好胡吹，睡着已不知是什么时候了。第二天我们填了肚子，在火车站分手，各自回家过年去了。

以上的事发生在好些年前，年轻的朋友大概也会遇上类似的事，它不是小说，但不排斥有小说的因子，记在这里作为这篇写王干的文章的结尾。

跋：王干——真诚而轻松的言说者

张尔客

王干让我为他的评论集写跋，我以为这是一个荒诞的想法。

这个自 80 年代就名噪文坛，多年来总在制造、发现、命名各种文学现象的人物，何以让偶尔在文坛边缘游走的我于其大作之后画蛇添足，聒噪一番呢？

有关这个问题，我问过他，问过朋友，也问过我自己。

我终于悟到，王干在造就若干文学现象的同时，他自己也已经成为一种文学现象。而对此，作为对他本人真正了解，以及对其文本基本理解的我，还是有些话可以说的。然而评论一个评论家，于我是一种过瘾，更是一种考验。

我与王干之结识，并非缘于文学，却归结于文学。就是说，我是先交其人为友，后结其文而师的。同样，我相信许多人也是如此。

诚如王于所言，他是一个极度痛恨虚伪的人。其实以我对他的观察，他还往往是一个对于虚伪无以应对的人。他的真诚，造就了他质朴的人格，不屑矫饰的处世之道。大凡与其相识的人士，无论深浅，远近，都不能不承认他就是那样一个真实的人，透明的人。同样也正是因为这种真诚，造就了他犀利的文风、尖锐的思想。他的文章不游移，不玄学，不卖弄，却有一种直接进入内核的质感与力量。这种力量，其实正是人格的力量。评论家如果失去这份真诚，也就失去了从事这一高尚职业的基本要素。

于是就出现了这样一种相悖的状况：许多人没有见到王干的时候，感到他高大而神秘，而见到其人之后，一下子就感到有些平淡，因为他太过随和，不会像别人那样故作高深，让人失去了应有的敬畏。这是生活中王干的真实写照。外表谦和而内心深厚，由此成为王干的辩证统一。

而就是这样一个人，在现在越来越是江湖的文坛，就有着真实可贵的意义所在，并将得到更多人的理解和尊重。

——王干总是那种随意而又阳光的形象，特立独行却又平易近人。他将自己坦诚地摆放在阳光之下，而将自己的个性与优势摆放在纸上。所以我说，对于王干，不仅要看他现实的谈吐，更要看他纸质的表达。或许，那个在各种文字中出场的王干才是真正的王干。

当代文学有王干的存在，这不仅仅因为他的评论：《王蒙王干对话录》《世纪末的突围》《边缘与暧昧》《南方的文体》；不仅仅因为他的散文：《静夜思》《青春忧郁》《另一种心情》；也不仅仅因为他命名了新写实、新状态，参与了新文学几乎全部的争论和进程，策划了若干文学活动和文学刊物，发现和培养了众多作家，更重要的是因为他还是现在的王干和将来的王干。

在与他一起出道的评论家纷纷改走他途之时，在文学已经并将继续边缘化的今天，王干以一种献身者的姿态，依然专注于文学，专注于评论，始终在场，并且激扬文字。他是文学的同行者，命名者，策划者，启动者，他有着用之不竭的智慧和精力，有着一种不旁骛于他人他事，执着于一份事业的忠诚。他踏着时间和空间一路走去，集拢了众人的目光，也招引着各式箭矢。然而他会抖落掉所有之种种，并且天真地笑着，说不定还会喊一些——无论喜欢他的还是不喜欢他的——人去喝酒。就是这样，王干使浮躁的文坛感受着一阵阵清爽之风。看来，这风已经吹了二十多年，而且还会吹将下去。

无疑，正因这种执着与真诚，王干赢得了文学对他的嘉勉，他的所言所行，总是得到文学界和媒体的关注。而王干那种可以随时收拾起自己心情的潇洒之姿，自然之态，也正是文学对他的另一种奖赏。

对于文学，沉浸于其间多年之后，随之便有一种超然的状态。这是历练得道的结果。王干现在就是这种状态，并且在这本《灌水时代》中得到了展示。

原本以为文学有着指点江山之功力，现在则到了轻松的“灌水时代”。当文学成为以市场为中心的纸做的商品，当文字随时可以悬于网络使语言的自由成为脱缰的野马，还会有几个耐得住寂寞的人，着力于探索真正的人文境界呢？

听说王干的评论集以“灌水时代”为名的初始我为之愕然，看到其中的内容以及自序之后我为之释然。

其实在这个评论集中王干已经将网络上的“灌水”法则给解构了。——他选择了在放松之中的思考，在对比之中的思考，在外部的喜剧和内部的悲剧之间的思考。这种思考在看似放松之际，调侃之时，却有种背着包袱轻松行走的形态，因而便较之既往的文体更显出尖刺和力度，更有其内涵和深度。我想，他是在轻松地说着一些沉重的事情和深刻的思想。——这对于王干也是一种“新状态”。

于此，我们也可以见到王干作为一个评论家的创造性。评论可以洞穿文章，也可以创造思想，它是一个严肃的文体，也是一个自由的文体。精神依然存在，形式可以超越。这个写诗写散文写小说的评论家，追随时代的作家，无论在网络与纸质的界面之上，都是可以如此从容不迫的。

这种文风正应和与印证了王干其人：他在文坛的中心区域，却从不愿做一个颐指气使、故弄玄虚的布道者，而宁可促膝相谈、娓娓道来，甚至喃喃自语。

而且我们还欣喜地看到，王干作为一个评论家，正在走着这样一条路：文学评论——文化评论——社会评论，并且返身而回，以纯文学的话语清晰而优美地表达着自己的观点。

所以我这样一个姑且谓为作家的人，以及那些还有着文学良心的人，对于王干的这本书怀有一种敬意，展开而读，会进入另一种意境，并且放下来时会长舒一口气。

2005年2月16日夜

王干的状态

访谈：江苏评论家王干

丁　捷

江苏的王干是一位评论家，他曾被海外报刊称为“大陆十大青年评论家之首”，迄今他已发表 100 多万字的评论作品，并有《王蒙王干对话录》《世纪末的突围》《南方的文体》等著作。如今他是中国青年批评家中心的主任、中国文艺理论家协会理事，供职于江苏省作家协会。在文学界，王干是一个大器早成的人，在他成长、成功的道路上，几乎一帆风顺，这和今天的孩子们的生活环境极其相似。在进行“杰出青年的童年与教育”研究中，晓波同志特地采访了他，以下是两人的对话（有删节）：

晓波：童年的您乐意与人交往吗？喜欢什么样的玩伴？

王干：我喜欢与各种各样的人一起玩。上初中时，我开始对年龄相仿的同学不感兴趣，而是喜欢找大伙伴玩。我喜欢那种综合实力比我强的玩伴。我觉得跟他们在一起，可以提前学到许多东西，我需要动脑筋才能玩到他们那个层次上，这使我感觉到一种与人交往中运用智慧的乐趣。

晓波：有人说这是一种性格早熟、智力提高的倾向。我认为这其实是一种社会功能较强的显示，而这一方面能力的培养在我国通常不受重视，中国少年儿童社会功能薄弱是一种潜在的、极为普通的“不健康”的症状，在此我们不必细说。可以想见，你在学校，一定很受同学的拥戴。

王干：我在学生时代得了好多“三好生”奖状，这是因为学习成绩好，又一直担任班团干部。我乐于跟同学交往，所以普遍受他们的欢迎。这带来不少良性效应。比如，他们比较配合我做班团工作，使我能成为好干部；他们与我交流各种各样的心思，使我懂得了许多人和许多事，获取了许多信息，延长了自己有限的认识。这还是一个社会功能问题。说到这个问题我忍不住要发挥几句。我一向不赞成小孩子过于内向，羞于介入社会和与人交往，这容易使自己堕入“小我”的认知圈子，难以自拔。在受到挫折和委屈时，这种人往往孤立无援，又采取封闭信息、独立承受的处事方式，结果常常是不堪重负而崩溃，要么在“逢我”里绕圈子出不来。

我成长中最大的得益是我采取了外向型的为人处世态度。当然，我认为社会给予一个客观的、开放型的成长空间是前提条件，因为成长者不可能一定具备寻找这种空间的能力。我们那一代人，大多有兄妹，比如我，有姐姐妹妹三个，我在家里需要和她们相处，需要跟她们“斗智斗勇”；在学校，当时还处在“文革”期间，各种各样的社会活动很多，当然组织这些活动有政治上消极的色彩，但客观上参与大量活动使我们接触很多人，去很多课堂外的地方，甚至深入社会。可以说，我们生活在一种开放的空间里。而今天的儿童则不然，他们是独生子，在家庭中，他们找不到可沟通的同辈人；在学校里，沉重单调的功课把他们固定于咫尺课桌前。另一方面，畸形的爱与呵护，使他们没有与社会独立接触的机会，没有与家长亲戚和老师以外的成人打交道的机会。许多家长连上学、放学都接送护驾子女，许多教师连春游都不敢组织。今天的孩子接受这般封闭的教育，一旦出校门，何以面对纷纭复杂的大社会？这是我的“杞人忧天”。

晓波：从您的谈话中不难看到您的顺利成长得益于一个比较开放的空间。在这个空间里，您吸收了四面来风，捕捉到八方信息，因而您健壮地成长着。比较今天与昨天的教育，我们要“扬弃”，要改革，要开放。

王干：这种“开放”当然是多含义的。比如，让少年儿童挣脱封闭的家庭与学校，参与社会公众事务；比如，敢于将中国教育与外国教育相比较，相交流，扬长避短，借取先进。我读过一篇《夏令营中的较量》，我认为这篇文章是“开放”的先锋，我们要敢于正视自身，也敢于拿来。现在，我就让我的女儿提早独立地去学自行车，去上学，去与大小伙伴交往，甚至去买菜。看似吃了点小苦，实则是让她长了几片羽毛。现在，我女儿似乎比她同龄伙伴能干，成熟得多，但愿这不是假象。

上面的大段文字仅是访谈的一部分，但从王干的谈话中，我们可以看出，他把自己今天的成功主要归结于“开放的空间”。什么才是开放的空间？与人打交道、谈话、沟通、谈判、为大家服务、做学生干部管理班级事务，这在王干的眼里都是开放的空间。也就是说，凡是走出封闭的小圈子，在社会的大环境里活动，都是一种性格上的和行为上的开放。这种开放对于人的成熟是具有非同寻常的意义的。

作为家长，可以让孩子学会多与朋友交往，在交往中学会表达和商量，这是教会孩子学会做事的重要环节。一个人想开放自己，首先需学会交往。在全国独生子女人格调查中，我们发现，超过20% 的孩子对“感到孤独”“朋友比期待的少”“没有什么知心朋友”有较肯定的回答；约有 10% 的独生子女表示“没有人和我一起玩”。孩子在家里的交往大多是发生在与长辈之间。长辈多谦让着孩子，顺着孩子的心愿，这种交往是一种不平等的交往，不能使孩子得到真正的锻炼。所以，家长最好能给孩子提供与同龄人交往的机会，让他们在交往中学习行为规则和做事方法，学会与他人合作，获得开放的人生。

三人同心，其利断金。

虹影与王干的对话

一 关于“女性写作”和“女性主义写作”

王干：我们研究女性主义和女权主义的概念，不应该按照男人的视野、男人的目光来写作。1995—1996 年，我和那个中国最著名的女性主义者之一——戴锦华就谈到这个问题，我谈到女性文学写作就用到一个词——巫，我说当时有“老三巫”“中三巫”“新三巫”，说老的是张洁、谌容、张抗抗，中间是王安忆、铁凝、残雪，新的是陈染、林白、海男。戴锦华很不高兴，说你这完全是站在一个男权主义的立场上，当时我还和她争执，我说“巫”呢不是一个贬义词，是一种比较有灵性怎么怎么的。

现在看呢，后来很奇怪本来这个中国女性主义文学跟男性化对抗的势头，后来突然变成——怎么说呢——迎合男性阅读视野的方式，后来我讲不但“巫”不成气候，而且人家自称“宝贝”，自称“小妖”，周洁茹不是写《小妖的网》吗。就是完全按照男权的价值取向来写作，到了九丹的《乌鸦》那就更不像话了。

记者：“女性主义写作”和“女性写作”是两回事。

王干：对对。现在的女作家好啦，不但要做“巫”，还要做“妖”啦。

记者：“妖”是什么意思？

王干：“妖”这个概念，可能和《大话西游》有关，妖精一向是贬义的，但《大话西游》里两个妖精是两个美女扮的，一个是朱茵，一个是蔡少芬，把妖精人格化了，美女化了。妖就是美丽、妖娆、风情，也有一点比一般女人更放荡，更张牙舞爪。《大话西游》里把妖精赋予人性，而且与至尊宝还有爱情故事，妖精的概念变了。

记者：如果放到女性写作中来说“妖”呢？

王干：那当然它是更非女性主义，更按男性视觉来写，淹没了女性主义，而且比原来更厉害了。

张洁包括陈染她们当时都有初期的女性主义倾向，不轻易跟男人认同、苟合。但现在女作家完全按男性视觉，这可能和商品社会有关。

虹影的《K》是有女性主义的色彩，可以把它叫作“东方女性主义的代表作”。为什么呢，她把东方主义和女性主义糅合了。

这个小说写得非常巧妙，用现代文学史上的历史人物的框架，把作家所要表达的东方女性主义的思想塞进去了，很巧。

一般女作家的小说，包括《乌鸦》，女性在性问题上惯常是被动的，或是受迫害的、被贩卖的、被销售的、被凌辱的命运，但《K》里的女主人公没有这一套，她是主动的进攻，属于控制方的，能引起她个人欢乐的、审美的、激情的，甚至于用不好的词就是设一个圈套让朱利安进入的感觉，女性征服男性。

很多女性文学是按男性的视野来阐释，在性的问题上女人一定是吃亏的，不是受益方。男人从生理上、心理上征服女性。

《K》从这个角度上说是女性主义的姿态，女性主义的方式。

至于“东方主义”，林是中国人，朱利安是英国人，在一般小说里，总是西方是强悍的、征服的，《K》则是西方人被东方的房中术所陶醉、所迷惑、所倾倒，从这个角度说，又是东方主义的，房中术在西方来讲景观奇异，不可理喻，带有审美主义色彩。《K》大量涉及东方的性文化，神秘文化的东西。

《K》是双重文本，是东方主义的文本又是女性主义的文本。这一点这本小说结合得非常巧妙，林爱西方教育，又对中国文化传统有深刻的了解，她一点也不奇怪。尽管可能凌叙华这个人生活中不是这样，小说虚构到她这么一个人身上，不难理解。

虹影：我插一句：凌叔华个人生活不是这样。我写的根本不是凌叔华。她的生活是不是这样的，我不知道。谁知道出来说说。我没去研究，是因为这与我没有关系。我只是借朱利安的故事作为我想象的跳板。连朱利安本人这许多事也是虚构的，他的书信集 1938 年出版，删掉了许多东西，我当时只是看的出版物，虽然也知道他的全部信件日记藏在剑桥国王学院档案库里的。今年，书写成三年后，被人告了一年半官司后，我才去看了一下，发现有大量详细描写此事的信完全没有刊登，其他涉及男女之事，也大量删节。

所以，我从 1938 年版《朱利安书信》看到的故事，有大量空当，正好让我想象。这个 28 岁大孩子很有点恋母情结，什么鸡毛蒜皮事都报告给母亲。大作家伍尔芙的姐姐范奈莎本人最着急的有两件事：第一件是：你这小子不要随便就结了婚；第二件是：中国是不是道德清教让我这个干不得的儿子受苦了。当然第一件更重要。因此朱利安的信件哪怕我早看到，我也明白不足为凭。《K》这本书是我想象的产物。校对的物，毫无意思，被人打了官司，我还是只能强调这点。

王干：中国的性文化是有一个脉络的，但它是比较隐晦的，秘而不传的，林也是正常的。她又接受西方的观念，与中国古老的神秘的东西碰撞，就产生意想不到的文化景观。

《K》把东西方文化的冲突结合到男女关系上，所有的文化其实是两条：食、色。文化的根就是两个基本点。东西方文化回到这么个原初的状态碰撞，就产生意想不到的审美效果。

他们两个人一定意义上讲是一场战争，文化的战争，文化的冲突，小说中最后是林的东方神秘主义打败了朱利安的西方男权主义。

记者：虹影，你如何看女性写作和女性主义写作，女性主义在你的写作中，是有意为之，还是性格、本性下意识使然？

虹影：女性写作，当然不可能不包含女性主义。谢谢我佛让我今世做女人。

刚才王干说了那么多，得益不少。我得说句绝话："怎么没听见人谈'男性主义'"？说"东方主义"？怎么"西方主义"这词就流行不起来？在美国陈小眉写了一本书《西方主义》，这词依然没有人使用。就像怎么老听见人说谭爱梅是华人作家，英国有个表现黑人生活的白人作家，怎么没人说是个黑人作家？

陈晓明在评论我的长篇《女子有行》时，称之为"女性白日梦"，很对。但是男性有没有白日梦？当然有，但是男性的白日梦就直接叫"白日梦"，或"主流白日梦"。

所有这种词，都是"弱势集团"用来自卫的术语。强调自己应当特殊对待。以前的文学史，都是男人主宰，文学评论，是男性批评家世界；写小说，是男人的事。这才需要强调女性的特殊。就像以前必须有多少女性干部硬是得提拔培养一样。

我们要看一下中国文学界读书界，女性作家有没有必要再标榜女性主义？

我个人觉得没有此必要。我们已经不再是一个弱势集团，至少我不想做一个弱势群体中人。

我愿意男作家、男评论家、男读者，就把我虹影当作家，别当什么女作家。实际上读者不会因为作家是女的就照应一点，没有上级，比如当初参加作协时，因为我是女的就特别培养我。

我认为，中国女作家完全可以在平等基础上与男作家竞争，搞衡。不打“女性主义”旗帜，不自贴标签，我们也能做到写出好东西，创做出有意义有深度的作品。

如果我作品中有女性特征，属于女性主义，那我也不反对。男作家也一样有男性主义。这样回答你的问题：我本人生错了性别，既然为女的，我一些小说中的第一人称叙述者就很自然是女的，她会从女性角度看待世界，所以，我的女性主义完全是性格使然，不必有意为之。新长篇《阿难》如果有女性意识，也是这个意义上的。

记者：你的《阿难》又将诠释诸般的女性经验？或者是什么新的路数？

虹影：刚才我已经表明我的立场。写《阿难》这部小说时，我正在处理《K》别人牵我进官司那些劳心费神的事，当时我在恒河边，真想一头跳入河里，一了百了，极端绝望。所以写《阿难》对我是一个锻炼，我必须心平气和，心静如水，每天清早坐在桌前，渴望跨越人世污浊的河，超越生死间的种种受苦。我得原谅这些磨难，我把自己的感情融入《阿难》，若你爱《阿难》，你就会爱我。

中国经济起飞了，人民富起来了，一部分人成了资本家，这好不好？当然好。是中国历史上的大事。人民物质生活的富裕，一部分城里人已经过上了西方发达国家的生活，当然是大好事。这点必须肯定。

但是任何事情都有其副作用——没有副作用的药物不存在，况且是全社会商业化这样的猛剂。首先当然是致富之“道”：“君子爱财，取之有道。”道即职业道德，资本家也得有职业道德，至少有名牌意识。现在没有。一个个首富之垮台，大邱庄禹作敏，南德公司牟其中，厦门远华赖昌星，都是恶例甚至罪犯，这个问题太大，《阿难》只是触及。

书中叙述者“我”，既是女作家，同时也是北京的一个调查人员，她负责监视的有重大走私嫌疑的南方一个大财团董事长，突然失踪。她的情报说，此人可能逃入印度。她觉得这没有可能，因为经济犯人一般逃往欧美。但是她还是循迹追去，从德里开始，一路逐渐发现此人在印度流浪的踪迹，这个富商原先是流浪摇滚歌手，艺名阿难，现在似乎在重操旧业；她也发现此人上辈的身世，他的父亲为“二战”中中国远征军军官，流亡到印度，并且爱上一个印度女子。我书中主人公的追踪，引出二代人流浪的故事。最后，当她决定离开时，发生了事想不到的事。

此小说中流浪的路线，正是二千五百年前释迦牟尼与他的弟子阿难等流浪传教路线，一千多年前玄奘和尚也游历这一带。不同的是，如今的阿难流浪时已经没有信仰，在金钱诱惑下犯过罪，但有着漂流的愿望。他最后的结局，似乎不完全是畏罪，好像是这个漂流愿望的自然延伸。

小说暗示了佛教徒出家云游，四海为家，作为生活方式，远胜于正在迅速商业化的社会中人心的污浊。解脱贪婪仇恨的办法，似乎是回向流浪的纯净。

《阿难》一直存在于我的心灵深处。《阿难》好似一本言情甚至惨情小说，但实际上是有趣情节掩盖的问题小说——不仅是当今社会现实，而是我们灵魂如何安置的问题。

二 关于“海归”文学

王干： 虹影这两部小说写得很好，我真是刮目相看。

1994 年我在《钟山》当编辑时，编辑过她的小说，那个时候虹影的小说还没有这么和谐，在节奏掌握上还没有这么有分寸感。《K》控制得不好就会有诲淫诲盗之嫌，但如果控制得很和谐，就会让你觉得审美意义上的、文化意义上的冲突，谋求东西方文化的沟通。

一般女性作家写不出来，就是碰上这个题材也不会写成这个模样，这和虹影的经历有关系。她原来在国内创作，后来到英国。她有机会也有可能同时反观东方文化、西方文化，能够比较冷静地、客观地对东西方文化的精髓有比较清晰的理解和把握。《K》把虹影这么多年来对东西方文化的感性认识全部放进去，我们在小说中处处能感觉到她对东西方文化的感染。

刚才我们是说小说以外的意义，从小说层面上讲，小说和谐、舒服是虹影采取了“零距离”的叙述手法。传统小说讲究跟人物之间的距离，不论第一人称还是第三人称叙述，总是与笔下人物保持某种距离。《K》作家跟人物之间没有距离，这样看上去人物感受自然、亲切，不经意去看有一种日记风在里面。这跟作家的文化经历、文化准备、文化审美分不开。

《K》里林写得最充分。朱利安呢，也零距离，这跟她对西方文化的了解、理解有关系。

《饥饿的女儿》带有自传的色彩，用零距离也能解释，《饥》也有东方女性主义，是写中国西南地区女性的成长史，大量的苦难，对西方人来讲也不能理解，不可想象，也是东方景观。

她早先的小说有先锋文化的痕迹，诗性大于真实性，《饥》与《K》是从诗性叙述到智性叙述，小说的内涵和寓意也比较丰富。虹影本身也是一个螺旋式的回归，她早期写诗、诗性叙述受西方先锋派文学的影响比较明显，她到英国以后，又回过头来发现了东方叙述的魅力，《K》里的叙述语言很宁静很白描，是不繁复的、欧化的方式。她是从对西方文化的追随到对东方文化的参悟，也是回归，代表了现在“海归文学”的倾向。我正编一套书，叫“海归女作家文丛”，因为现在中国出现了一批从海外归来的女作家，像虹影、严歌岑、张辛欣、刘索拉、张仁槿、周槿、维敏，大概有七八十个都是从海外归来的女作家，她们真的不一样，表现东西方文化的碰撞冲突和更真切的本土意识。

比如《K》《饥》一看就本土意识很强，一看就是中国式的苦难，中国式的文化，很明显。而比如《上海宝贝》，如果说是翻译小说也很像是一厢情愿地与西方文化接轨、靠拢、认同。

海归现象是中国文化现象中一个很有意思的现象。

记者：现在一说“海归”，人们想的都是科技方面、经济方面的海归。

王干：海归不仅是经济的、科技的，它是文化的。其实中国新文化的诞生就是“海归”造成的，胡适、鲁迅、郭沫若，老舍……

记者：都是“老海归”。

王干：中国新文学怎么产生的，就是一大批海归人士推动了中国文学的发展。钱钟书归来的《围城》一开始就是写海归的过程。

新世纪的文学“海归”加盟越来越多，而且“海归”里女作家据我了解也越来越多。很多女性到国外以后，特别是学文科，很快就搞创作，原先不搞的也搞。

什么原因，一是对母语的热爱，一是有闲暇，再一是用文字思乡和怀念，因为出去后与周围文化很隔膜，很孤独，只有文学能表达内心的焦虑和安慰。

记者：可是您列举的那些人，包括虹影，人未必已“归”，反正是作品先“海归”，这和科技，经济方面的人略有不同吧。

王干：很多人也已回来了。

中国文学的土壤是发展的空间，所以不要只看经济的"海归"，实际上是对文化的"海归"。

记者：虹影，你认为自己算“海归”吗？在海外和在国内的时候，有什么不一样？

虹影：中国是我的祖国，不归来是不可能的，没有不想归来的人。暂时居住在国外，是命运使然。中国有整整几代最出色的头脑，都在国外。国内有些文化人，心里总有点“茶凉学”，既然你们出去了，国内就是我的地盘。我自己多年来遇到过好几个这样的女同行。这不好，不好在哪里？因为祖国是共同的，是我们大家的。任何一行，有人在国外，对我们中国只有好处。你看以色列就明白，没有一大帮犹太人住在国外，哪来他们在各方面的回旋余地？

我这是朝简单方面说。我是写小说的，就谈小说吧：我是中文作家，在西方出版社请人翻译出版各种语言版本，我当然喜欢看到原文书，只有原文书会让我内心欣慰。中文是我唯一能“玩得转，玩得精美”的语言。但是身居海外，而不是旅客走马观花，的确让我看到事情的复杂，多长了不少见识。

我当然是“海归”，我在国内住半年，在国外住半年，毕竟论到写作时，任何地方都一样，都得关起门来，六亲不认，集中心思，一个人写字。

关于那些“妖”什么的，我想最好给别人点长大成熟的时间。不会太长，她们就会成熟的。

记者：记得你在一个采访中说过，在国外像有玻璃幕墙隔膜着你与环境，那是种什么样的生活？回望中国，看到了什么不一样的东西了吗？

虹影：那是一种很孤独的隐居生活。排开配合欧美出版社做宣传我的书的分内工作之外，我一般都拒绝见人，只和家人在一起，和几个极亲密的朋友往来。清早起来将地板清理一遍，打扫卫生。平常，做菜、养花养鱼，花园里苹果树、樱桃树、桃树，梨树我走时都开花了，鱼池里荷花都冒出芽了。现在到了北京的家，一个人坐拥“书城网城”，一个人对墙打乒乓球。

在伦敦我的书房是个白色阁楼，夜里一打开大斜窗，全是亮丽的星星，我知道中国正是阳光灿烂的时候。我真的很想念中国。所以带着这种感情，想象力更丰富，发挥得更自如，没有什么限制。这是跨越时空的写法，也可以成为有意识的艺术行为。想想我自己的生活，从80年代离家到现在，可以说一直都在路上，直到我走到西方。前后花了20年，经历过很多奇事怪事。对写作者来说，住什么地方其实一点也不重要。但眼界和心境却不同。文明冲突将会是一个几十年的大题目。十年前英国保守党主席泰比特，他提出：“打板球，你为哪一个队欢呼，就是哪国人。”这个“泰比特测试法”还真难处理。当时泰比特到伦敦大学演说，汽车刚进校门，就被学生包围起来猛踢猛砸。这当然解决不了问题，因为现在同一个问题，已经不用拳脚，而是用战争。哪怕这次战争过后，“泰比特测试法”依然会是一个绵延几个世纪的巨大问题，与过去民族依地域而居很不相同，全球化就不可能封锁国界。无论《阿难》还是

《K》都是写这冲突，写我们内心深处的“泰比特测试”。

我想世界文化的分裂，现在已经是对抗势态。欧洲的白人，自从多佛事件、澳大利亚船民事件之后，对“移民”两字，谈虎色变。但是没有移民，哪来现代世界？海关能挡住思想？

《阿难》和《K》都是写中西文化冲突与调节的困难，哪怕情人之间，最后都难以沟通。

我不会漠视这个问题：中西文化冲突的爱情悲剧，一曲永恒的哀歌。

㊂ 关于文学作品中的性描写

王干：《K》是情爱小说，或者用现在流行的词叫情色小说——不是色情小说——它写到很多性爱，床上戏，甚至写到性技巧，东方的性神秘主义，但整个小说不是色情的，是表达东西方文化的差异。

记者：刚才讲《K》虹影把握不好就是诲淫诲盗，那么情色小说与色情小说有何区别？

王干：这就像《Discovery》频道也有大量血淋淋的残暴的镜头，但它不是恐怖片，就是它有科学的、人化的东西。

记者：宝贝们写“色”被当作最大的商业卖点。

王干：比较复杂。

现在为什么写性的文学作品那么多呢？有一个很重要的因素是，随着电影等其他媒体的兴起，文学的功能越来越受限制，比如讲故事你可能讲不过电影、电视，揭露社会矛盾可能也比不过《焦点访谈》，讲东西方文化冲突的话甚至还不如一个专题片或一篇论文说得清楚，今天文学唯一能保持与其他抗衡的就是它写人性。

人性的东西是看不到的，人性最根本的东西是不表达出来的，是在灵魂深处，而这是任何图像、任何声音都很难表达的，可能和文字比较近。写“性”是人性的初级阶段，只是人性的一个方面或一个浅层次。从古到今，文学从来没有离开过这一个领域。现在文学的功能受到其他媒体的压迫，可能就更显得突出。

记者：但这是不是文学的一厢情愿？也许读者并不这么期待文学作品，只是很表面地消遣它，轻轻松松地。

记者：虹影，网上的售书广告：《K》“大胆炙热的情爱描写，中国作家无出其右”，你同意吗？有何意见？你的每一部重要作品，“性”都是基石性质的部分，你怎么看写作中性的问题，怎么把握的？

虹影：仅仅这么说《K》，太表面。在这里我引《楞严经》中句子“汝爱我心，我怜汝色，以是因缘，经百千劫，常在缠缚。”来表达我的观点。我告诉你：“写性爱，男人要大胆，女人要不顾廉耻”，这种看法已经是前现代式了！我们的社会已经成熟了。禁忌压着，就会有不正常的好奇，那时写性爱才是个问题，现在这种禁忌，只要对不满18岁的青少年暂时压一下。其实恐怕对青少年也压不住，太普通了。全世界都一样，除非回到原教旨社会。

因此，现在不是性爱能不能写，敢不敢写（这问题基本不存在了），而是第一，性爱写得好不好，写得美不美，艺术不艺术，不能简单化、公式化；第二，这点重要，因为性爱是我们生活中最会卷入无数关系问题、文化问题、阶级问题、种族问题等。你告诉我为什么问题卷不进来？性爱其实麻烦无穷。以最简单的男女相悦开始，以最复杂的方式收不了场。正因为这样，性爱才成为我写作中的重要主题之一——我就是要写出性爱的文化意义，可以使人灵魂升华，更能使人的缺点恶性爆发。

我的四本长篇，都可以说围绕这个问题转动。好莱坞式的大团圆结局，我最看不起，连观众都明白是“凑戏”，让大家出门时心情不会太愉快。但是看我小说的人，我不想让他们完全愉快，如吃冰淇淋，我想让他们深思，让他们也想一下他们自己的命运，让他们明白性爱一旦给了你，你也不一定能处理好并珍惜。

在这题材上，当然女作家比男作家强，正如在生活中，男人一看见麻烦，常常掉头就走开；女人面对感情纠纷，为人想得多，为己苦恼也多，牺牲者大多是女人。

记者：“新新代”女作家作品中大篇幅涉及性，或者如流行的说法：用身体写作，在商业上成功的同时受到道德批评甚至谴责，这使得另外一部分女作家乐于表现超越性别，不愿承认写作有女性色彩。你的见解？

虹影：有些作家写性，写异民族爱情，除了上床，除了“湿了”，其他毫无问题。这太奇怪。我不是又在指责“新新代”作家。如果异族男女之间，只有享受，毫无难题，无须反思，这还算文学吗？这比言情小说还要没头脑。我这么一说，又有年轻作家指责我落伍。我想请教这怪事：为什么中国的“新新代”小说，上了床就一劳永逸？

记者：你的先生的一篇文章说：研究者发现：女性之所以为女性，凭据是她们让身体符合社会规范的程度，于是女性作家只能把小说变成身体艺术。请你更通俗、细致地解释一下其中的意思。

虹影：赵毅衡的那句话，我记得，好像是在讨论“未来小说”时用的。他是在引用别人的观点，所以说，“研究者发现”“把身体变成艺术”，就是强调感觉，不是卖弄肉体。

人不就是灵魂加肉体？从世界范围看，女作家写感情与感觉，就是比男作家强。男作家往往感情粗糙，感觉迟钝。男作家的性场面，例如在咱们国内出版的一系列亨利·米勒的小说，我的评语是：乱七八糟，莫名其妙，此人浪得虚名。跟着此人学的人下场也是如此。

㊃ 关于女人为什么写作

记者：为什么编“海归女作家文丛”，男作家有没有“海归”现象。

王干：有是有，比如徐星回来了，李陀也回来了，但他们好像回来以后作品反而写得少，写得好的也少。这个问题我倒没仔细想过，原因没有探究过，可能和生存有关系，女的相对而言生存的压力要小一些，很多都是跟老公出去了。女的有的原先在国内不怎么出名，出去后写得确实不错。

记者：也可能女人和男人出去之后对刺激的反应不一样。

王干：对，也可能男人要去挣钱、生存，女的要表达，还一个可能男人生存压力更大一点儿，没有闲情逸致去创作，而女人一般没有生计问题，况且女人出去后找个工作也不容易，只有写小说了。

……

王干：女性为什么写作，还有一个原因是现在优秀的男人不屑于写作，从政、经商、搞科技。以前的英雄是战争中的英雄，孔武有力的马上英雄，今天的英雄如比尔盖茨，他的公司叫微软，一点都不男性，而很成为英雄操作的键盘，更适合女性。今天的英雄在写字楼里，女性化了。

海明威当年是硬汉英雄，在今天在北京可能就是个盲流艺术家。

……

记者：美女作家成为新词。现在食客不仅吃蛋，还关心下蛋的鸡长什么模样。（钱钟书曾在拒绝抛头露面时说过一个比喻，大意是当你吃鸡蛋的时候，不必关心那只下蛋的鸡长什么模样）有其他理由吧？

王干：因为现在是所谓眼球经济，吸引眼球就是看美女，你看，再漂亮的房子，再漂亮的车，都弄两个美女广告。女人展示给男人看，这是一个退步，以前讲男女平等。

现在女作家也是一样的，她必须充分展示她这种女性的优美也好，魅力也好，赢得男人的眼球，这是女性主义的退化或说变异，被市场经济完全控制。因为在市场经济里所有都是以女性作为核心的经济，这也影响到这几年的女性写作。

作家没办法，也成为市场经济的一个环节，成为文化市场的一个环节。

另一方面，男作家没市场，所有的事物都是相辅相成的。这两年男作家的市场确实大大减少，当然这是讲平均数。

记者：读者是男人多还是女人多？

王干：可能还是女人多。但社会的规则是男人定的，尽管女人读者多，女人作家大幅度增加，但女人还是按男人的规则去读、去写。游戏规则是男人定的。

比如女性杂志，肯定是女人看得多，但看了以后，打扮漂亮，还是给男人看的，这就是没办法，像选美，可能男人、女人都在看，但最后还是按男人的标准来选。

这就是市场经济的双刃剑，可能让女性的生活质量更高了，但女性本身的地位都下降了。

记者：中国曾经的“男女平等”，其实也是女人做出了很大牺牲的“等”，强迫自己没有性别以和男人一样，就是“你能扛石头我也能扛”这种。

王干：真正的女性主义其实很累。开玩笑，那个时候是“小丫扛大旗”，黄宗英写的“铁姑娘”，现在又出了个叫王小丫的，干什么，是《开心辞典》给大家做智力游戏发钱的，这就是女性角色在生活中发生了很大的变化。这是很复杂的问题。

女人地位的平等是有代价的，要付出双倍的劳动。

这是个很复杂的问题，有点儿像环保与搞建设之间的关系，要建楼就破坏了环境。

记者：最后还是得牺牲环境来建楼了。

王干：那肯定是这样，不然我们只能老住在破房子里。

记者：只能选择牺牲女性了。

王干：她是地位的丧失，但地位是抽象的，现在女性吃的、穿的、住的比过去好了。

而女性的地位不是一天两天形成的，是长期以来，或天生的，可能不是社会现象，而是生理现象。

但有一点啊，男人没有女性活得长，平均少 5 岁，男人不管怎样，最后还是活不过女人，基因就是如此决定的，低级动物里很多雄性动物比起雌性来活得更短，甚至交配后就死掉了。这就不平等。

资本社会女性可能注定被利用、被使用、被销售的地位，没办法。细说起来很麻烦很复杂。

记者：虹影，再辩论下去就跑题了，但我没被他说服，盼望你给他两句有劲的。你认为女作家是怎么回事，什么地位？

虹影：他这一套高论，说到底还是“强势集团——男性‘评’

强势集团——女性”。站得“高”，看得“高”。王干，别生气。我在《希望》杂志，从去年开始每期有专栏，专谈男人，不妨找来看看。

记者：你为什么写作，和性别有关吗？别弄那种抽象的外交辞令式回答，给点实在、具体的回答。

虹影：我在前面已经回答过这个问题。为什么写作？在《阿难》一书里我仔细谈了“我”写作的目的，以及写作的一些秘密。在这儿，为节约时间，让我坦率回答你：

就是为了让读者买了我的书，看一个好故事，不骗读者的钱。

我不用语言而用情节提出问题，能否感觉到有问题，看每个人的慧根。仁者乐山，智者乐水。

我用人的命运来设置我的问题，用生和死，生死相契，悲欢离合来让读者看好故事。

跟言情小说不一样，故事并不只是让人哭泣，可以说是言情惨表悲剧故事，但如果你只愿意下个泪，由你，如果你愿意想想，你就想想。希望你看了小说后，不只是感动，更是惶惑。

这是我写作的目的。

记者：对你而言，美不美是关乎“女性”这个身份，还是关乎“作家”这个身份？分别有多重要？

虹影：我认为人们欣赏美是很自然的。不是说到什么政坛新秀，说一表人才，气宇轩昂；说到什么新富，也说体态儒雅，风采秀逸。那么说到女作家，如果她真的漂亮，“美女作家”有何不可？海明威不就是以风流倜傥著称的吗？英国诗人布鲁克斯在“一战”时去世，人说这么美的男子，我们现在时兴的话“帅哥”，怎么可以死在战争里？

只有一种情况，“美女作家”让人讨厌，就是作品不行，靠“美女”打广告，这就离题了。作家看作品，作品美就是好作家。如果作家也美，有什么不好？反过来，美女太多，好作家却太少。多说“美女”，就等于“买珠还椟”。我希望评几个美男作家。我来召集女作家、女评论家一次评美男作家投票会如何，恐怕当选的只有十来人？这样才正常。

一句话，美女美男都是大家喜欢的，最好是以平常心待之。当然，为什么从来只有“选美女”，而没有“选美男”，这是因为女性的确比男性美。漂亮的女人更是大家悦目，女性打扮不完全是为了让男人看。一切纷闹的关键，只是万一一个女作家正好长得漂亮，是不是要打出“美女作家”旗号？我个人觉得何尝不可？只要真漂亮，不要让人说吹牛。中国人现在最大的问题是没有道德底线，一笔交易，抢了钱就走。不讲信誉，不管下一笔生意，不要回头客。如果作家想想自己的信誉，如果评论家、媒体业、出版社，都想想信誉，我们会有这么多问题吗？所以，不是要不要“美女作家”，而是“美女作家”一点都不美，或是没有吹得那么美，让读者上了一次当，有关人赚了一点小钱，就满足了这才真要命。

来个总结：如果是真美女，又真是好作家，社会有权利不让人欣赏？如果两者都是个骗局，那就太俗气。别认为中国老百姓会永远吃这一套，记住我的话：咱们的老百姓早晚会毕业的。

跨越八十、九十年代的“新写实”

赵天成

访谈时间：2015 年 2 月 5 日

访谈地点：《小说选刊》编辑部

人物：王干（评论家，原《钟山》编辑）

赵天成（中国人民大学 2014 级博士生）

赵天成： 王干老师您好，感谢您在百忙之中接受我的采访。我现在跟随程光炜教授做“90 年代文学研究”，我们的研究特别重视用一种“史”的眼光，对文学现象、事件和作品做“历史化”的清理。因此，今天我们的访谈虽然是围绕“新写实”展开，但我的关注点可能和其他研究者不太一样，我不会着重从文学思潮、文学进化等惯有角度去设问，而是首先把“新写实”作为一个“事件”，格外重视史实和材料，更关注它的展开过程和细枝末节。我在做材料准备时注意到，历来对于“新写实”的种种讨论，基本上集中在学科内部，探讨文学精神的转移、现实主义的变形等问题。但是我发现，“新写实”不仅是 20 世纪 80 年代文学和 90 年代文学的交会点，包含了一些 90 年代文学的起源性问题，同时它也与当时的政治事件、社会变革、精神危机、市场意识、大众传媒等都有着相当密切的互动关系。我希望通过这种“还原”式的研究，打捞一些曾经被忽略、被遮蔽的生动细节。您作为“新写实”的当事人，一定掌握了很多有意思也有意味的故事，必定能够丰富我们对这一现象或事件的理解。我们还是从 1988 年十月份《钟山》与《文学评论》联合举办的“现实主义与先锋派”的讨论会谈起吧，因为那次会议被看作“新写实小说”发起的源头。您在会上提出“后现实主义”的概念，也是在那之后，《钟山》开始筹划“新写实小说大联展”。我的问题是，当时参加会议的都有哪些人？那次会前有没有与“新写实”或“后现实主义”相关的酝酿过程？“后现实主义”是您个人的想法，还是您曾经跟其他的评论家、编辑或作家讨论过？

王干：1988 年在无锡工人疗养院，开的那次“现实主义与先锋派”的研讨会，当时参加的人员，我现在还能记起来的，有现在在香港岭南大学的许子东，当时他刚去香港不久，还从香港带过来一个姓张的女博士。还有吴亮、李劼，北京的有曾镇南、朱向前，还有陈志红，一个女评论家，原来是《南方周末》的副主编，现在好像是南方出版社社长。因为是《钟山》跟《文学评论》一起合办的，就还有陈骏涛和《文学评论》的一些人，前不久去世的南京大学的教授许志英也参加了会议，《钟山》副主编徐兆淮主持了这次会议。当时其实我还没调到《钟山》，《钟山》正在酝酿把我调过去。这个会之前，大概是在 1988 年的六七月份，我和《钟山》的两个副主编徐兆淮、范小天，在北京的川鲁餐厅，就在团结湖这块儿，现在没有了，大概就是现在盈科中心那个位置，我们三个一起吃饭。当时是夏天，我们喝着啤酒。我当时在《文艺报》工作，他们就说准备在十月份搞一个会，讨论什么话题能引起兴趣。徐兆淮的办刊方向是倾向于现实主义的，范小天是比较倾向于“新潮”“实验”“探索”的，也就是所谓“先锋文学”的方向。我说其实可以把你们两个人的观点合起来开一个会，因为从那两年创作的一些情况看，虽然不能说“现实主义”与“先锋派”合流，但是确实出现了很多交叉的现象，互相之间都有借鉴或者变化吧。不像 1985 年的时候，现代派和现实主义好像是壁垒森严的。当时比如刘恒、刘震云、方方，包括朱苏进、余华的有些小说，貌似现实主义，但是很多方面又和现代主义、后现代主义有交会的地方。所以我提的这个话题，他们就觉得挺好。正好这个话题和《钟山》这两个副主编的趣味也比较吻合。所以这个会之前确实是有在北京的一个酝酿过程，有事先的谋划和筹备。当然他们到北京来，本身就是为了和《文学评论》找一个合适的话题，找一个能够让所有的评论家关注的焦点。

赵天成：所以这个会主要是由《钟山》牵头,《文学评论》合办的?

王干：对，主要是《钟山》牵头,《文学评论》跟《钟山》一起合作。但是这个会呢，还有一个前提，就是 1987 年的时候,《文学评论》准备跟《钟山》搞一次会。如果我没记错的话，那个会好像是关于“新潮文学”或者是“先锋派”的，但是后来因为碰上了 1987 年一月份的“反自由化”事件，限制会议，没开成。那次事件之后，就不让开全国性的会议了。就是说你开会可以，但是不能开全国性的会议，只能在本省开，当时就有这么一个限制。到了 1988 年上半年，开始松动了，才又有这么一个会。所以实际上这个会，本来应该是 1987 年开的，实际上是推迟到了 1988 年才开，或者说是补开的。关于“后现实主义”的观点，当时是我个人的观点，也没有跟任何人商量。我当时选择这个题目，有两个原因。其实我在会上讲了一个原因，就是它能跟会议的议题结合起来，因为“后现实主义”有“后现代主义”“后先锋派”的一些特点，也有一些“现实主义”的特点。当时这个会是要求准备发言，最好是有文章。当时我的文章已经写好了，十月份的时候实际上已经完稿了，我在会上只是讲了一些概要。在发言之前，我还把一个 3000 字的发言提纲拿给吴亮看了一下。当时吴亮说，你这个观点挺新颖啊，你会上可以讲。会上我谈到“后现实主义”时，有一些讨论，但是在我的印象中，当时会上主要是李劼跟许子东关于“雅”与“俗”的争论，把“现实主义与先锋派”这个主题略略有些冲淡。当时许子东说大家不要忽视大众文学、俗文学，可能是那个时候他关注的问题，跟我们关注的问题不太一样。我觉得当时他谈的跟我们这个会不是太吻合。“后现实主义”是我个人的观点，不是刊物的，但是某种程度上也受到了刊物的影响，因为我们之前在北京讨论过这个问题。讨论时范小天就跟我说：“哎，你这个观点很好，你可以写文章。”所以我当时就开始写文章了，到会前就已经写好了，就是后来大家看到的《近期小说的后现实主义倾向》那篇文章。那篇文章也是费了一点周折，当时我先是给《文学评论》，但一是因为《文学评论》发我的文章发得太多，而且那一年（1988 年）已经发了我一篇文章，所以他们说隔一段时间再发。还有一个原因可能是《文学评论》上从来没有出现过“后现实主义”这种说法，他们也比较谨慎，所以当时这篇文章就没有发出来，他们也没有退给我。大概一直到 1989 年二三月份的时候，《北京文学》的编辑陈红军跟我约稿，我就说有这篇文章，但是不知道你们《北京文学》感不感兴趣？我当时心里还有点忐忑不安。后来《北京文学》发出来了，1989 年第 6 期。所以也是有些阴差阳错。这篇本来应该是《文学评论》或者《钟山》发。但是《钟山》1989 年第 2 期有一个《现实主义与先锋派笔谈》，我在那里把那篇文章浓缩成3000字，就是同一篇文章。但实际上这篇文章出来的时候，当时没什么影响，因为当时大家的兴趣都不在文学上面，都在社会风波方面。总之，文章是会前写的，不是开完会以后改的，会前我对“后现实主义”已经有比较完整的思考。另外一个原因，这是我持续研究的话题，不是为会议专门准备的。在1988年的六月份左右，我在《人民日报》上发了一篇《现实主义的新形态》，我自己没看到，端午节那天，我去汪曾祺先生家吃中饭，汪老说，文章写得很好，你可以就这个问题深入研究下去。汪曾祺算是老干部，单位帮他订阅了《人民日报》，所以他能看到《人民日报》。当时的青年作家刘恒见到我说，你写的现实主义好像和一般人说的不一样，很有意思。刘恒说我说的现实主义与其他人不一样，那是不是还叫现实主义？这引起了我的思考。当时后现代主义还没有传播到中国，我迷恋于罗兰·巴特的后结构主义，所以有结构主义，也有后结构主义，现实主义也可以有后现实主义，所以就找了一个概念，后现实主义。据说，这是中国第一个使用“后”进行命名的。

赵天成：《钟山》是不是在那次会后就开始筹备“新写实小说大联展”的栏目了？您也是在那时候从《文艺报》调到《钟山》的吧？关于“新写实小说”的命名，其实最初有很多不同的说法，比如您提的是“后现实主义”还有“现代现实主义”“新现实主义小说”“新小说派”等，其实不同命名之间也是有对概念的内涵和外延的不同指认。比如您最开始提出“后现实主义”时，所包罗的范围比较宽泛，既有一些现在还被看作“新写实”代表作的小说，也有一些如王安忆的《小鲍庄》，余华的《现实一种》《河边的错误》，叶兆言的《枣树的故事》，李锐的《厚土》这种现在一般不被视为“新写实”的小说。那么，从“后现实主义”到《钟山》最后确定以“新写实小说”作为栏目名称，不同命名之间是怎么过渡的？基于怎样的考虑？是纯粹文学因素的考虑还是各方面妥协的结果？

王干：是这样的，当初《钟山》的这个栏目一直到 1989 年第 3 期才搞起来。我们 1988 年七八月份就开始酝酿，十月份又开了一个会，但为什么一直到 1989 年五月份才发出来？实际上是因为之前一直没组到作家的稿。这个计划早就出来了，但当时我们想要找一些代表性的作家加入到“大联展”里面。但当时刘恒好像在写长篇，刘震云也在写长篇，实际上很多作家的小说，我们没有拿到，或者他们没写出来，所以到了 1989 年五月份，实际上已经耽搁了一段时间。当时呢，我是主张用“后现实主义”这个名字，有人主张“先锋现实主义”“现代现实主义”等，当初想过很多名词。后来，编辑部讨论说用“新写实主义”，但是我查了一下资料，“新写实主义”好像是一个电影上的专用名词，好像是意大利的“新写实主义”。

赵天成：对，意大利的“新写实主义”运动。

王干：“新写实”这个命名，包括是用“现实”还是“写实”，都有很多争论，但是“主义”这两个字是最后去掉的，一是意大利已经有一个“新写实主义”，我们再用就好像是对他们的复制。再一个，“主义”在外语中就是一个后缀，但在中国是一个大词，主义、思想、路线、方针、政策，是联系起来的，也容易引起误解。徐兆淮和范小天他们也觉得去掉“主义”不错，“新写实”就是一个小说形态，不是一个主义，也不是一个思想，所以这个是这么定下来的。到了最后，大家觉得“新写实”宽泛，就是写实的，有点新鲜元素、新鲜变化的，都可以放进来。所以其实我们《钟山》后来的“新写实”，也是一个无边的“新写实”，收进了很多跟纯粹意义上的“新写实”不完全一致的作品。我当时提出“后现实主义”时，写到王安忆、余华，包括李锐的《厚土》，主要还是看重他们那种冷静、客观的“零度叙事”或者说“中性叙述”，后来我概括成“情感的零度”。现在回头看，我觉得这是“新写实”灵魂性的东西。其实当时说成是“情感的零度”还是因为有些忌讳，实质是想把意识形态抽空。因为在“新写实”之前的写实小说，基本上是意识形态化的，都是用意识形态作为逻辑的体系，然后来模拟人物、组织故事、描写细节。“新写实”作家里做得比较好的几个，像刘恒、刘震云、方方，特别是方方的《风景》，她率先把意识形态的东西抽空，变成了一个真正的零度写作。我们以前的写实，比如张贤亮的写实，蒋子龙的写实，都是意识形态化的写实主义。包括我们历史上的写实，像柳青，包括再早一点的，像巴金、茅盾的现实主义，其实都是意识形态化的，有强烈的意识形态色彩。当时我为什么把余华和王安忆加进来，因为当时他们主要是受西方现代主义的影响，其实现在看是后现代主义的影响，主要就是一个零度写作。“零度写作”，是我当时受到“新小说派”的影响，罗伯－格里耶和提出这个概念的罗兰·巴特，我受他们的影响很大。其实当时研究“新写实”的东西很多，南京很多，北京也有，上海也有，最后为什么我关于“新写实”（当时叫“后现实主义”）的理论，让大家觉得还有点意思？我觉得还是因为我抓住了“新写实”的内核，就是一个“零度”的问题，就是怎么抽空意识形态，回到生活本身。这个是当时我把余华、王安忆他们加进来的原因。

赵天成：《钟山》酝酿推出“新写实小说”是不是有市场方面的考虑？我看了一些资料，1988、1989 年正是纯文学刊物面临生存危机的时期，文学期刊的征订数大幅跌落，读者迅速流失，您是否还记得当时《钟山》的经济情况？每年的发行量是多少？如果您不记得具体数字，就回忆一下大体的情况和趋势。

王干：当时的文学期刊的状况确实普遍下降得比较厉害，但是

《钟山》当时的日子其实还挺好过的。印象里面，在我 1989 年到了《钟山》以后,《钟山》每年钱还花不完，每年还买很多书给我们。意思就是说编辑部有钱。发行量确实是下降了，大概应该在三万以上、十万以下，肯定不会超过十万。这是我的感觉，大概是这样，因为我也不是领导。当时《钟山》的发行量还足以养活自己，经济状况还比较好，不太存在生存危机，真正的困境是到了 90 年代以后。我的感觉就是当时编辑部的小日子还可以，工资也能发出来，稿费也能发出来，还能搞活动，另外我们还有钱，我印象是在 1989 年，编辑部买了很多书，像《追忆似水年华》《尤利西斯》什么的，就送给大家作为福利。因为我们的工资是按照国家标准发的，不能提高，报销也严，就买些书发给大家。苏童当时专门负责帮我们买书。另外一个《钟山》的稿费标准在当时比较高，千字 40 元左右。其他刊物也就 20 元左右。

赵天成：这些书相对于您当时的工资水平来说还是比较贵的吧？

王干：很贵，我们自己买不起，一套《追忆似水年华》很贵的。当时编辑部给我们买，我觉得还是很好的福利，就相当于今天给我们发一个电脑、发一个手机的感觉。可见当时编辑部的效益还是可以的。另外《钟山》1988 年还搞过张明敏的演唱会和其他的一些活动赚了一些钱，所以至少到1988年的时候，生存压力还不是很大。当时还有钱到无锡开会嘛，开“现实主义与先锋派”会的钱也是编辑部自己拿的，不是国家拨款。不像现在，跟省委宣传部或者哪个部门要个项目，然后搞个会，当时都是编辑部自己拿钱，也就是说编辑部有钱来开研讨会。说实话，1988 年底到 1989 年的时候，可能其他刊物有困难，但是《钟山》并没有感到太多的生存压力。至于发行量，我们当时也都不以发行量作为自豪。那个时候，在好多编辑看来，都说好的刊物不要那么多读者。你看1989年以后《钟山》小说部分有两块，一块搞“新写实小说”，一块搞“新潮小说”，正好也体现了当时《钟山》的两个理念。

赵天成：对，我翻当时《钟山》的目录，小说部分都是两块并在一起，“新写实小说”和“新潮小说”。

王干：对，当时我们就说是两个轮子一起向前走。当时《钟山》还是希望在全国文学期刊当中，能够领风气之先，能够推动文学思潮的发展，能够发现一批好的作家，尤其是能够把江苏的一些作家推到全国。所以你看，“新写实大联展”当中江苏作家占的数量很大。最初的“新写实”的策划和创意，没有太多的市场意识，主要还是带有思潮前瞻性，和对“文学话语权”的争夺的意思。当时还没有“话语权”这个概念，现在回过头来看，是想掌控或者说参与“话语权”的分享。因为当时“文学话语权”主要在北京和上海，南京是一个中间地带，所以《钟山》不像《收获》，也不像《人民文学》《当代》《十月》。当时《钟山》策划“新写实”，主要是想参与话语权的分享，这个是主要的意图。在我印象中，一直到我离开《钟山》的时候，《钟山》没有受到太多经济困扰，小日子还可以。但是再到后来就不行了，到了1995年以后，发行量慢慢下来了，经济上也出现问题了，后来也有国家补贴什么的，但是之前确实没有太大的经济压力。

赵天成：您是哪年离开《钟山》的？

王干：应该是1998年左右。反正我离开《钟山》之前，《钟山》的日子还挺好，在整个作协系统里面收入还是比较好的，在南京的文学期刊里面也是好的。当然，不能跟出版社比。

赵天成：我注意到在1988年最后一期的《钟山》上就登有《〈钟山〉定于明年初举办“新写实小说大联展”》的广告，广告里有一句话很有意思：“在商品经济和某些不健康的俗文学之潮的猛烈冲击下，文学正面临着少有的寂寞和疲软。当此之际，人们不能不关注不思考：文学如何从目前的低谷中走出来？”这句话里有一种对当时的文学状况处于“疲软”和“低谷”的认识，这种认识是在怎样的逻辑线索上谈的？当时你们对文学状况的认识又是否一致？

王干：是这样的，“疲软”和“低谷”是当时的流行词。其实我们今天来看，87年的小说还是很好的，但是当时参照的是85、86年的所谓“寻根文学”和“先锋文学”的热潮，“疲软”和“低谷”是相对85、86年而言。因为87年经过“反自由化”以后，好像作家感到有点紧张，原来都是意气风发的，后来好多作家不写了，或者写得比较谨慎了，大家感到没什么劲了。因为85、86年是带有“革命性”“颠覆性”的激情时代，到了87年，因为意识形态方面的原因，整个文学话语的控制也比较严了，刊物也不敢发那种一惊一乍的文字了，刚才我讲了，开会也不让开了。所以到了87、88年的时候，大家都觉得比较疲软。另外一个原因，除了政治的、意识形态的影响以外，还有我们今天所谓的“大众文学”，那个时候开始进入原来的文学读者的视野，很多的文学读者就开始去看大众的东西，比如武侠小说、推理小说、侦探小说，还有流行歌曲的影响已经很大了，那个时候确实是感到俗文化的压力了，感觉到文学不是唯一的中心了，被人家抢了很多风头。确实是这样，当时连我们《钟山》也办了个张明敏的演唱会，就是唱《我的中国心》的那个张明敏（笑），在南京五台山体育馆，还赚了钱。真正的“低谷”，其实应该就是你讲的，刊物发行量下降，读者流失，所以“疲软”和“低谷”也是有的。因为我们以前感觉文学都是往前冲的，突然有了停下来，甚至往后退的感觉。

赵天成：也就是说，一个是文学内部的创作内驱力和“革命性”的下降，一个是文学外部的社会效应问题？

王干：是的，一方面创作本身的革命性下降，另一方面，那时候“大众文化”已经开始兴起，对文学开始形成挤压了。

赵天成：您正式调到《钟山》编的第一期是哪期，是不是直接就投入了“新写实小说大联展”的筹备工作？《钟山》89 年第 3 期是“大联展”的开始，那期上刊发的《“新写实小说大联展”卷首语》后来常作为“新写实小说”的定义而被广泛引用，当时这个卷首语是谁主笔的，具体情况您能否详细谈一下？

王干：这个“卷首语”最后是我定稿的。我开始参与编辑工作正好就是这一期，就是“新写实大联展”开始的 89 年第 3 期。其实那一期里写在“大联展”前面的话，本来是徐兆淮写的，但是他写出来以后，我们的主编刘坪不太满意，他们就说王干你这个问题思考得比较好，你来写吧。我当时年轻嘛，让我写我就写了，其实后来想想，当时还是太年轻，因为按道理说应该是分管的领导写这种文章。我在原稿的基础上，将自己的思考也融进去，形成了后来的卷首语，应该说是编辑部的意见。

赵天成：当时《钟山》的编辑队伍和分工是怎样的？

王干：当时《钟山》在全国的编辑部里还是非常强的，我说几个人你看。当时的主编刘坪，是个老编辑，已经去世了。现在还活着的，当时的副主编徐兆淮，是从中国社科院文学所调回南京的，也是一个资深的老编辑。他们两个岁数比较大。我们下面一干人都比较年轻，我当时主要是分管评论这一块，93 年以后我又介入到小说的编辑当中。当时《钟山》的编辑力量，编辑的个人能力，可以说是全国最强的。当时编辑部里写小说的就有四个人，沈乔生、苏童、范小天、唐炳良都写小说，他们四个人曾经一起出过一套丛书。加上搞评论的徐兆淮和我，光评论家和小说家就有六个人，而且这六个都是写得非常好的。其他人虽然没有直接写小说或者评论，但是也很强。这样的编辑部在全国不多。而且整个编辑部也非常年轻、有朝气，我和苏童当时都不到 30 岁，范小天也就三十几岁，当时也开玩笑说是一个“帅哥编辑部”。另外，大家也都有文学理想，是普遍有文学浪漫主义的一拨人在一起。

赵天成：后来在“大联展”中刊发的小说都是谁组的？您参与了吗？

王干：当时好像每个人都组，不是某一个人组的。就是有这个方案以后，让大家去组稿，组稿以后觉得比较合适的就放进来。我当时没有参与组稿，因为他们组到的稿件都酝酿了很长时间。这个“新写实小说大联展”跟“现实主义与先锋派”的会是有联系的，《钟山》一直是想策划一次这种活动，能够引领文学思潮，同时又能把一些作家的好稿子争取过来。当时正好像刘恒、刘震云、方方、池莉啊，算是正在崛起的一批作家吧，王朔的小说我还参与了组稿，当时他住在一个招待所里写作，我去找他，他说只有一个茶缸，不嫌弃，你就合用吧。所以《钟山》通过这次活动也把他们的稿子都组过来，把这些作家也收到自己的旗下来嘛，还是产生了很积极的影响。

赵天成：那您有没有跟那些作家打过交道？

王干：那些作家都很熟悉了。“新写实”的这些作家，“大联展”第一期发的几个作家我也全认识，赵本夫、朱苏进啊，当时还有一篇姜滇的，还有高晓声的一篇，都是江苏的作家嘛，都很熟悉。当时好像外省的作家的稿子都没来，所以最后我们就以一种，用现在的话讲叫“本土化”的方式推出来了。我要补充一点，“新写实”这个东西吧，作为一种小说的叙事方式，其实早就存在了，比如回过头来看，高晓声的《陈奂生上城》的“新写实”的意味是很浓的。为什么我们把高晓声放进来呢？就是因为在写实主义里面，高晓声跟他同时代的作家相比是一个“另类”。可以拿他跟陆文夫相比，陆文夫就是一个意识形态化很强的现实主义作家，高晓声的去意识形态化就比较明显，所以我们把高晓声放进来，而不拉陆文夫。所以说“新写实”呢，只不过是我们把某种小说的叙事方式或者说形态放大，或者说把它们集中在一起展示，不是说在“新写实”之前就没有“新写实”。千万不能误解成，我们举出个旗帜，或者喊出个口号，然后作家去写。小说本身是自然形成的，不是哪个评论家哪个编辑拍脑袋想出来的，不是一个刊物提出一个口号，让大家去写这个。只不过是我们看到这么一种涌动的暗流，把这种叙事方式、叙事策略从小说中提炼出来，让它浮出水面，加以概括和放大。其实我们还是用欣赏的眼光来看待这种小说的叙述策略和方式，然后通过刊物策划的方式把它托出水面，后来才变成了一股潮流。我们是顺着事物发展的自然纹理，让它形成的，不是像郭沫若他们那样，一定要搞个“浪漫主义”“浪漫派”，不一样的。

赵天成：那当时你们会修改作家的来稿吗？除了您刚才提到的那几个江苏作家，您还记得你们还推出了哪些作家？

王干：当时我们好像没有改稿的习惯。有时候有商量，但是也很少，当时对作家的写作还是比较尊重，改稿件改得很少。我们后来把苏童和叶兆言也作为“新写实”放进去了，后来有池莉、刘恒、刘震云，把王朔的《千万别把我当人》也放进去了，有点牵强，到后来也是无边的“新写实”了。

赵天成：《钟山》在89年底还搞了一个“新写实小说”的评奖活动，最后评出了五篇小说，赵本夫的《走出蓝水河》、朱苏进的《绝望中诞生》、范小青的《顾氏传人》、刘恒的《逍遥颂》和高晓声的《触雷》，评奖过程中有什么有意思的事情吗？

王干：《触雷》也是“大联展”第1期发的吧？

赵天成：对。

王干：这我就想起来了，其实“新写实”真正好的小说都在第 1 期，后来几期上的都不太好。你看获奖小说里面，《绝望中诞生》《走出蓝水河》《触雷》，第 1 期发的就有三个。第 1 期还有一篇，我记得是姜滇的小说，那个很一般，当时也是很牵强地放进去的。后来还有刘恒的《逍遥颂》，写得很好，但是它其实不是真正意义上的“新写实”，其实正好是刘恒从“写实”向“抽象主义”的、变形的写作转变的作品，而且《逍遥颂》是写“文革”的嘛。其实这里就有一个背反，就是《钟山》推出的“新写实”，跟我们现在说的“新写实”有差异。现在说的“新写实”代表作品应该是刘恒的《白涡》《伏羲伏羲》，刘震云的《新兵连》《塔铺》《一地鸡毛》，方方、池莉的这些小说，但其实我们《钟山》当时发的小说都没有达到他们的那种形态。像朱苏进的《绝望中诞生》，其实是带有浪漫主义的小说。像《逍遥颂》和《顾氏传人》，其实是有历史小说的感觉。

赵天成：对，包括《走出蓝水河》……

王干：对，赵本夫也是带有浪漫主义的，包括《走出蓝水河》，并不是冷静、客观的叙述。所以呢，这个就很有意思，形成一个背反。但是因为朱苏进的《绝望中诞生》很好看，从此以后就给“新写实”带来了好名声。后来的刘恒、刘震云、方方、池莉，又是一些被大家认可的作家，所以“新写实”的口碑又在不断地加分。实际上我们《钟山》发的小说跟“新写实”代表作是不太一样的。这个当时我已经意识到了。在“新写实”影响已经那么大的情况之下，我们搞了一个评奖。当时南京大学教授叶子铭是评委，丁帆、费振钟和我是评委，大概六七个人吧，获奖作品是我们投票选出来的。我记得当时投票还很严肃，叶子铭很严格，好像还打分什么的

（笑），我印象里好像是按高校评职称的方式，当时很少这么严肃地评奖。好像评奖时为哪一篇小说还有一点争论，我记不起来了。

赵天成：跟“新写实”直接相关的有两次会议，一次是刚才提到的《钟山》和《文学评论》合开的会，另一次是在 89 年十月份，《钟山》和天津的《文学自由谈》联合召开的“新写实小说”讨论会，那次会的情况怎样？当时《钟山》和其他杂志之间有怎样的合作？对于“新写实小说”，其他杂志有没有合作的意向或者贡献力量？

王干：对对，跟《文学自由谈》有一次会。和《文学评论》的那次会，刚才我说了，是补开 87 年没开成的会。当时我们意识到，到了 85 年之后，现实主义与先锋派都面临一个转折。因为当时的先锋派，在对西方的小说进行模仿后，碰到一个怎么往下走的问题。传统的现实主义被先锋派冲击以后，也面临怎么改变面貌的问题。和《文学评论》的这个会现在看来也有影响，但当时没有到可以为“新写实”造势的程度，只能是从理论上来解决一些问题，廓清一些事实。89 年和《文学自由谈》的那个会，起因是“新写实”出来以后，在全国引起很大的反响，《文学自由谈》很敏感，就觉得这个很有意义，是他们主动提出来想跟我们开个会。当时我们知道“新写实”引起很大的反响，但是说实话，没有意识到会产生后来那么深远的影响。所以和《文学自由谈》那个会是开了，但我们有点像是“被开”，被动地开。我们当时就觉得文学也没什么话题，就讨论我们这个话题吧。这个会是在南京中山大厦开的，《文学自由谈》那边好像有赵玫、汪宗元，还有一个老编辑，赵玫肯定来了。当时我们还把吴调公老先生请来了。我就记得吴先生在会上说，其实“新写实”小说，三四十年代他就写过。吴调公是南师大的老教授、老先生，学问很好的。尽管他后来搞古代文学，但是早期是写小说的。这个会本身倒没有产生太大的影响。

赵天成：作为一种文学潮流，“新写实”不可避免地深刻卷入历史的进程。现在回过头看，“新写实”的兴起和展开正好跨在89年到92年这段历史剧烈错动的区间。您在后来写的《新时期文学的晚钟暮鼓——“新写实”小说漫论之一》的总结文章中，指出了“新写实”的灰色叙述对于当时人们精神状况的坡度功能，其实也可以说是知识分子逃避或说应对精神危机的一种方式。而在另一方面，大众传媒的介入也使“新写实”有了另一条可供讨论的线索。比如张艺谋的电影《菊豆》《大红灯笼高高挂》就改编自刘恒和苏童的小说，还有王朔担任编剧的电视剧，特别是1990年的《渴望》（《刘慧芳》后来也是发在《钟山》上）。我特别强调电视剧，是因为在那个时期，电视剧真正开始走进千家万户，真正与普通人的生活联系起来。您怎样看“新写实小说”与影视、与人们的日常生活之间的内在联系？

王干：这个联系确实是有。其实“新写实”刚出来的时候，并没有引起大家特别的关注。倒是在89年六月份的事件之后的相当一段时间之内，引起了不断的话语发酵。我后来有思考，为什么当时“新写实”能产生那么大的影响？因为“新写实小说”的调子都是比较灰色的，是往下走的而不是往上走的，比如《烦恼人生》也好，《风景》也好，刘恒的《白涡》也好，刘震云后来写的《一地鸡毛》也好，整个调调都是降调，就是我讲的“坡度”。实际上经过89年以至整个80年代的激情燃烧之后，人人都需要降落，“新写实”正好提供了这么一种降落的功能。所以，它实际上是八九十年代文化交际的一个坡度，因为要从激情燃烧回到一种正常的状态，那么“新写实”所写的日常生活，以及日常生活里面包藏的日常精神，给人们提供的正是一种安慰的功能。它对应着当时人们的内心需要，就是经过了这种大风大浪、大起大落之后，要回归到日常状态当中。所以在相当一段时间内,“新写实”一直被大家所关注和看好。你说到“新写实”后来的影响和辐射，我曾经说过，但是没写过文章。其实到了后来，包括刘震云在写《一地鸡毛》的时候，他已经是反过来受“新写实”潮流的影响了。包括张艺谋拍《秋菊打官司》，以及他把苏童、刘恒的小说拍成电影，包括后来冯小刚拍的电视剧《一地鸡毛》，是陈道明演的，就已经是反过来受“新写实”理念的影响了。“新写实”的精神后来辐射到很多方面去了，辐射到电影、电视剧，后来对美术上面也有影响，美术上也是从“先锋”回来重新“写实”，也发生了一些变化。包括流行音乐，像李春波的《一封家书》什么的。所以我觉得在某种程度上,“新写实”到了后来已经不是一个文学思潮了，实际上变成一种人生态度、艺术精神和准哲学理念了，就是什么事情都淡化，都向后退，都用无言来表达。实际上潜台词是这样一种东西，正好跟 89 年以后的文化现实和社会现实吻合。

赵天成：那么这种精神，您现在觉得是积极的还是消极的，有没有什么负面影响?

王干：这个东西好在一个什么地方？好在它不是政府或者哪一个精神领袖、宗教领袖号召的，它其实是自然形成的。只不过正好“新写实”撞到这个口上了。当初我们《钟山》在提倡“新写实”的时候，可能只是我们内心隐隐有希望平静、淡定的欲望，但是没想到在后来出了那么大的事以后，它变成社会整体的精神状况。即使现在回头看，我觉得“新写实”代表的这种精神也还是有好处的，因为在经历过“启蒙”的大动荡之后，人心悬在那里，要怎么把它落地，“新写实”起到让人心落地的作用。所以我觉得它对于安慰人的情感，还是有积极的作用。当时池莉有个小说，名字就叫《冷也好热也好活着就好》，后来余华也写了个《活着》，当然我们回过头讲，这好像是一种庸人哲学，但是在当时的历史情境之下，你不活着你怎么办？你自杀去？你以卵击石去？至少“新写实”给了人的精神一个缓冲的平台，就是我说的精神坡度，在当时还是有积极意义的。在今天看来，我觉得“新写实”依然有价值，还是很有意义的，在文学研究当中老能引起兴趣。在“零度叙述”以外，我最近正在做一个从“新写实”一直延续至今的写作的精神向度问题，就是一个很有意思的话题，我正在做，可能今年或者明年会做出来。

赵天成：那从文学创作上来讲，“新写实”在 90 年代初期，是不是变成了一种写作模式？是不是也有它压抑和限制性的一面？

王干：有，当时很多作家反过来受“新写实”的影响，也能感觉到有很多刻意的模仿。“新写实小说”确实有它的一个弱点，后来我在其他文章里也写过，它永远是一个灰色的背景，是比较低沉的叙说，人物往往都是被生活蹂躏得没有力气的这么一种“中间状态”的人物。但是从文学发展上来讲，我觉得“新写实”可能是这 30 年里面，最有价值、最接近文学本身的文学思潮。“新时期”以来有很多文学思潮，比如“伤痕”“反思”“改革”“寻根”，如果你把这些思潮的意识形态抽空，你会发现它跟文学本身没有关系。“新写实”呢，实际上它最接近文学和生活的本质。因为我们这么多年的文学，始终都是要给生活加一个框，下一个定义，赋予一种价值。其实从现象学角度讲，生活本身就是一种自然状态。当然，如果你说它有什么负面影响，我觉得就是后来有一些写得不好的作家，他没有这个能力，他就把琐碎当成“新写实”。“新写实”其实不是琐碎，它是生活本身，生活本身不是琐碎，生活本身有生活本身的逻辑和肌理。后来很多作家去模仿，以为“原生态”“还原生活”就是琐碎，这是一个误解。另外我补充一点，其实到了 90 年代以后，南京有点“文学陪都”和“文化陪都”的味道。从 89 年以后一直到93年，北京其实没什么文学事件和文学人物。邓小平的“南行讲话”以后，差不多到94年以后，北京正常的文学气氛和文学生产才慢慢恢复。所以我们回头看，从89年到90年代有相当一段时间，南京非常活跃，实际上是文学的中心，出现了很多作家，很多话语、很多事件也都跟南京有关系。“话语”和文化中心南下，移到南京去了，所以我认为南京带有一点“陪都”的味道。在相当一段时间内，《钟山》在全国的文学界和期刊界起到了填补空白的作用，产生了一些作家、事件，也产生了一些话语。在这个空间里面，通过“新写实”，通过《钟山》的运作，对南京作家的成长也是很有好处的。就是说，因为南京被关注，《钟山》被关注，南京的作家就被关注。反过来，后来苏童在全国的知名度也是越来越高，对《钟山》、对南京也有反哺作用。所以其实在城市、刊物和作家之间形成了一个良性的循环。

赵天成：到了94年的时候，您又搞出“新状态”的说法。从您的角度看，“新状态”与“新写实”在文化逻辑和市场逻辑上有什么一致与区别？

王干：“新状态”也是《钟山》搞出来的，但也跟我关系更大一点。“新状态”其实是对“新写实”的补充，刚才你讲到“新写实”有什么负面影响的时候，我已经想到“新写实”的缺陷是什么。要说“新写实”最大的不足，就是淡化了知识分子叙事的主动性，只是对生活的认同。尽管你是呈现生活本身，但是如果理解不好，或者读者理解不好，或者作家理解不好，就会变成对生活无条件无原则地认同。我在提“新状态”的时候，同样是用“状态”这个词，但是强调了知识分子的叙事能力。如果从这个角度讲，我觉得“新状态”是对“新写实”原有不足的补充和发展。但是，它们在某个层面上也是一致的，“新状态”其实是对当时“市场”的反拨和抗争。

因为到 90 年代的时候，大众文化已经兴起了，这个时候，知识分子的声音、文学的声音、诗人的声音，尤其是年轻的知识分子、诗人和文化人的声音，就被排挤和压抑了，没有空间了。如果说“新写实”是公共的生活状态，那么“新状态”主要是想提供一个个人的话语状态，所以它们之间是有联系的。当然，“新状态”因为它比较个人化、小众化，加上后来“新状态”的这些作家引起争论，所以没有成为一个被大家共同认可的文学现象。主要的区别是，当时“新写实”有一个公共话语的空间，所以有很多读者。而“新状态”没有 1989 年的那种政治风波作为前提，大家没有一个共同的精神空间，所以“新状态”的空间也就是市场经济起来之后的这么一个大空间。但在市场经济空间形成以后，我们可能感到受压抑，受冷落，我们是小众。有人就会说，这种“失落”，是你们作家、知识分子，是你们少数人的感受，因为对大多数民众来说，他们在市场经济空间还是很愉快的，并没有感到市场经济的压力。不像“新写实”，那时的压力是抛给全社会的。所以我觉得“新写实”和“新状态”之间有联系，但是区别在这个地方，一个是有公共的话语空间，一个没有公共的话语空间作为支撑。不过，现在大家使用的“新常态”这一概念，在很多方面与“新状态”有着奇妙的联系，都是对新的形态的概括。“新状态”的最大缺点，就是预言性太强，在很多事情刚露出苗头没有形成共识的时候说早了，如果我们重新来看待新状态的理论和作家，还是影响深远的。

社会转型夹缝中的“马桥事件”

赵天成

访谈时间：2015 年 10 月 26 日

访谈地点：《小说选刊》编辑部

人物：王干（评论家，现为《小说选刊》副主编）

赵天成（中国人民大学 2014 级博士生）

【“马桥事件”】

韩少功的长篇小说《马桥词典》初刊《小说界》1996 年第 2 期，单行本于同年 9 月由作家出版社出版后，好评如潮。1996 年 12 月 5 日，北京《为您服务报》同版刊出张颐武《精神的匮乏》与王干《看韩少功做广告》二文，张文称《马桥词典》“全盘照搬《哈扎尔辞典》”，王文称“《马桥词典》模仿一位外国作家”，引起争议。12 月 17 日，《文汇报》刊登谢海阳《〈马桥词典〉抄袭了吗？》的报道，该文副题为“张颐武有此一说韩少功断然否认”。其时，第六次文代会及第五次作代会正在北京举行。据传，是日《文汇报》投发给大会代表下榻的京西宾馆的每个房间，引起轩然大波。此后，《中华读书报》《文艺报》、各省市晚报、小报、文摘报，以及中央电视台等媒体大规模跟进。1997 年 1 月 1 日，史铁生、汪曾祺等 11 位作家联名上书中国作家协会权益保障委员会，要求作协成立委员会评审该事件，未有下文。1997 年 3 月 28 日，韩少功委托律师向海口市中级人民法院递交诉状，将张颐武、王干、《为您服务报》《服务导报》记者文敬志、《劳动报》《书刊文摘导报》告上法庭，事件性质升级为诉讼案件。中国作协副主席陆文夫出面调解，未果。1997 年 10 月，《文人的断桥——〈马桥词典〉诉讼纪实》由光明日报出版社出版。1998 年 5 月，海口市中院一审判决张颐武、《为您服务报》等败诉、王干胜诉。1999 年 3 月，海南省高院二审改判王干败诉，其余维持原判。据统计，截至彼时，共有相关评论及新闻报道 150 多篇。

赵天成：王干老师您好，今天我们的访谈是关于“马桥事件”的。这一事件当时闹得满城风雨。您在判决结果出来后说这是一个“冤案”，不知道您今天是否还这样看？但其实无论是您，还是韩少功、张颐武，当时都认为这是一件无聊的、很没价值的事情，而且事后看来对当事各方都造成了一定伤害。不过从旁观者的角度讲，这一事件并非毫无意义。它为我们提供了一次从文化思潮、文学批评、文人风气、传播方式等不同角度观察 90 年代文学生态的机会。进一步讲，90 年代是整个社会的转型期，文化领域是震荡最为剧烈的部分之一。大众传媒的兴起，不可避免地改变了文化领域旧有的势力地图。对“马桥事件”的回顾，也可帮助我们一窥包括体制、市场在内的各种结构性因素的功能变化与力量消长。

近来也有一些认真的研究者，试图寻找新的角度来重新讨论

“马桥事件”，并且希望从中挖掘出更多的文学史意义。但是他们在做的时候还是感觉有不少局限，主要原因是材料不够，这就造成不少判断都只能凭借猜测，或者依赖孤证和一面之词。这一事件已经过去将近 20 年了，有些当年的内幕或许可以披露了。作为当事人，您的讲述是非常重要的史料。其中是非功过，自有后人评说。

这个事件当时在媒体的炒作下甚嚣尘上，《文艺报》甚至把它排在 1997 年十大文艺圈风波之首，认为“马桥事件”比《马桥词典》好看。您能不能回忆一下事情的大概经过？另外，这一事件阵线拉得很长，前后大概三年的时间，但媒体的特点就是来得快去得快，所以报道主要集中在事件开端的 1996 年末到 1997 年初那一段时间，到了 1997 年下半年就很少有跟进了，对后来法院判决的后续报道也非常稀少。您能不能重点讲一下与您相关的判决的结果？包括您有没有到海南去，以及从一审到二审之间的一些细节。

王干：“马桥事件”对我来说确实是一个冤案。这件事情最开始和我扯上关系，是 1996 年 12 月《为您服务报》发了我的《看韩少功做广告》。但这篇文章其实是我 1995 年就写好的旧文，本来是给《读书》写的，那时《马桥词典》还没有出来。当时我写这篇文章，是因为韩少功在《扬子晚报》上发了一篇《致友人书简》。我当时一看就乐了，因为韩少功当时是属于现在话讲“高大上”的那种形象，从来不屑于在这种晚报上发文章的，晚报属于一种小报嘛。当时《天涯》刚刚创刊，我一看这篇文章的内容，就想韩少功这是在借机给《天涯》做广告啊，就写了这篇文章。我是文本分析，分析他的文体，就是韩少功怎样用一种貌似在谈文学创作，而实际上是在做广告的这么一种文体特点，我觉得很有意思。当时这篇文章是给《读书》的，因为我知道我文章的风格、质量，大致是能跟《读书》吻合的，《读书》的编辑吴彬也一直跟我约稿子，而且《读书》

此前几乎没退过我稿件。这篇文章就是为《读书》写的，我整个文章的风格，包括6000字的篇幅，都是按照《读书》的规格处理的。那时因为是汪晖刚开始当《读书》的主编，我印象是他说少功他们办刊物挺难的，就不要发这种调侃的文章了，就把我的稿子退了回来。我印象中那篇稿子在《读书》搁了很长时间，退回来以后我也一直没有给其他刊物。过了一段时间以后，有一次我到北京出差，邱华栋帮我安排住宿。当时《为您服务报》有一个姓杨的编辑，是北大中文系毕业的，他跟邱华栋一起来找我，跟我约稿子，因为当时《为您服务报》经常要发一些长的文章。我说手上正好有一篇，当时还没有e-mail呢，我就回南京以后邮寄给他了。后来要发的时候，他在电话里对我说，王老师您这篇文章有点长，我能不能给压缩一下，做一些改动，我说可以。改了之后我也没看。这篇文章发出来的那天，我正好在北京，参加周梅森的长篇小说《人间正道》的研讨会，在报摊上看到发这篇文章的报纸了，也没仔细看。直到后来听说要打官司了，我才把报纸上的文章重新拿出仔细看，才发现编辑加进了关于《马桥词典》的论述。这篇文章只要说到关于《马桥词典》的，都是编辑加的，没有一句话是我的。你读的时候能感觉到这部分是硬插进去的，跟整个文章是不和谐的。我后来把这篇文章的原稿收入到我2002年的评论集《灌水时代》里面，题目叫《广告》，你可以找来对比一下。所以根本就没有后来说的"联合杀马"的情况。我的文章是早就写好的，是编辑把它和张颐武的文章放在一起，当然这里面有编辑语言了，可能是为了配合版面做的，这是另外一回事儿。但是即使这样，我认为这篇文章虽然编辑的"编辑"做得有些过分，也够不上打官司啊。当时很有趣的是，《羊城晚报》把这件事的报道放在娱乐版，这个事逐渐被娱乐化了，变成娱乐事件了。我起初还怀疑是韩少功或者是出版社要炒作这本书，后来发现是玩儿真的，真要打官司。我当时也没向媒体公布《为您服务报》篡改我的内容，因为这样可能对那个编辑不好吧。另外一个，我认为即使是编辑改的那些话，也不足以构成侵犯名誉权这项。所以我说我很冤。2000年底，我在肇庆开当代文学年会时，谢有顺还在《南方都市报》当记者，听我讲了这件事之后，就用“王干比窦娥还冤”作标题，发了我一千字的短文，陈述我被冤的情况，遗憾的是，那么大的标题，那么大的照片，并没有引起大家的注意。

当时好像是媒体打电话问我，我才听说要打官司的事。当时我感到很可笑，但是一点儿都不慌张，就觉得是不可能的事。我说这个有什么打官司的必要，可能吗？而且我这篇文章也不可能侵犯名誉权啊。我才又把这篇文章找出来看，发现有编辑加的那些话。但我还是觉得，这个事情有什么好打官司的呢？后来打官司也很有意思，第一审我胜诉了。我估计当时海南中院还是懂点法律的。因为我原稿就说他做广告，做广告是一个合法的行为，为自己的作品、刊物做广告，都是合法的行为，无非就说他省了广告费呗。即使后来编辑加了几句话，也就是说给《马桥词典》做广告，也是个好事嘛，你觉得自己作品好，可以做广告，很多人作品不好还给自己做广告呢。所以我觉得当时海南中院的判决还是有基本的底线的。但是后来到海南高院，又把我判输了。媒体的报道也很有意思，第一审结果出来的时候就说张颐武败诉，从来也不说王干胜诉。媒体也没收任何人的好处，这么报道不客观，为啥？我长时间陷入无解的思考。第一审和第二审的开庭我都没去，因为我觉得这不是什么事儿嘛。后来二审判我输了，大概要赔1300多块钱吧。最后我也没赔，也没有执行，诉讼的经过大概就是这样。

赵天成：您能不能介绍一下《为您服务报》的情况？因为对今

天的读者来说，这个报纸已经很陌生了，也没什么影响力。您能不能介绍一下它是什么类型的报纸？

王干：其实现在说的大众媒体呢，最早起来是 90 年代初的晚报，当时城市类的报纸刚刚兴起。南京有个《服务导报》，创办人黄铁男也是一个文学中人。《服务导报》那一段时间做得很好，在南京很有影响，当然现在也烟消云散了。《为您服务报》的主办方我不太清楚，也不知道它是不是受了南京的《服务导报》的影响，但它跟《服务导报》有很多相似之处，当时在北京也是比较有影响的。后来可能因为经营不善，可能是资金的原因，没有在北京站得住脚。当初它是一个服务类报纸，胆子也比较大。他们刚开始还是很有想法的，文艺味儿比较重吧。总编辑姓陈，好像是画漫画的，跟王朔、马未都他们都比较熟，他办报有些想法，当时想做份有点文化含量的报纸，有点像今天的《新京报》的路子，当然可能没有《新京报》这么有经验、有资本、有人才。后来也就经营不下去了，是不是变成了其他报纸，也不清楚。

赵天成：他们经常会发这种相对来说专业性比较强的稿子吗？

王干：他们经常发一些对文学界、文化界、艺术界大胆议论的文章，也是希望吸引大众眼球吧。好像“批”了不少名人，并没有引起什么官司和纠纷，马桥诉讼让他们也陷入被动。这个报纸大概也是 90 年代初期创办的。

赵天成：1994 年。

王干：对，这个报纸当时是想做一些新的尝试，想吸引大众眼球，所以经常发一些胆子比较大，用北京话讲叫胆儿肥的一些文章。像发我和张颐武稿子的时候，我后来发现他们是有隐含的版面语言的。至于是用张颐武的稿子配我的，还是用我的配他的，这个前后我就不清楚了。也可能是先有我的稿子，他们觉得没有新闻性，那就再约一个更有时效性的文章，因为那时《马桥词典》刚出来。这个是我的猜测，可能要找张颐武或者编辑去核实这个事情。

赵天成：这篇文章发了之后有大量的媒体跟进，除了《文艺报》《中华读书报》这种专业性报纸之外，还有很多像《新民晚报》《羊城晚报》《文汇报》这种及各种小报、文摘报，它们把这件事情的影响迅速扩大到文学圈子之外。刚才您也提到了，《羊城晚报》把相关文章发在“娱乐世界”版上，包括后来中央电视台也有报道，让这件事逐渐衍生成大众性的、娱乐性的文化事件。而且最后六个被告之中有三个是媒体。您怎么评价媒体在这个事件中的作用？怎样评价这一事件中，作家、批评家、媒体的关系问题？

王干：对，这是一个非常有意思的话题。现在看来，“马桥事件”呢，无论是韩少功、张颐武还是我，其实都是被媒体利用、陷害的受害人。首先一点，“马桥事件”是从哪里开始的呢？是被媒体构陷的。最早的发端是《文汇报》当时的一个记者叫谢海阳，他写的那篇《〈马桥词典〉抄袭了吗？》，这是“马桥诉讼”的导火线。因为本来张颐武的文章，包括我的文章，都是说《马桥词典》不是一个创新之作，是“模仿”，或者张颐武用的词是“全盘照搬”，都没有涉及一个敏感词——“抄袭”。“抄袭”确实是一个侵犯名誉权的事情，当时海南的作协主席叶蔚林就是因为抄袭被媒体披露之后，在文坛身败名裂的。谢海阳当时刚从《文学报》调到《文汇报》，他原来是《文学报》的记者，我不知道他出于什么原因要调到《文汇报》去。按道理说谢海阳在《文学报》工作那么长时间，也是我朋友，我认识他多年，我不知道他为什么要发这么一个玩噱头的，用我们今天的话讲叫“标题党”的文章。但是呢，这个“标题党”就误导了所有的媒体，而且似乎所有的媒体也愿意被误导。当时很多文摘报迅速转发，一下就使韩少功变成了一个剽窃者，《马桥词典》变成了一个抄袭之作。媒体在这之中确实起了非常不好的作用。事情首先是从谢海阳的“标题党”文章引发的，谢海阳已经篡改了张颐武和我的意图。后来文摘报在转发的时候，又第二度篡改我们的意图。再到后来媒体再做文章的时候，又第三度篡改。这样就离张颐武和我的初衷已经相距甚远了。尤其是我，我的文章里面根本就没有诽谤，也没有人身攻击，只不过是说他做了一个广告。到了最后呢，我觉得我们三个人都是被媒体裹挟，而且都不能自拔，我们想自拔也不得。而且你发现没有？被告里面有三家媒体，一个是《为您服务报》，还有一个《劳动报》，一个《书刊文摘导报》，但是我觉得韩少功还是有点问题，他最应该告《文汇报》，应该告谢海阳。因为如果没有《文汇报》和谢海阳的“标题党”和断章取义，就不会有后来《劳动报》和《书刊文摘导报》进一步的报道。我实事求是地讲，后来我看文摘类的那种报纸，确实感觉它们是侵犯了韩少功的名誉权。但是这个不是我跟张颐武造成的，是媒体做出来的，而且媒体还不是一家媒体，而是从《为您服务报》到《文汇报》然后再到那种文摘类的小报的一个链条，实际上是它们虚构了一个韩少功抄袭的事件。那段时间我确实跟媒体打交道比较多，从《为您服务报》一直到后来也和很多媒体打过交道。当时我就感觉，媒体控制话语霸权啊，有时就像法西斯一样，就是你没说的它可以加上，你说了的它也可以给你断章取义。最近汪晖写了一篇文章叫《“反媒体”的媒体人》，就谈到这个问题，我觉得很有意思。我记得当时《中华读书报》转载这篇文章的时候，本来我是6000字的文章，他们只摘了300字，而且这300字基本上是《为您服务报》的编辑给加进去的。但是很多人都是从《中华读书报》上看的这篇文章，他们就都觉得我的观点很武断而且很粗暴，从一个评论家的角度讲，是没讲逻辑、没讲道理。陆文夫后来还问我，说你怎么 300 字就能说人家模仿，我说这不是我原来的文章。所以整个事情，的确是媒体把我们三个人放到火上烤。而且当时很多的作家、评论家也被媒体利用了。因为没人认真看《马桥词典》，没人认真看张颐武的文章，也没人认真看我的文章，他们只看了媒体的错误报道。包括后来很多作家签名上书作协，其实他们也是受媒体裹挟，也不知道真相在哪里。也就是说，媒体制造了一个假象，但是很多人都把他当作真相，所以很多人义愤填膺地签名，觉得我们侵犯了韩少功的名誉权，要求我们给个说法。然后另外一些媒体呢，又在当中推波助澜，唯恐天下不乱，把这件事彻底地变成了娱乐事件。因为刚才讲的从《为您服务报》到《文汇报》到文摘报的媒体链条，为这个事件造了一个假象，而这个假象就造在我和张颐武头上。媒体是为了吸引眼球，用今天话讲是为了赚点击率，但是他们是断章取义，把一点点的事情无限放大，还不是放大的问题，是篡改。把张颐武的“全盘照搬”，把我的“做广告”，说成是“抄袭”，是侵犯名誉权。所以我觉得在这一事件中媒体起到的作用，是值得我们好好反思的。

再一个，我也考虑到一个问题，为什么《马桥词典》当时会引起那么大的争论。一开始我跟张颐武和他们争论的焦点，其实就是捧《马桥词典》的人说它是“创新”，我们有点微词。因为我看到所有的评论里面，基本上都是从形式上的创新来肯定它的。我那时就觉得有《哈扎尔辞典》啊，它不能算创新啊。但这里面实际上也有一个文学观念的问题，就是从 80 年代到 90 年代，文学的观念，或者说文学批评的标准发生了变化。在判断文学作品好坏的时候，80 年代文学有一个影响甚广，而且即使不是唯一，也是最重要的一个标准，就是有没有创新。黄子平有一个经典的名言嘛，“创新的狗追得我们连撒尿的工夫都没有”。所以这个害得很多的作家、评论家在判断一些作品的时候唯创新是举、唯创新是好、唯创新是美。其实我们回过头来想一想，太阳底下无新事，要创造一种新的小说样式，创造一种新的文学样式，是何等之难哪。我觉得我们当时在极端肯定或者极端否定《马桥词典》的时候，用的还是 80 年代过来的评价标准，就是创新与否。其实今天看来，不创新也有价值，模仿也是有价值的，现在叫“致敬之作”。受别人影响也可以写出伟大的作品。所以我觉得我们现在的文学还是进步了，文学评论也在进步，就是在《马桥词典》之后，没有人再拿创新与否作为衡量一个作品的首要标准了，更不会作为唯一的标准。

但最主要的是，90 年代初大众文化尤其是媒体的兴起，我们的作家、评论家、文化人，还没有学会怎么对待媒体。我们现在如果反思的话，这个是很重要的一点。包括韩少功在内，也包括张颐武和我在内，当时都没有对待媒体的经验，都觉得媒体在采访你的时候，是站在你的立场上，是在帮你说话。但媒体其实就是要赚点击率，它是在利用你。当然反过来讲，我们当时的大众媒体，也没有对待文学、对待作家和评论家的经验。他们把作家、评论家都当成明星了，确实韩少功属于明星作家，张颐武也属于明星评论家，但问题是媒体把作家、评论家简单地等同于一般的明星。

赵天成：嗯，等同于刘晓庆了。

王干：对，等同于刘晓庆了。《羊城晚报》娱乐版的编辑何龙就是采访刘晓庆而引起大家关注的。现在看也不能怪何龙，媒体也没有经验，过于娱乐化地对待文化界、评论界，这带给文学和评论的伤害其实是非常大的。再一个就是，我觉得我们作家在怎么对待大众批评、怎么对待比较尖刻的酷评上，也没有准备好。其实后来网络上对很多作家和作品的评价，远远超过“抄袭”这个词的尖刻程度。这个我也不举例了，你看网上包括很多后来的新媒体上面俯拾皆是。当时没有网络，也没有微信、微博、博客这种东西，所以作家应对媒体，有一个不适应期。而作家又都很敏感，就觉得真正的酷评来了。其实回过头来看，当时张颐武的文章跟我的文章，还是比较讲道理的，但是碰到了媒体，特别是那种不太讲道理的媒体评论。应该注意一下，媒体的那些评论不是我们的评论，是媒体把我们的评论变成他们的评论。但是我觉得即使如此，作家也要习惯，也要适应。我们后来看到，那种铺天盖地的酷评已经很多了。现在即使有一些带有侵犯名誉权的事情，也很少有作家再出来打官司了。我觉得“马桥事件”也有一个好处，就是在此之后，好像再没有人为一个作品的评价而诉诸法律了，这个还是有进步意义的。当时的那场官司，尽管最终是我先赢了，后来输了，张颐武也败诉了，但是把一部文学作品的评价诉诸法律本身是荒唐的。

赵天成：您在事前和事后有没有跟韩少功方面有私下的沟通？

王干：没有沟通过，事前事后都没有，因为我觉得他没道理啊，我这文章有什么好打官司的。之前有过交往，2012 年又跟他见了一面，在淄博，《文艺报》搞了一个蒲松龄文学奖，他获奖了，我是评委。我们俩还是很客气地寒暄了一下，也没提当年的事情。

赵天成：您曾经说“马桥事件”可能是新中国成立以来第一个作家状告批评家的案子，那么您怎么看司法对文艺论争的介入？

王干：反正我那时没有听说过因为一部作品把评论家告上法庭的。之前好像也有人想过告批评家，比如伊蕾好像要告《文艺报》，但是没有法院受理，没有受理就不成为一个案子了。倒是有作家当被告的，小说或者报告文学的原型告作家，包括马俊仁告赵瑜。现在回过头来看，我也能理解韩少功，他当时也是被媒体构陷。为什么要起诉呢？所有的媒体都说他是抄袭，他当然觉得冤，要为自己申冤。那么去哪里申冤呢？我觉得韩少功本来是可以不诉诸法律的，但是中国作协在这个事件中缺位了。作协应该组织一个专家委员会，来对《马桥词典》之于《哈扎尔辞典》的关系做个鉴定，这个不是很难的事。你找一些外国文学专家，再找一些中国当代文学专家，再找一些作家，把两部书放在一起做个比较和甄别，然后得出结论：第一是不是抄袭，第二是不是模仿，第三是不是创新。这个很难吗？如果当时作协这样做了的话，我们跟韩少功可能就都清白了。所以这里面最大的问题是，我们文学的领导机构的缺位，造成了韩少功是满肚子怨水，我们也是满肚子怨水，最后都希图借助媒体来帮助自己诉说冤屈，结果给媒体越说越冤，火上浇油，越说越糟糕。所以韩少功最后只能借助法律。但现在回头来讲，他借助法律本身是一个错误的选择。一个是当时中国的法制也不健全，海南法院从受理到判决也都是很荒唐。他们对法律所能解决的问题和法律所能承担的职能范围，包括名誉权的范围和界限，也都不太清楚。我后来想到郭敬明的案件，庄羽告郭敬明抄袭，这个是铁证如山。因为抄袭是涉及著作权的问题，所以庄羽告郭敬明是有合法性的。不过时代还是变化了，郭敬明的粉丝，大家说他们是“脑残粉”，他们说抄了就抄了，无所谓。

但是“马桥诉讼”呢，一是对作品的评价不涉及名誉权，二是法律也不能确认你抄袭没有、模仿没有。后来我也看了判决书，海南法院也没找专家来鉴定，他们就拿中宣部的一个条例来作为判断的依据，这个条例好像就是说任何人不得为自己做广告的意思，但是中宣部的条例理论上是不能作为法律的依据的，应该用刑法或者民法的法规。所以法院本身的判决也是有问题的，当时判下来以后，海南法院的形象，从媒体方面讲也是不好的。所以我觉得韩少功是被逼无奈，但是他做了一个错误的选择，法院也做了一个错误的判决。已经判了很多年了，我现在也不知道是不是还可以重新起诉，因为我们的材料都在。当然现在我也没这个时间和精力，也没这个必要了。

不过也应该说，在 90 年代中期，我们的法制也是不很健全，法律工作者在这方面也缺少经验。他们也要适应这种文化人的论争，适应媒体的炒作，适应媒体在构陷很多事件时候的手段。到了后来，比如在北京市中院也出现过类似的事件，好像评论家最后就没有败诉，更多的就完全没有受理。所以我觉得法律也在进步，也在慢慢适应这个大众传媒的时代，也在适应这种文化人之间的论争。

赵天成：好的。这个事件还有另一个诡异的地方，就是它被媒体热炒的时间点也很微妙，正好是在第五次作代会前后。第五次作代会是 12 月 16 号开幕，您和张颐武的文章是在 12 月 5 号发在《为您服务报》上，《文汇报》谢海阳的《〈马桥词典〉抄袭了吗？》是在 12 月 17 号发的。有一个流传很广的故事，说是在作代会开幕后的第二天，也就是 12 月 17 号晚上，有人给当时大会代表下榻的京西宾馆的每个房间都散发了当天的《文汇报》。韩少功曾说“马桥事件”是一次“有预谋的文化扼杀”，其中的隐情“现在不想说，以后会说的”。您觉得他说的“预谋”是否和这个故事有关？是否和作代会有关系？

王干：当时我是中国作协会员，但不是作代会代表。张颐武连中国作协会员都不是。我也不知道当时《文汇报》给京西宾馆每个房间送发是有意还是无意，也不知道是谁发的。《文汇报》为什么要把谢海阳的这篇文章放在这么一个敏感时期发，我跟张颐武是一点都不知道，我们也没有能力控制《文汇报》。而且在发这篇文章的前后，《文汇报》的态度一直是倾向于韩少功的。所以我觉得韩少功说是“文化扼杀”，我们真是不知道这个里面的背景到底有多深。反正从我个人来讲，作协里面没有一个人说你要写文章批评韩少功，也没有人跟我说你要在作代会前把韩少功的威风灭一灭。而且我这篇文章是之前就有了，一年前就给《读书》了，是被《为您服务报》放到那个版面上。在我这里，这个事件前后是一点预谋没有，一点扼杀他的意思都没有。“预谋”这个话，可能是韩少功自己的揣测和想象。我不知道韩少功是不是还有其他的苦衷，或者有其他不方便拿出来的证据。但即使他还有更有力的证据，那也跟我无关。反正我可以保证是没有任何谋害或者扼杀韩少功的目的和意图，没有这个动机，更没有具体的措施。

韩少功是海南的，我在江苏，张颐武在北京，我们彼此没什么联系。而且就说作代会假如要分蛋糕的话，我跟张颐武都是没有份儿的，不在场，跟我们也没有多少利益关系。而且据我所知，当时张颐武跟中国作协也是离得很远，我也离得很远，我连代表都不是。而且假设作代会有什么利益，那按照我们一般的程序，在作代会召开之前，所有的也都安排好了，不会说在开会这两天临时来决定一个人事安排和组织安排。所以我觉得如果说《文汇报》有预谋，也不太像。我知道每次开作代会的时候，出版社都喜欢来送刊物、送书，有的报社来送报纸。可能那天不仅发了《文汇报》，还发了其他报纸，但是大家只关注这一桩爆炸性的新闻吧。

赵天成：其实在《为您服务报》这篇文章之前，您还有一篇文章叫《回眸，96 文坛热点》，发在 1996 年 12 月 1 日出版的《东方文化周刊》上，里面也提到了《哈扎尔辞典》是《马桥词典》的“母本”，并对《马桥词典》所获得的大量称赞提出了质疑。对《马桥词典》的艺术价值，您当时怎么看？现在有无变化？因为我知道，当时也有很多海南之外的评论家也对它很看好，像张新颖、陈思和、郜元宝，都是好评家。包括王蒙也写了一篇《道是词典还是小说》

的文章，发在《读书》1997 年第 1 期上，对《马桥词典》的总体评价也是很高的。

王干：其实我关于《马桥词典》的直接评价，就是在《东方文化周刊》上有一点。我印象里是因为之前在上海开了一个《马桥词典》研讨会，一些人说它是一个创新之作，评价特别高，快把它变成世界名著了。我是冲着上海那个会讲的。我只是对于他们说的“创新”，以及要把它抬成经典性的著作，我有点微词。我就是觉得，不要把它当作是创新，更不要说成好像是前无古人那种感觉。我对韩少功的评价，包括在那两篇文章里面，基本的评价还是比较客观的，后来也没有因为说我们有了这么一个法律上的诉讼关系，我就对他评价很差。韩少功作为一个优秀作家是没有问题的。《马桥词典》呢，我们回过头来看，准确意义上说它不是一个真正意义上的长篇小说，用今天的话讲它是一个“跨文体写作”。作为一个“跨文体写作”，我觉得它是有成功的地方的。它把湖南的一些方言啊、民俗啊，以及人物的命运啊，通过词典的方式综合起来，至少当时在中国还是有它的价值和意义的。总的来说，我觉得韩少功还是一个优秀的作家，《马桥词典》还是在水平线以上的一个作品，只是不应该以“创新”评价那么高。

赵天成：作代会期间还有一件事，史铁生、汪曾祺等 11 位作家联名上书作协权益保障委员会，请求他们成立评审委员会对“马桥事件”做出评审。但是韩少功最后也没有通过作协，而是坚持要走法律渠道，您对这 11 位作家联名上书的方式，以及事情后来的解决方式怎么看？

王干：刚才说到作代会。当时这个签名呢，也是在作代会期间有人发起的。现在回过头想想，我觉得作家们的动机还是好的，希望给韩少功一个清白嘛，可惜的是最后中国作协没有成立一个专家委员会，来对《马桥词典》进行甄别。如果真的这么做了的话，那么我觉得后来所有的官司啊，包括媒体炒作啊，可能就都没有了。而且退一步讲，如果作协站出来表个态，尤其对海南法院表个态，也不会把事情闹那么糟。作协后来也曾经做过调解，办法就是让我们道歉。怎么可能道歉呢？这个事情我没有道歉的理由啊。当时陆文夫也给我打过电话，我说没有道歉的理由，但是可以坐下来谈。后来好像韩少功就是坚持让我们道歉，也没有坐下来谈。其实这个事是可以通过更文学一点的方式来解决的，但也是当时商业化刚刚起来，大众媒体也刚刚起来，大家都起哄嘛。

这个事情呢，说实话是一把双刃剑。韩少功他从法律上是赢了，但是在评论界他是输了。因为你本来可以通过作品或者其他方式来还你自己的清白，但你通过法律这种强制性的、强暴性的手段，再把污水泼在我们身上，我觉得这是他的失策。我不知道韩少功有没有反思这个问题。他当时可能是被媒体，或者一些不明真相的好事者裹挟，后来想自拔也不得，被逼无奈走上了这条路。最后貌似是给自己还清白了，其实还是不清不白，因为法律不是文学。到了 1999 年，韩东他们还在《芙蓉》上发了一篇《我仍这样说——南京艺术家谈马桥诉讼案》，大概十个作家吧，每人写一段，结尾都是一样的话，大概就是“我仍这样说，《马桥词典》全盘照搬《哈扎尔辞典》，《马桥词典》不入流品”什么的，当然他们有行为艺术的意思了。《芙蓉》是韩少功老家的刊物，他们不怕吃官司，韩东、朱文、朱新建、毛焰也不怕吃官司，估计韩少功看到这篇文章，也没有心思再去打官司了。

赵天成： 说到商业化，这一事件后来还有一些衍生的产品。比如出于图书市场的考虑吧，光明日报出版社出了一本书叫《文人的断桥——〈马桥词典〉诉讼纪实》。这本书的出版情况您了解吗？

编者署名是两个人，天岛和南芭，都用的是笔名。他们的情况您是不是了解？

王干：他们当时是南京大学的两个学生，他们采访过我，我也给他们提供过一些资料。其中一个人去瑞士了，但是都和我失去联系了。出版社跟他们约稿，这个本身也是大众文化的一部分。他们还是把作家、评论家当作明星了，和媒体的思路是一样的，以为会畅销。

赵天成：是的，那会儿经常有出版社找一些在校的学生，给一笔钱让他们编书。

王干：对，就是这种情况嘛。不过出版这本书的人还是很有商业头脑的，他现在好像做得挺大的。但是这本书赚钱不赚钱我就不知道了，因为这个事件的热潮很快就过去了。这本书什么时候出来的？

赵天成：1997 年 10 月，那时已经没什么人关注了。

王干：嗯，很快就没什么人关注了。我当时还去很多书店看，发现也没几家书店在卖，所以它的商业价值可能也是有限的，我不知道出版商有没有亏钱。但是反过来说，它为当时的"马桥事件"留下了很多档案。尤其是从文学史角度讲，今天或者再过 20 年看，它还是有史料价值的。当时他们来采访我，我还是很乐意提供资料的，这本书确实收集了很多第一手资料，要不然这个事情我也不会记得那么清楚。因为要做采访，昨天我把那本书找出来翻了一下，把我的一些记忆又激活了。所以事情有时候很有意思，这本书最初是出于商业目的，就是出版社或者出版商看媒体上打这么热闹，想出本书赚钱，但最后它变成了史料，变成了档案，对后来的文学史研究提供了方便。

赵天成：这个案子前后持续了三年多的时间，有的人认为对韩少功的创作有很大的影响，也有很多人同情韩少功，认为作家的权益应该受到更好的保护。但是也有一些人认为与作家相比，批评家的权益是更被忽视的工作。当时这个事情对您有什么影响？

王干：这个事情本身是一个双刃剑，我们三个人都被这种 90 年代的大众媒体所伤害吧。对韩少功来说，他可能失去了一个宽厚、大度、包容的形象，尤其是动用法律手段，确实是一个不明智的选择。而且从后来大量的媒体，从《文艺报》还有其他报纸上的反应来看，也说明他也不是一个胜利者。他也肩负了一些他不该肩负的责任，因为很多的媒体，很多的朋友为他两肋插刀，他当时肯定很感激，但现在也会变成他的负担。我受到的伤害是比较大的，首先用今天的话讲，我是标准的“躺枪”嘛。人家不明真相的话，会说王干作为评论家一点也不严肃，乱写文章，信口开河，要不然人家怎么会把你告上法庭呢？因为人家只关心开头，不关心后来是怎样的情况。很多熟悉的人也是这么想，包括我的老父亲，他今年去世了，当时他专门打电话给我，他很担心我，因为他们老一辈的人就觉得你是吃官司了，在中国当被告总归是一个不好的形象。我跟他解释他也听不明白，情况这么复杂。当然也有些人用幸灾乐祸的态度来调侃或者传说这个事情，使我的名誉在相当一段时间里受到损害。我确实有一段时间是噤若寒蝉的，因为如果一不小心再被人告一下，那就千口莫辩了。

当然反过来讲，我相信历史最后还是公正的。尽管这件事对我个人生活、个人境遇是有伤害的，但也是提醒我，应该把自己的评论真正写好，真正做到客观公正，写得更细腻，也更有说服力。过去将近 20 年的时间了，我觉得时间本身还是公正的。我这些年还继续写文章，还继续写批评性的文章。所以我觉得这个事情也是双面的吧。至于《马桥词典》之后，韩少功的写作有没有受影响，这个也不好说，真的不好说。你看张承志，他没有这种官司，他在《金牧场》之后也不写长篇了，反而韩少功还继续写。所以我觉得也不见得就完全是负面的影响。至少韩少功必须通过自己的作品，再度来证明自己的写作能力，证明自己的创新能力。短时间内对他的情绪上肯定有影响，但从长时间来讲，说不定会激发他写出真正有独创性的作品的热情和动力。

赵天成：在中国当代文学里，作家和批评家的关系一直都不是良性的状态。抛开历史原因不谈，到现在也是要么走得太近，是友情式的评论，都是说好话。要么就是敌对的，恶评、酷评比较多，作家也不太能接受评论家对他的批评。另一方面，80 年代以后作家和评论家的地位也不太对等，大家普遍感觉作家是原生的，批评家是寄生的。所以作家和评论家之间如果有问题，更多人会去同情作家。您怎么看待“马桥事件”当时的批评环境，现在有没有进步？

王干：作家和批评家的关系，确实比较复杂。所有人都爱听好话，作家也不例外。作家写作品都是心血，你如果很粗暴地给他一个恶评，他肯定会不高兴，换我也会不高兴，这是人之常情。我记得很清楚，这个事情出来以后，叶兆言就跟我说，你们批评家太草率了，我们作家写作品很不容易。我说这不是我草率。因为包括叶兆言看到的，也都是媒体的构陷，他没有真正理解到这个事情的本质。本质是媒体要给作家、批评家挖坑，媒体要让作家和评论家打起来，就是像斗蛐蛐一样，这边斗一下，那边斗一下。那时我就明白了，媒体可以杀人，我就明白阮玲玉为什么会被小报最后弄得自杀了。我倒是没到自杀的份儿上，但我确实感到了无助。

但是呢，也有一些好的作家，可以接受批评意见。比如我 1988 年写过一篇文章叫《马原小说批评》。大概过了两三年以后，马原写了一篇文章叫《批评的提醒》，我后来跟马原也没见过面，但是我看到他那篇文章了。他说王干的文章很尖锐，当时看了很生气，还有人给他讲说王干写文章说你怎么怎么。但他回头想想觉得我批评得很有道理，让他感觉像被击中要害一样。还有一个就是莫言，1988年10月我在《读书》上写过一篇《莫言小说批判》，也写得比较犀利。这个文章出来以后，我有一次到鲁院，撞到莫言了，当时我还有点不好意思，刚写过文章批评人家。结果莫言就叫住我，他说你这个文章51%是在说我好，49%在批评我。我说那不就算是说你好了吗？讲开以后大家的关系就很好了，后来我们也一直是要好的朋友。当时莫言也跟我讲，很多人在他面前说，哎呀，王干写你的批评文章了，还有人讲说王干是受谁指使的，或者什么什么。所以我觉得作家和批评家之间，都说要做诤友，但是做诤友何其难啊！

作家和批评家的关系是一个很复杂的关系。作家和批评家之间有一种智力的较量。评论家老是想把作家一眼看穿，作家老是不想被批评家看穿。如果一个作家被批评家彻底看穿了，他可能就不是一个很好的作家。评论家其实是作家的一面镜子，要看一个时代文学的水准，当然是要看作家了。但是作家怎么看呢？作家是通过评论家这面镜子看出来的。所以好的作家会找到好的镜子。这倒不是说评论家可以决定一个作家的位置，而是因为评论家不是一个人，而是一群人。评论家就好比是一面影墙，如果作家在上面的形象是模糊的，那你可能就不是一个优秀的作家。再一个，我们现在说的评论的范畴也很广，如果分类型的话有几种：专家的批评，领导的批评，媒体的批评，还有一个是读者的批评。所以当我们说作家和评论家的关系的时候，其实里面也是很复杂的。当然最好是这四者合而为一，都说你好。但往往有时候是媒体叫好的，专家不叫好；专家叫好的，读者不叫好。所以确实是比较复杂的。我想对一个作家和作品的看法，最后可能还是需要时间的沉淀。有些作家可能喧嚷一时，但是随着时间的过去，大家就把他忘了。所以时间是最好的评论家。

赵天成：过了这么长的时间，现在我们再来回顾这一事件，谁是谁非并不重要，当时一些必须争个你死我活的问题，在今天看来已经不是问题了。比如“创新”的问题，在奥尔巴赫、布鲁姆等人关于“模仿”和“影响”的理论在中国得到更为系统的介绍之后，我们可以更清楚地看到当时的争论在学理层面没有多少意义。就事件本身来说，它不过是一次低质量的大混战，一场一地鸡毛的官司。但这一事件像一块磁石，集聚了 90 年代文学与社会的很多问题，这是值得探讨与反思的。在您今天看来，这个事情有什么样的历史价值？或者说有什么重新审视和讨论的意义？

王干：我觉得“马桥事件”啊，它确实不是简单的由作家和评论家的笔墨引起的一个法律问题，现在回过头来看呢，确实是一个很复杂的文化转型期的现象。比如，我们如何对待 80 年代形成的那样一套批评标准或者价值判断，因为 80 年代我们一定要创新、创新、再创新。另外一个就是，在大众传媒渗透到或者潜入到文学批评这个领地以后，其实是给我们文学批评提出了更严重的挑战。就是我们的评论家发言、评价，怎么不被大众媒体利用，怎么不被大众媒体构陷，也是一个非常重要的问题。90 年代其实是一个媒体批评的年代，很多作家和作品的成名都是靠媒体。但是媒体也是一个双刃剑。它也会反过来给你造成负面影响。当然到了 2000 年以后，网络批评出来了，我们再回过头去看那些媒体批评就是小儿科了。

我想“马桥事件”还折射出一个社会大文化的问题，尽管它好像是一个偶然事件，但实际上它也反映出当时的文人圈、文化圈的分化。就是说统一的价值标准的丧失。尽管80年代号称多元，但是80年代的文学、文化，基本上是有统一的尺度的，比如启蒙的、审美的、创新的尺度，这是80年代的几大重要元素吧。那么到了90年代以后，尤其是到了1995、1996年，大众传媒兴起以后，文化的标准、评价作品的标准，开始变得多元化，作家的分化也是越来越明显。另外一个，当时整个中国文学的主流话语，也处于一种不在场的状态。比如刚才我讲的，中国作家协会其实已经缺位了，它不能够迅速地对一部作品、对一个评论家做出明确的评论。

现在回想起“马桥事件”，心里还是乱糟糟的。我是在毫无准备的情况下接受了一场挑战，而且这个挑战是我没有能力接受的，从来没学过怎么打官司，也没有想到会成为被告，更没有想到会被媒体和同人围剿，尽管我的性格比较开朗、豁达，但现在想来还是很无辜，明白后来“被”这个词的真正含义了。我觉得这个事情也是因为到了90年代，那些经历过80年代的作家、艺术家、文化人，心里面可能都憋着一股气，要找一个发泄的渠道。其实韩少功有点像堂·吉诃德似的，向风车作战。其实我们不是文学的敌人，也不是阻碍文学发展的力量，更不是某种黑暗或者邪恶势力，不是像他讲的那样要把什么扼杀掉，没有这个意思。媒体需要文化人的争斗来吸引眼球，巴不得能打起来。所以我们一不小心成了媒体的菜，被人家推到前台来，给人家红烧、清蒸、炖、煎、熬。这个事情对我还是有阴影的，同时对很多人也是有阴影的。

现在事情都已经过去了。经过这20年的发展回头来看，也留下了很多遗憾。最主要的就是你讲的，“马桥事件”与80年代的很多论争不同，有点像文人之间的意气用事，也有点打群架的味道。80年代的很多论争，是有价值的论争，至少在当时的历史条件下，是有新旧之别、有古今之争，或者是有正确跟错误的划分的。《马桥》的论争，是没有正确跟错误之分的一场混战。大家都不知道为什么就混进来了，有哥们儿义气混进来的，有看热闹的混进来的，有不明就里的混进来的。我觉得也可能是 90 年代的文化界积攒了很多怨气，可能之前也有一些文学观念上的冲突，比如对文学价值观的理解，对一部作品的判断，还有代际的差异，还有趣味不相投的原因。这些怨气和冲突的能量积攒下来，到了“马桥”这里有一个总爆发。当然回过头来讲，这次爆发释放出来的基本上是负能量，它没有推动小说的发展，也没有推动评论的发展，更没有解决什么文学问题，只留下来一大堆的故事跟流言蜚语，这些故事对我来说很多都是不好的记忆吧。我觉得韩少功、张颐武和我承担了一些我们不该承担的那个时代的问题，我们差点成了时代的炮灰、媒体的炮灰。

《中华文学选刊》主编王干访谈录

徐则臣

时间：2004 年 1 月 7 日下午

地点：《中华文学选刊》主编办公室

一 作为主编的王干

徐则臣（北京大学中文系硕士研究生）：王老师，我们先从《中华文学选刊》（以下简称《选刊》）入手。1990 年后半期以来，文学期刊的处境总体上每况愈下。《选刊》在最近几年也几经改版，目的是寻找适合自己的发展道路。在目前这种刊物本身生存压力巨大、而选刊类的杂志有增无减的大环境下，作为主编，请问您是如何给《选刊》做一个比较合理有效的定位的？

王干：这个刊物我接手有三年时间了，也是在慢慢寻找一个行之有效的、能够代表文学发展方向的办刊路子。我的思路是，能够体现当代文学发展的走向，发现文学新人，寻找到体现文学新动向和有表现力因素的作家和作品，以便从整体上把握文学现状，更接近文学。我们的刊物不仅仅是一个读物，还应该体现文学创作和思考的动向，这和别的选刊不一样。

徐则臣：您能否具体地谈谈。

王干：具体地说，我是用办原创刊物的办法来办《选刊》。比如现在开设的“朝内论坛”，就是及时思考当下文学创作和思潮中出现的新动向，并对其进行跟踪、分析和描述。再一个就是关注副刊。这是被传统文学所忽略的一块，但是中国现代文学很大程度上是从这里起步的。这个创意很好，但还需要进一步改进和完善。总的说来，力求做到对文坛有一个全景观的、带有俯视性的描述和把握。最近搞了一个年度文学人物评选，也是这个目的。对事件、动向比较感兴趣，可能跟我这么多年一直搞评论有关，喜欢用宏观思维，关注一些重要的作品、作家、活动、现象、思潮和评论。

徐则臣：这样一来，可以成为当代文坛的一个比较宏观的编年史。

王干：对，有这个想法。关注的文学热点，比如前段时间搞的“文学与疾病的关系”“文学与疾病”四人谈就是希望能够比较鲜活地进入文学现状，希望在整体上站得比文坛高一些。

徐则臣：也就是说,《小说月报》是仰视,《小说选刊》是平视，你们则是俯视。

王干：不能这么说，我们只是想办得有特点一些，能区别于它们，因为它们已经很成功了，我们跟在后面不会有什么出息，就想做得比一般刊物宏观一些。

徐则臣：为了达到这个要求,《选刊》在选稿方面有什么独特的标准和原则？在选稿的时候如何解决名人作品和人际关系问题？

王干：好作品原则是当然的，但是更重视能够代表某种思潮、动向的作品，及时推出新作、新人。现在我们的刊物比较看淡名人，对新人的兴趣更大。当然也要看重名人的市场效应，前提是质量一定要保证，就是“名家新作”这个栏目。一个刊物完全没有人际关系也是不可能的，这是人性，也是一个社会学的内容。还有一个，熟悉的作家作品，往往可能出现知人论世的情况，对作品的理解会更深一些，这对外界也会造成一定的误解。这个刊物侧重新人动向，所以对人际关系也不太讲究。不可能完全避免人际关系的干扰，但是尽量按照我们的尺度和标准去衡量，是有底线的。

徐则臣：您在接任《选刊》主编时，曾打出一个口号：“只要《中华文学选刊》在，纯文学就不会寂寞。”在理念上坚守纯文学的精英立场，刊物本身又要在市场化大背景中谋求发展，请问您在刊物具体运作中，如何处理好两者之间的关系？这对《选刊》的栏目设置和选稿提出了什么具体要求？

王干：这和我们的办刊方向有关。关注文学动向和新人，这就决定了我们的纯文学立场，而不是简单地认同市场。所以当初提出这个口号，是有它的必然性的。现在纯文学受到的冲击比较大，但没有必要放弃。纯文学是各种媒体、各种传播方式和我们精神的源头。比如《南方周末》做得比较好，因为很多编辑都是诗人；电影电视剧由作家来做，质量就相对有保证。因为作家、诗人能够站在一个纯文学的比较高的起点上看待和处理问题。纯文学这个概念比较模糊，但是我们还是能感觉到它和我们的精神和内心靠得比较近。如果这个国家的作家和刊物放弃了纯文学，那么这个国家和民族的文化发展一定是不会健全的。说实话，面对市场，我也常常处在夹缝之中，如果听从自己的愿望，我完全可以不要市场。我希望能够办成一个高雅的东西，但是又要顾及市场，所以经常会出现摇摆，一会儿高一些，一会儿低一些。

徐则臣：您当初在《钟山》杂志社任职，后来被江苏有线台请去做《东方文化周刊》的特邀执行主编，现在又来到北京主编《中华文学选刊》。这三份杂志，一个是纯文学原创刊物，一个是文化娱乐刊物，一个是文学选刊，您觉得在运作这三份刊物时有什么不同？前两份杂志的运作对您现在主编《选刊》有什么切实的裨益和帮助？

王干：那会儿我在《钟山》，在文学圈子里待的时间长了，有点烦腻，后来有个机会让我去做大众文化。当时大家都在谈大众文化，但是没人去实践。我想看看大众文化生产的机制到底是怎样的，就是带着这么个想法去《东方文化周刊》当主编的。因为你进去了，你必须到第一线，掌握它的机制。去了一年，我觉得对我的文学批评和文化研究生涯很有意义。长期以来我都是做文学编辑，搞文学批评，用的是文学的思路。现在是大众文化。我研究了大众文化的产生。干了一年，很累，但是很有收获。最近将要出一本这方面的研究专著《赵薇的大眼睛》，研究一些文化现象，比如赵薇为什么这样热，春节联欢晚会大家到底会怎么看，张信哲的歌为什么好听，《激情燃烧的岁月》为什么很多人爱看，等等。我在这方面下了些功夫，大概做的在目前也是比较全面、生动的。这个研究我搞了三年，有些发表在《大家》杂志的专栏上，叫“多维游走”。这些主要得益于在《东方文化周刊》的一年。

但也就是干了一年大众传媒，想离开，回去做文学，觉得做媒体太累，没意思，没有精神享受，那个时候就想看文学刊物，觉得亲切。特别关注文学界的动态，置身其外了才发现不行，还是不能和文学离婚，离不掉。还是文学能把我搁进去，其他的只能让我漂浮着，没法安妥自己的灵魂。如果说转了这一圈有什么裨益，就是坚定了和文学在一起的想法，所以现在的《选刊》也紧紧地抓住这一点。

徐则臣：那么您以后是否还可能再转向比如您要深入研究大众文化，为了研究，再去做大众文化，离开文学？

王干：不可能。大众文化很简单，当时干了一个月很兴奋，要创意，要生产，但是后来发现就是一个流水线，过了就过了，创意不再有意义，能够存留和保值的很少。

徐则臣：关于大众文化，一个网站曾经对网民做过调查，选出中国现代以来的十大文化偶像，王菲赫然在列。很可能会出现这样一个情况，随着大众文化的普及，会有两个王菲乃至更多的王菲跻身十大偶像之列。对整个民族的文化趣味、对一代人产生这种变化，作为大众文化研究专家，您是否有所担忧？

王干：没什么可担忧的。首先对这些网民的身份和素质需要把握清楚，他们代表了哪一部分层次上的人；当然王菲也并不浅薄，她不是一个简单的歌手。具体到这个问题，我们可以发现，越是穷的地方，越是容易出哲学和宗教的地方，因为物质生活得不到满足，就要精神上的寄托和支撑；娱乐则产生在生活比较好的地方，“饱暖思淫欲”嘛，所以不必担心。这一定程度上和生活水平有关系，当物质生活水平达到一定程度时，肯定会出现肤浅的东西。少数人在过好日子时，大多数人在思考精神，为自身的生存寻找依据；当大多数人过上幸福的生活时，只有少数人在思考精神、思考哲学。因为吃饱了肚子，只有享乐才能消耗、排遣。事实上一个国家，并不是人人都要去当哲学家、科学家、文学家，一个发达、健全的社会里，分工是很清楚的。哲学是用来止痛的，娱乐则是用来消遣的。

徐则臣：前一段时间好像有个讨论，就是杂志编辑由批评家、评论家来做合理，还是由作家来做合理。作为著名的批评家、理论家，您对这个老生常谈的问题有什么看法？

王干：这要因人而异。最好的方式是找一个编辑来做，给他一个好的办刊思路，好的创意，这是最重要的。评论家和作家往往带有太强的个人色彩，编一本书，或者编刊物，短期内可能会比较精彩，时间久了是不太好的。比如说 20 世纪 30 年代的很多刊物，都短命得很，当然同人刊物是可以的，但是同人刊物搞时间长了就没劲了，大家要说什么都知道了。如果非要在作家、批评家里挑一个，真是很难说，也有作家办得很好的，也有批评家办得很糟糕的。整体上应该是政策要好，当刊物的编辑实际上需要的是通才，各方面都懂，最重要的是要编辑理念，办刊思路，靠的是一个综合指数。

徐则臣：在面对一个备选的文学文本时，您更看重的是它的文学性还是它可能产生的影响？

王干：在“文学”史和文学“史”这两种意义上，我还是更看重文学“史”的意义。比如胡适的《尝试集》和郭沫若的《女神》，作为第一部白话诗集，我更看重《尝试集》，看重它的“史”的意义。再比如《班主任》等，它的开创意义更重要。这可能和我的办刊方针有关系，希望能够为文学史发展勾勒出一条线来。具体到一部作品，应该也是后者。

徐则臣：《选刊》搞了一个下半月刊少年版，《少年写作精选》。这是否表明了您对低龄化写作的某种态度？您对低龄化写作有何看法？

王干：低龄化写作不是一件好事。学生写作应该只是一个生活表达的手段，但是现在把它当成了谋生的手段了。学生嘛，写作是个教育，对将来的谋生可能发挥作用，学写作，将来可以做秘书，当记者，或者当编辑。关于这个问题，我们刊物马上准备要跟北大中文系合作搞一个论坛，讨论一下少年写作的问题。我的想法是，低龄化写作可以作为一个提高素质的手段，不能作为现在谋生的手段。做《少年写作精选》这本刊物，是为文学准备后备人才，当然也希望能有市场效应。但是我不主张都去当作家。目前很多孩子阅读的刊物太差，我们看不下去，想办一个好的刊物，来引导一下学生，什么是健康的写作，什么是真正的写作。

作为批评家的王干

徐则臣：作为批评家，您在写作《世纪末的突围》时就十分强调文学的严肃性和艺术性，也一直在坚守纯文学的立场，但在现实中，面对文学文本时，您更多表现出的是宽容，认可文学的多元化，比如对待韩国作家金河仁的作品，以及国内一些事实上比较通俗的作家和作品。这两者之间有冲突吗？

王干：你说的是那次和虹影他们在一起的讨论。当时我就讲，文学有两种东西，一种是青铜器，一种是易碎品。我们说的纯文学的经典是青铜器；那些易碎品，用完了一次就没了。不可能要求所有的作品都是青铜器，也不能因为你的东西是青铜器就不允许人家易碎品的存在。当时是就事论事，不是一概而论，不能因为我爱吃羊肉，就说猪肉不好。猪肉也可以吃，牛肉也可以吃，我只能说，可能羊肉最好，营养最高，我经常吃它。但也可能吃猪肉、牛肉。文学本身就是三分天下，纯文学、主流文学、通俗文学，不能老是拿纯文学来贬低和取消其他文学的合法性。允许易碎品的存在，并不是说我没有绝对的标准，我内心里面是喜欢纯文学的。金河仁的小说我不喜欢看，看不下去，但是作为一个评论家，不能拿足球的标准要求乒乓球。我是站在多元化的角度，客观地评论这个问题的。

徐则臣：《北京文学》曾提出过“她世纪”问题。您认为文坛上所谓的“她世纪”真的名副其实地来了吗？

王干：“她世纪”这个概念带有男权主义的色彩。“她世纪”并不是一个被女人主导的世纪，而是女人被更加充分利用、更加商业化的世纪。妇女解放，商业化的结果是什么呢？是女人能更充分地展现她的身体，更充分地展现她的女人的特征。但是这些都被商业化利用了，而这种利用往往都是男性在利用。把玩、掌握“她世纪”的手，实际上还是一只男性的手。所以没有什么“她世纪”，还是一个男性话语的世纪。

徐则臣：这让我想起您在和戴锦华老师的一次谈话，您曾提出文坛上的女性作家的老中青三代“三巫”。当时您是否使用了男权话语？

王干：当然是男权话语，这不需要避讳，小戴用的也是男权话语。因为根本就没有一个女性话语存在。这个男权话语其实也是男人和女人共同创造出来的。

徐则臣：据说“春天文学奖”颁奖会后，王蒙想找青年作家聊聊，找了半天，30 岁以下的男作家居然一个也找不到，全是女的。您也感叹过，在 20 世纪 80 年代，中国作家协会女作家比例不到 10%，而现在女作家们一夜之间全冒出来了。您觉得一下子涌出这么多女作家是否正常？

王干：这个很简单，男人都忙着挣钱了。女性当作家，也是没有办法的选择，想当名演员当不了，想到报社当名记也当不好。我有一篇文章《女性为什么写作》，探讨的就是这个问题。现在女人写作很多，这个和我们整个社会结构的变化有很大的关系。一下子涌出来这么多很正常，东南亚、香港多少年前就已经这样了，大陆其实在补人家的课。现在的写作越来越变成一种小安慰、小倾诉、小娱乐、小苦闷，也有这样一些因素。

徐则臣：现在好像出现一种情况，年轻的女作家成名较男作家容易得多，您怎么看待这个问题？很多人似乎也都心照不宣地认为，这其中有一些文学之外的因素在起作用。您也曾经说过，现在是眼球经济，吸引眼球就是看美女，所以所谓的“美女作家”方兴未艾。

王干：女性相对比较早熟。比如二十几岁的男作家真是写得不好，而女作家在二十几岁里可能就写得好。我倒没仔细分析这个原因。但男作家大了以后，肯定都比女作家强。还有一个，现在最优秀的男人都不写作，而优秀的女人却有可能写作。这很正常，以前最优秀的学生全上中文系、哲学系、历史系，现在优秀的学生都跑经济系、搞电脑、出国去了。现在写作的基本上都是找不到工作、被生活淘汰下来的男人。

徐则臣：也有比较优秀的，像吴玄这样的。

王干：他三十多岁了。他是 20 世纪 80 年代文化哺育出来的，是把文学作为一种信仰和追求来做的。现在的写作，很多人都是因为无聊，也有的是因为无法生存来写作的，很多男人写作又回到了早期，像 80 年代路遥他们，是为了改变命运。

吴玄（青年作家）**：**有这种情况吗？写作是为了改变命运？

王干：有啊，写作为了挣钱，改变命运。

吴玄：能改变吗？

王干：能啊，我写得好可以挣版税，挣稿费，可以到电视台工作，到报社当记者。文学像个酵母，发酵了可以解决很多问题。当然，在今天，眼球经济也是一些女作家出头成名的原因之一，这毋庸置疑。

徐则臣：广西“三剑客”最近都以较大的精力投入影视，对此您有何看法？

王干：我觉得作家触电是哺育我们中国的影视，用我们作家肥沃的乳汁让影视都吃得白白胖胖的。

徐则臣：您曾写过一篇文章质疑张艺谋的《文学驮着电影走》。

王干：有这事，我写的是《文学不是小毛驴》。作家触电对影视有好处，因为影视和小说有相通之处，作家良好的训练和艺术感悟对影视是个极好的营养。也有它非常冲突的地方。因为影视的功利性很强，它的流水线很强。作家写作比较讲究灵性，强调个体写作。而影视基本上是个大生产车间，对作家的个性是有损伤的。所以王朔有一次跟我聊天，说他现在一写小说就场景对话。是有后遗症的。但是作家接触影视也会有好处，好处就是，有些作家对人物的理解上可能会更加深入，对写人物会更生动、更准确。因为作家过去写小说基本上是感觉，都是我怎么怎么，是我在走，而不是人物在走。影视让作家充分地矫正了这一点。广西“三剑客”写影视，很正常，夸张一点说，全国的作家都在写，除了王蒙没在写，其他的作家好像都在写。

吴玄：北京两位牛作家一直在搞影视，刘恒、刘震云。

王干：从作家来说，能够接触到一种新的载体。

吴玄：不过还是不太一样啊，你像法国的新小说作家，格里耶、图森，直接做导演，拍出非常先锋的电影。

王干：那是另外一种。

徐则臣：他们进入影视是自由的，很大程度上就是把小说形象化地搬到电影上去，像格里耶的电影，杜拉斯的电影。

吴玄：中国作家还是比较被动的。

王干：其实中国很多作家也不喜欢影视，但是迫于市场经济的驱动，能够从中提高知名度，让更多的读者知道他。也跟经济利益有关系。

徐则臣：继“三剑客”之后，广西出现了年轻一拨的作家，他们这些人放到国内文坛上会有怎样的位置？

王干：我曾选过一些广西年轻作家的作品，还都是蛮有灵气的。我觉得他们目前假如想写好，要注意两点，一是格局要大。现在，我看了一下，普遍格局偏小。第二个就是，还没有形成很强的个人风格，还容易和别人混淆起来。现在他们在国内文坛，还没太多人知道，还需要更多的了解，还需要发表更多的作品。他们还需要写出更有分量的作品，让全国的作家、评论家、编辑来了解他们、理解他们。

吴玄：时候不早了，就问到这儿吧。

徐则臣：那好，下次再请教。耽误您的时间了。

王干：不客气。

鲁迅文学奖获得者王干："扬州是永远写不完的"

张孔生

昨天，鲁迅文学奖获得者王干回到家乡扬州举行新书《在场》首发式，记者对他进行了采访。

一 "扬州有着丰厚的文化土壤"

"扬州有着丰厚的文化土壤，无论我在外面有多大的成就，过一段时间，我都会回到扬州走一走，因为我时刻都记得，我是从扬州走出去的。"王干告诉记者，如果把自己的人生划分成几个10年，第一个10年是在兴化，第二个10年是在扬州，此后分别是在南京、北京，而自己的文学是在扬州起步的。

"扬州的文化精髓，需要我反复去咀嚼、去体会，才能不断地提高自己、丰富自己。"谈起如今的扬州，王干深有体会："现在的扬州变化特别大，我经常推荐朋友来扬州，他们有的说扬州是运河上的明珠，有的说扬州在中国梦里是一篇美好的文章。”

㊀ “运河文化是扬州的特色文化”

这几年，扬州一直在打造运河文化，对于扬州的特色文化，王干有自己的见解。

“扬州为什么在历史上这么繁荣，其中很大的原因是拥有丰富的运河文化。扬州的文化精华是运河的流通性、开创性。扬州在古代就创造出那么灿烂的文明，跟运河的开放有直接的关联。正是有这种海纳百川的气魄，才形成扬州文化的底蕴。”他说。

对于近几年扬州运河文化的发展，王干认为，近年来扬州运河文化是对开放、海纳百川的文化传统的弘扬和继承，所以扬州的现代文化在起步后，又重新回到历史的起点，这是一种全面开放的象征。

㊁ “扬州是永远写不完的”

作为一名著名的文艺评论家，王干手中的笔从未停止过对扬州的赞美。“扬州，永远都是我文学道路上的重要基石。”

据了解，王干的第一篇小说是在高邮师范就读时发表的。随后，他的小说《瓜王走麦城》在扬州的报纸上发表，获得当时的征文一等奖。这些充满了重大意义的第一次，都让王干非常感恩。

“过去，我写了不少有关扬州的内容，今后，我依旧要写扬州，扬州是永远写不完的、写不够的。”在采访中，王干表示，尽管身在外地，但对于扬州文化的关注，他从未中断过。他说，现在扬州文学界不断出人才、出作品，一片欣欣向荣的景象。

四 “文学青年要有梦想，更要接地气”

在这次评论艺术座谈会上，王干对母校的文学青年给出了自己的建议。“现在社会上，对于文学青年，多少有点调侃的味道，说到这个词，大家可能都会觉得有点“二”，有点不着调，但在我的个人观点里，还是觉得文学青年代表着一个有理想、有梦想的群体。”

“文学青年要有梦想，更要接地气。你是文学青年也好，你是热爱文学也好，都要脚踏实地，都要接地气，从社会获得养分。”王干坦言。

（载扬州网，《扬州日报》）

感觉的命名与共振

——王干访谈录

袁晓庆

跟王干照过几回面：在泰州，他与一群业余文学作者“对话”；在江苏省美术馆，他为一帮先锋艺术家“鼓吹”；在南京大学，他给一个文学社的近百名大学生“析疑”。有了印象中这般游走的王干，使得我们这次访谈——促膝交谈并不那么陌生与局促。

笑意写在脸上，是王干谈话时自始至终的表情，哪怕说到让他愤愤然的话题，也是这样，只是这时的笑，已是一种尖锐的嘲笑。

王干属鼠，不吱声时就那么蜷缩着脑袋静伏着，一旦有什么风吹草动，你会看到他立马竖起耳朵瞪大了眼睛，操一口颇为浓重的苏北普通话，醍醐灌顶般一展他那嘘枯吹生的高妙。

提问：文学界的不少提法，像“新写实小说”“新状态小说”，包括《大家》的包装策划，都与你有关。

王干：“新写实”是《钟山》杂志社推出的一个文学主张。《钟山》是当代文学刊物中最先利用自己的阵地，推出自己的主张的刊物。这种现象在新中国成立前是很正常的，像“文学研究会”“创造社”，他们的文学主张也就发表在自己的刊物《小说月报》和《创造》上。新中国成立以后，文学期刊基本上成了计划经济的产物，刊物的个性、流派性削弱了。我们当初提出“新写实”，是从创作的实际出发的。在 1985 年前后，文学受到现代派的冲击，冲击以后，小说发生了很大的变异，出现了一种有别于传统的现实主义的写实小说，这样我就提出了“新写实”的说法，以此来概括一部分作家的作品。当时我并没想到“新写实”后来有那么大的影响，特别是我写的文章的几个观点，像“情感零度”就成了文学评论的专有名词。1989 年以后，“新写实”这种阅读需要在读者中显得更为强烈，大家对那种调子高昂的东西普遍有点反感、嫌烦，所以他们就对这种平实的，比较人性化的，比较日常化的东西感兴趣。

后来提出的“新状态”，是跟“新写实”有关系的，因为“新写实”有一个最大的弱点，就是与大众认同，与日常生活认同，弄得不好就是琐碎、平庸、市民化等，所以从我个人来讲，最初的想法是希望以“新状态”来纠正一下“新写实”的不足，补充“新写实”的某种缺憾。我提“新状态”时，确实也发现了一批作家的作品能够弥补这种缺憾，像朱文、韩东的作品。朱文、韩东的作品还是写实的，但他们的写实已经不是一种琐碎，而是他们个人的一种精神性张扬，也就是他们的个人性更强了。“新状态”这个概念出来以后，后来演化成了另外一个概念，叫“新生代”，因为“新状态”是我自己生造的一个词，大家叫不惯，“新生代”是一个地质名词，叫起来比较容易，后来就这么延伸过来了。

《大家》呢，我主要帮他们策划，前面几期还帮他们组稿、搞版式设计。当初他们对办文学期刊没有经验，但也好，一张白纸好画最新最美的画，所以他们完全接受了我的想法，而其他刊物，一个有传统的刊物，你想改成那样子就很难。后来《大家》产生那么大的影响，出乎我的意料之外。后来我觉得，文学还是有一些“共振点”的，只要你找到了“共振点”就能引起很大的反响，读者也好，作家也好，评论家也好，传媒也好，包括出版界也好，就是要能找到这个“共振点”。

提问：你现在离开了《钟山》杂志社，是行政调动还是出于其他考虑？

王干：这有两个原因：一个就是我办刊物已经办了十年了，腻了，想换个环境；再一个就是作协新党组来了之后，希望管专业作家的创作室，能够把全省的创作，特别是青年作家的创作带动起来，这就需要一个人，他们找来找去找了我，然后我说你们让我牺牲，我就来，因为我想，其他人你叫他来了，一个是情况不一定熟悉，第二个他也不一定愿意，后来我就过来了。

提问：离开《钟山》后，你认为《钟山》有什么变化？

王干：《钟山》的变化？我没太注意到，我觉得它是作了些调整的，人员结构不一样，刊物的面貌也会发生些变化吧，很正常的。

提问：相对于北京张颐武他们的“学院派”批评，你的评论是怎样被归纳的？

王干：“学院派”这个概念比较复杂，有人说我是“感觉派”的，这也是比较复杂的一个问题。

提问：从文学意义上来说，这两种批评是不是一种互补呢？

王干：肯定是互补，因为你搞当代文学，一方面需要经典的，就是学院派研究，但另一方面，特别是在我们作家协会、在编辑部，就更需要研究那种流动的文学问题。

提问：这个问题在文学批评界有时是有争议的，请你再具体谈谈。

王干：文学每天都在变化，新人在不断涌现，作品在涌现，比方说，我不可能对一个“茶杯”研究三五年，或者说三五个月都不行，那么我就必须感受，我说它是白的，或者是别的什么，至于它是不是椭圆的，我可能就忽略了，我就抓住它白的这一面去感受它。这就是我意识的当代的文学批评。不过真正的文学理论还是需要学院派的功底的，从文学史的角度，我觉得需要学院派来研究，但在当代文学中，当下的这种关照，就更需要一点感受、感觉的东西。这就是互补吧。

提问：你的评论是否有一种定位？

王干：我的评论，文风跟通常的评论有点不一样。很多人觉得我的评论好看，可读性强，原因就是我的评论内部隐藏着一种叙述的东西，这我是有意为之。比如评论一个作家作品的时候，不是议论他，也不是评介他，而是叙述他，叙述这个作家他哪里好，或者作品哪里好，这就是我评论语言的叙述化。一篇小说，人家没看过，但经我这么一叙述，他就觉得很好，有时候我给人家写评论，最后读者会说小说倒不怎么样，但这评论写得好，后来我就不敢乱写评论了。

其实我觉得我的文风还是古代文风，我受古代文风影响比较大，有时候会带有抒情成分。比如诗评，我追求的境界，简单地定位就是以诗评诗。

我是属于评论家里面比较认真的，写过那么多文章，写过的作家就二十几个人，就是说写了近 20 年，除了那些宏观的文章外，正儿八经评论的作家不超过 30 个人。评论一个作家，做一个作家专论的时候，我是有选择的，而且非常挑剔，这样就得罪人了。很多人找我写评论我都没写，我们江苏作家还好，几乎没人找我写评论，因为他们知道找我也没用，你作品好我自然会来评论。

提问：对当前的文学评论，你有什么看法？

王干：当前的文学评论家基本上处于六神无主的状态，没有什么可操作的，再一个，也没有什么能够引起大家共鸣的话题，大家不能在一个点上兴奋起来，这是最主要的问题，它是多元化带来的一个问题。多元化带来冷漠，甚至带来了对整个文学的某种歧视。评论家在文坛地位很低，老说人家北京评论家拿红包，我说也不容易呀，你想想看，每天忙那些会议，累死了。那些会我参加过几次，大老远地跑过去，拿个两百元的红包，吃顿饭，然后讲一些自己不愿意讲的话，天天讲，腻味。所以我现在要警惕嘛，我现在不赶紧脱离批评界做其他事，不好好看书，时间混长了，老了更不行了。现在我好在年轻，可以重新调整，所以还比较有利。

提问：文学批评对你来讲，意味着什么？

王干：对我个人来说，文学批评是我对世界、对社会、对人生的一种主要表达方式，是最适合我的一种表达方式。我曾经做过很多尝试，我下面可能还会尝试做其他事，但目前来说，文学批评还是我最好的一种表达方式。

提问：你尝试过其他什么事？

王干：比如我写过好多短篇小说，可以出一个集子了。本来写短篇我是为了保持那种感受，倒不是正儿八经地写，后来看看短篇好像不过瘾，我现在就在写一个长篇，看看写长篇如果再没什么名堂，我就不写小说了，下面我就专心致志去搞文学研究，搞其他的研究去了。散文随笔再写可能也没什么大意思了，人家约了你的，偶尔写写也就行了。

提问：在文学界你是个多面手，评论之外，诗歌、小说、散文随笔的写作也那么得心应手吗？

王干：我现在文字写得比较好一点的，可能是随笔类，但一般随笔大多是约稿，都写得比较匆忙，是些急就章，后来看看还真写得有点急，一些问题说得不透，没有充分展开。如果可以从容一点写的话，我的随笔可能比平常还要好。

提问：你的散文随笔写得这么好，为什么不把它当正业来做？

王干：随笔是随便写写感受的，太把它当回事儿反而写不好。很多散文家的散文写得不好，就是他把它当正业做了。倒反而很多诗人、小说家，还有些政治家写的散文不错，他们是把散文当成副业的。散文这东西不像搞理论、搞小说，如果你玩虚的，把它作为一个套路来制作，你自己写了也会发虚的。像吴冠中老先生，他以前没有写过多少散文，但是他有 60 年那么多的积累，出了一本散文集就很好。比如杨绛，她也是积累了多少年没写散文了，以她的功底来写《干校六记》，她一写就好。这是一个创作资源的问题。

提问：《新随笔十二家》是近来国内比较有影响的一本随笔精粹，你也作为一家入选其中，这应该说是对你随笔创作的一种肯定吧？

王干：我觉得这 12 家都有着各自的特点，也不是说随笔就这 12 个人最好，他们选的时候是考虑到各种风格的。一个写评论的人写随笔，一看就知道跟其他人不一样，比如我跟金克木，跟韩少功、张炜都不一样；另外一个原因，是选的人特别喜欢我那篇《“爱妻型”与男性话语中心》，他就没想到，从一个洗衣机的广告词能谈到男权话语中心，他觉得这个比较有意思，印象比较深，可能就选了。

提问：1993、1994 年的时候，你还涉足了美术评论，当时是出于什么考虑？

王干：我那个时候主要是想拓宽领域，换一下感受方式，增加感受力。我最初写小说、写诗，包括写随笔，主要也是出于这番考虑。写评论的人，最大的障碍在什么地方？就是对作品的感受力会有所削弱，其实一代作家有一代的评论家，彼此比较吻合的时候，他就能比较迅速地找到感觉。那么像我，在评论界相对而言还比较活跃，搞的时间也比较长，可理论这种东西，一般通过书本啊、时间啊可以慢慢加强，但感性这个东西，特别是搞评论的，时间越长就越容易钝化，如何使我以后的评论仍然跟时下的文艺界保持一种协调？当时我就想通过对美术的感受，来保持一种良好的艺术感性，包括对音乐，对很多事情感兴趣，就是为了不让自己的艺术感觉钝化。

提问：后来你为什么又疏远了美术界？

王干：对美术，特别是前卫美术我比较感兴趣，但后来我发现他们前卫艺术也比较匮乏，可能比小说更加匮乏，玩玩就没什么内容好玩了。当初看金锋、黄峻、毛焰那一批人，觉得还好，还很有兴趣，能感受到新的东西，后来又接触了很多人，再往下看的时候，就让我失望，看一次失望一次。另外还有一个原因，就是太烦了。我原以为文学界事情多，后来发现美术界事更多，一会儿他的画展，一会儿你的什么事儿，而且那些画画儿的还喜欢搞文学，几乎每个人都喜欢写小说、写诗、写散文，所以经常画儿看完了拿小说、拿诗给你看。我在编辑部的发稿权也是有限的，每天有人打电话来催啊，盯啊，就够烦的了，你说又弄一个美术界来，我怎么受得了，后来好多活动就不参加了。

提问：朱文、韩东他们去年搞的那个“断裂”问卷，你有没有认同感？

王干：“问卷”我看到了，那个基本上不是什么问答了，而是一次行为。第一，不能把它作为一个理论来看，第二它也不是一个完整的宣言，因为这里面每个人的观点都不一样，他们所表现出来的，我觉得就是一种写作的姿态，就是说跟现行的文学体制保持一种距离。至于那里面的一些话，也不能顶真的，就是毛主席语录也经不起顶真啊。他们是在发出自己的声音。

提问：朱文、韩东他们的近况怎么样？

王干：近况都还可以，都蛮好的。韩东现在在编《芙蓉》，你看《芙蓉》变化很大嘛；朱文在写小说。大家都知道南京有这几个作家，就是说他们的影响还是出来了，特别是这两年，他们在国际上也有很大影响，王德威准备在美国出版韩东的小说集，前一阵日本一个汉学家打电话给我，准备出朱文的小说集。另外生活上，反正他们现在是自由撰稿人，比较自在，他们基本上就是一群以文学为生活、为生命的人，其他他们可能考虑得不多，活得比较简单——思想比较简单，生活方式也简单，至于人家怎么看他们，他们也不管。韩东没有再婚，女朋友是有的。

提问：你认为“60 年代生”“70 年代后”这些提法合理吗？

王干：对 60 年代和 70 年代的划分，我觉得没道理。比如苏童（1963 年）、叶兆言（1956 年）老被放在一起，其实他们不是同代人，苏童比叶兆言小六岁，划不到一起来。像韩东（1961 年）和朱文（1967 年）也相差六岁，照理说，韩东和苏童倒应该是更近一点的，所以我说年龄划分其实是不可靠的。当然一定年龄出生的人有一定的关系，但你不能把年龄作为标准，尽管同一个年龄段的人可能有生活方式和观念的相似，但表达方式不一定一样。比如邱华栋是 1969 年的，但他写的很多东西和 70 年代生的写得很相似，那你不能说邱华栋是 60 年代，不是 70 年代。所谓年代划分其实是很可笑的。

提问：那么对一些70年代以后出生的作家作品，你印象如何？

王干：“70 年代”作家的作品，《钟山》发得比较早，1994 年我就发过一个叫李檣的小伙子的小说。卫慧那篇《像卫慧那样疯狂》，好多刊物都退了，当时我跟她讲，这是你处处发稿发不出来，拼命集着一股力量爆发出来的东西，你可能就这篇最好了。棉棉到南京找我，她发稿发不出去了，后来我说你跟朱文、韩东他们多多联系吧，因为朱文、韩东跟文学界比较熟，另外他们也属于反叛文学嘛，在全国有名了，后来联系、接触以后，发了一些作品。

对“70 年代”作家的炒作我觉得没有必要，因为“70 年代”作家的整体力量不强，真正有影响的人物也没有，大都像是漂浮在水面上的，很美丽，但捞上来一看，并看不到多少东西。“70 年代”突出的几个人，包括卫慧、棉棉，我觉得都还要看以后。整体上“70 年代”最大的问题就是，作为文学的那种准备不够，有些人糊里糊涂地就到文坛来了，进来得太快太容易，他就觉得文学太简单了，自己反而失重了。所以有些作家前两年很红，这两年就没有作品了，这是准备不够。我这么说，也可能是我的观念有点陈旧。

目前已经被传媒、期刊炒做出来的作家，静下心来可能也会写出些好东西来，还有一些还没有被传媒关注的，这些人反而可能会写出扎实一点的东西。一个作家出名出得太快未必是一件好事，像卢新华出名很快，但也很快没有东西了，我们江苏有好多作家，也是这种情况。再说“70 年代”这批人，到现在也没有谁写出像卢新华《伤痕》那样一下子走红的东西。

提问：吴亮曾经说过，真正的先锋一如既往，这话你怎么理解？

王干：一个人的创作形成一定的模式、套路以后，他就落入了传统。比如我研究一个作家，他的某种模式被我肯定了，他被我这个评论家确认了，被文学界确认了，那么他的这种模式，就成为一种传统，他的所谓先锋性也就等于结束了，成为主流。像余华，他早期作品是先锋的，但后来慢慢变成了主流文化，比如《许三观卖血记》，现在变成经典了，他慢慢觉得主流文化也很好嘛，而且他觉得主流文化我也可以写得很好，比你们写得还好嘛。而真正的先锋就是永远不被承认，永远被冷落，永远被歧视，这样才是一种先锋状态。

提问：外国的现代、后现代作家，他们都能形成一种气候，而且不断地有些新招，在中国，好像就是一拥而上然后一哄而散。

王干：这主要是中国作家的心态像投资一样，是急欲赶超世界的心态。这两年好一点了，除了韩少功写《马桥词典》标榜他的所谓语言形式以外，其他作家相对都静下心来了，已不再片面追逐所谓形式，但现在还没有看到成果。

提问：“马桥事件”曾在文学界引起过不小的震荡……

王干：“马桥事件”是个闹剧，这本来就不是什么正义战胜邪恶的事情，也不是光明与黑暗的斗争，就是个闹剧。简单地说，就是韩少功为了表白自己的清白，不惜动用司法工具，污辱了另外两个人的清白。

另外，“马桥事件”的副作用已经出来了，很多官司一连串地也都来了，《中国作家》被告了，《文艺报》也被告得一塌糊涂，还有《诗刊》，这全是“马桥”官司的副作用，这既是一种无聊，也是一种倒退。我们把鲁迅那个时代的文章拿出来看看，如果要打官司的话，那真是吃不完的官司。文章及其作者应该让人批评，王朔被人称为“流氓”“痞子”，什么话都有，如果因此打官司，那要多少人吃官司啊，这应该是法律意义上的官司吗？一个作家，如果他是自信的，那他根本不会在意别人怎么说，你的小说你自信是独创，不是靠一枚“公章”来判定确认的，历史才是最好的见证。

提问：现在你的评论好像也写得少了？

王干：评论不写，两个原因：一个就是写评论写烦了。最近《大家》上那篇也是万不得已，《大家》是我一手弄起来的，那个“凸凹文本”找不到人写评论，写了也抓不到点子，所以李巍说你一定要写一篇，后来就给他写了。以前看到特别好的作品，我会很兴奋的，我会主动要写，比如当初看到苏童的东西，他那个时候刚发了十几篇，一个中篇还没出来，我就给他写评论，发在《上海文学》1987 年第 1 期，苏童读了这篇评论，还讲我的东西就由你写评论；比如兆言，他发在《大家》那个写“夜来香”的中篇，我说这篇不错，我就跟李巍讲可以附一个评论，还有格非的《相遇》，我说我写两篇。这就是说，以前我看了作品以后，想写，现在我不知道是不是迟钝了，反正看了很多，感到失望，就不怎么想写，这也是个原因。

提问：那现在的文学创作就不如 80 年代的吗？

王干：准确地说，90 年代的最高水平跟 80 年代是一样的，但平均水平比 80 年代下降了。我曾开玩笑说，70 年代女作家是什么人呀，又漂亮、又有才华的人才当女作家，比如说黄蓓佳。我说现在当女作家的，基本上是些社会上找不到位置的人。我说她如果有一点位置就到电视台当主持人啊，实在不行可以到报社当记者啊，报社记者比作家更容易操作一点嘛，再不行也可以出国啊，有很多途径。这就是说，作家里面不是没有优秀者，就是平均水平下降了。80 年代的作协是什么？都是人尖子搞文学，平均水平高，当然 90 年代还有一些人尖子，但是整个水平下来了。

提问：现在已经出了几本书？

王干：出了六本书。一本是跟王蒙的对话，一本专著，还有两本评论、两本散文。专著是第一本书，很早的，很薄。评论现在不容易出，散文倒稀里糊涂地出了两本，马上第三本也要出来了，而且是重复出，你看看，好像越出越带劲了。

提问：最近《大家》开辟了“新散文”这个栏目，“新散文”是如何界定的？

王干：所谓新散文，就是诗兴的剩余，一个诗人写诗写到最后，还有很多剩余的东西没地方放，像韩东、朱文把它放到小说里面去了；像张锐锋、庞培、钟鸣，包括朱朱，他们就把它放到散文里去了。我跟韩东讲，一个人年轻时候的诗是会生长的。他说对的。为什么呢？他说于坚为什么老喜欢写长诗啊？他说人是会长大的，很多感受慢慢会长丰富的，所以于坚就搞长诗，我就变成小说了，他说像你就变成散文了。人长大了，经历丰富了以后，有些东西不适宜诗表达；还有就是诗也不能够把它完全放得进去，所以这时候就出现了新散文。这种新散文在以前是不可能的，以前是属于写在笔记本上的东西，是诗人的边角料，现在变成新散文了。它就等于是一个怪胎，但它也是文学一种文体的解放。

提问：玛格丽特·杜拉的《物质生活》是不是类似的创作？

王干：有点不一样。玛格丽特·杜拉写《物质生活》，她把很多事写得很清晰，文字的纹理能看得很清楚，而我们很多新散文呢，你看不到纹理，杜拉文字的纹理虽然摸不到，但看到文字你就能感到字里行间的纹理很清楚。我们现在的新散文是很多诗人写的，他们目前还没有做到杜拉这个份上。张锐锋就是这个问题，他就是纹理不清楚，他有很多话要说，很多都装到里面，但是看完以后仔细想想，说得好听点是混沌，说得不好听就是浑浊。庞培的散文都是小说场景，而且都是英国古典小说的场景，很浪漫的，大家看了都觉得好看，也喜欢看，感觉下面要讲故事了，但很快却没有了，接下来又换了一个场景。庞培他有诗的功底，散文确实写得不错，但他写小说不好写。

提问：80 年代散文相对比较萧条，90 年代以后，散文出现了繁荣，甚至有点繁盛的局面，但是否就说明散文取得了多大的成就？

王干：说 90 年代散文创作取得了多大的成就，与过去比有多大的突破，实在是说不上的。我觉得现在的散文 80% 到 90% 是大众快餐，因为有大量的报纸副刊，它需要这种快餐，所以这个时候，散文就被刺激成为一种生产。90 年代散文的繁荣就因为这种生产制作，某种程度上已经产业化了。

提问：受市场需求的刺激，散文作者的队伍也显得膨胀了。

王干：是啊，一个是发表容易，第二稿费高，第三个出书也容易，另外它的覆盖面也大，我在《扬子晚报》发了十几篇散文，影响就很大。在这样一种情况下，几乎所有的作家，不论是写小说、写诗的，像我搞评论、搞理论的都在写散文。

提问：这种现实社会某些功利性造成的散文的繁荣，它也是很正常的？

王干：从 1949 年以后，散文资源有一个中断，它跟传统断裂了，与古代没关系，跟外国也没关系，散文一下子变成了一个很怪的文体。粉碎“四人帮”以后，当时大家忙着小说，到了现在，我们生活渐渐恢复日常化，散文不仅跟“五四”跟传统又联系起来，另外跟国外、跟港台都有了联系。这时一份报纸，如果它没有副刊，没有散文，没有随笔，那么我们就会感到这份报纸含金量不够，或者文化品位差一点。所以在这种情况下，散文已经越来越趋向于一种读物，是大家阅读的一种东西，它已经不是一种创作。除了我们搞理论的，或是关心散文的圈内人，可能还关心一下谁是大家、谁好，就一般老百姓而言，他说这个还蛮好看的，这个人写得不错，就完了。

我参加了今年的散文年会，会上得到一个消息，对散文来说倒是很好，就是所有文学期刊的订数都在下降，但散文期刊都是上升，上升的程度都在 10% 以上。这是一个信息，说明了社会的一个需求。随着人的物质生活、精神生活的慢慢提高，人的这种精神需求也在慢慢上来，一开始读报纸，全是那种奇闻逸事，街谈巷议，现在需要一点有品位的文字了，这时候大量的散文就出现了。

提问：随着大量散文的出现，散文大家、大作品会不会应运而生呢？

王干：一个时代有一个时代的文学，现代散文出大家、大作品的时候已经过去了。“五四”以来，小说家出得不多，但散文家出得太多了，那个时候，随便是政治家、军事家，或者是个文人、诗人，他们的散文都非常好，非常有特点。我觉得“五四”时期的散文是中国散文的一个余响。虽然这样，可这并不影响我们今天有更多的人在写散文，但讲老实话，散文我们不要说超过古人了，就是超过二三十年代也很难，你要超过林语堂、梁实秋、周作人、鲁迅吗？包括陈独秀，还有毛泽东，毛泽东的文章写得非常好啊，他的散文写得很漂亮，作为白话文的那种散文体，非常细腻。后来有秘书写的，但像早期的《中国社会各阶级的分析》还是他写的。另外胡适之写散文，他不是个散文大家，可作为新旧交替时期，他的散文写得很有特点。

其实我们也不要指望散文出什么大家、大作品，散文它就是日常需要，我们每天都需要，每天都离不开它。我们可以形容说，它就像米饭一样，营养有多少呢？它又不是山珍海味，但我们每天已经离不开它了，这个时候，我们要把米饭做成什么大菜是没必要的事。散文它就是个日常文体，越来越不能作为一种大的学问了，就像我们以前，高中生就了不得了，而现在大家都读高中了，高中生就不是个人才了。我曾讲过散文是跟人有关系的，这关系就是说你这个人适合不适合写散文，有些人可能学问不错，或者各方面都不错，但他不一定适合写散文，他的性格里面天生没有这种散文表达的细胞。散文可能是文学创作里面最见性情的，所以说你要靠散文成为大家是很难的。

提问：90 年代的散文作家中有没有大家都认可的主流作家？

王干：你说哪个是主流作家？余秋雨，贾平凹？还是港台的，还是“小女人”？还是那个周涛、张承志？好像大家都说不清楚，标准都不一样，但是大家都在看。90 年代以后的散文，一个是评论研究发生了问题，再一个是散文确实也找不准焦点。

提问：那你看散文是不是挑着看？

王干：我不挑着看，周涛的我看，余秋雨的我看，“小女人散文”我也在看。讲老实话，我看的时候第一不带着评判的意识去看，我就作为一个消费者看完它，看完了就好了；第二，散文的繁荣主要是晚报、副刊搞起来的，把散文特定地放到晚报、副刊上以后，它本身就不严肃起来，一张晚报花花绿绿的，它跟文学刊物不一样，比如一个很庄重的刊物，你打开它时，它的包装会在潜意识里暗示你要认真看，但看报纸时，我可能就躺到沙发上，一目十行浏览过去，如果觉得看到一点名堂了，就再看一遍，如果没名堂，就扔掉了。

提问：你刚才谈到了创作资源的问题，能具体谈谈吗？

王干：90 年代的文学人口比 80 年代锐减，不仅作家减少了，关心文学的人也减少了。文学期刊和图书的发行也很困难，原因在哪里？可能就是创作资源的问题。我们通常说的“五七族”作家和知青作家，都是以个人经历为题材来创作的。“五七族”作家因为年龄的原因已经写得很少，写得好的更少。知青作家，到了 90 年代中期，也发生了一个巨大的变化，比如柯云路，他搞歪理邪说去了，梁晓声的创作基本上就是社会时政新闻，已经跟文学有距离了。像张承志，80 年代的时候，大家对他寄予的希望值很高，但到了 90 年代，他的散文基本上都是匕首和投枪，他的散文当中有非常明显的两种情结，一个是他的穆斯林情结，还有一个就是大中国情结。所以真正地从事小说创作，从事叙事性作品创作的作家已经不是很多，唯一例外的倒反而是我们江苏的一些作家，还有上海的王安忆依然保持了八九十年代创作的那种比较稳步的发展势头，所以现在外面都讲江苏的作家现在是全国最强的，这不是我对我们江苏作家的夸张。为什么说江苏作家是最强的呢？我思考过这个问题，我觉得我们江苏作家的创作资源比较丰富。

提问：你所认为的创作资源包括哪些？

王干：简单地说，它涉及这样四个方面：一个是作家的思想资源，就是一个作家的哲学观、世界观。一个作家思想意识的形成，对他的创作非常重要；第二个资源是作家的生活资源，就是我们以前说的生活是创作的唯一源泉。生活源泉包括作家的童年记忆、生长环境等；第三就是作家的文化资源，文化资源分为两点，一是地域的文化资源，风土人情，还有就是作家所接受的知识文化、兴趣爱好；第四个资源是语言资源。有些作家，像苏童、范小青，虽然他们是苏州人，但他们整个小说里面没有苏州话，没有吴语，都是用普通话，用书面语言写作。而有些作家的语言则带有地域特色，像赵本夫，他就是徐州一带北方语系的语言。

提问：创作资源对文学创作有多大的作用？

王干：思想、生活、文化、语言这四个资源合在一起，就构成了一个作家的整个创作资源。整个资源的形成，它有先天的因素，也有后天的因素。先天的因素，比如，你生活的区域文化对你的影响；后天的因素就是你接受的教育，你的经历对你的影响。创作资源往往是一个作家能不能保持长足发展的一个重要因素。如果这四个资源不能得到一个均衡的发展，你可能也会因某部作品产生轰动，显赫一时，但作为一个作家，你要写一辈子，那么这四个资源的搭配必须非常合理。新时期有很多轰动性的作家和作品，比如卢新华的《伤痕》，它主要就是讨了一个思想资源的巧，它率先在思想上就“血统论”进行了批判，率先把人性这么一个母题引进到文学中来，所以《伤痕》在当时产生了巨大的轰动，但作为一个作家，卢新华其他资源的配备并不是非常合理、非常完备的，所以卢新华昙花一现，很快就在文坛上消失了。后来他到美国，在一个赌场里给人家打工了。

再举一个生活资源比较突出的例子。曲波的长篇小说《林海雪原》，曾在五六十年代产生了巨大的影响，它主要靠的是什么？就是作家的生活资源，就是经历资源，东北剿匪的故事占有了很大的优势。曲波后来还写了其他小说，但是没什么影响。

而我们苏中籍的作家汪曾祺，从文学师承来讲他师承了沈从文，对中国古代文化，特别是对中国古代散文的造诣跟领悟，超越了同时代的一般作家；从地域文化讲，苏中地区，特别是高邮那块地域文化对他产生了很大的影响。汪老不是一个级别最高，甚至也不是一个影响最大的作家，但是他去世以后，怀念、追悼他的文章，却是近几年去世作家中最多的一个。一个作家的魅力就这样不知不觉地产生了。

提问：你对我们苏中作家创作资源的开发利用有何见解？

王干：泰州市委副书记邵军对苏中作家创作资源的定位，我觉得非常有意思，他说我们苏中作家有一个特点，就是介于苏南和苏北之间，一方面是苏南的灵秀，另一方面是苏北的粗犷和豪放。弄得好了，我们苏中作家就能把两种风格融合到一起；弄得不好呢，就两边都不讨好，也就是说，既没有得到苏南的灵气跟才气，也没得到苏北的宏大跟豁达。

提问：关于创作资源的问题，西方文学界也在研究吗？它对我们有哪些启示？

王干：创作资源，对作家、评论家是一个很好的话题，特别是世纪末，一个新世纪来临的时候，已经成熟、已经有成绩的作家如何开采新的资源？这在西方也有一些研究，西方的研究主要是把文学创作、文化研究摆在全人类开发利用、保护资源的背景上来研究。我们创作资源的开发利用是非常需要的，资源保护这个问题也值得重视。虽然一个作家所拥有的创作资源不能绝对量化，但是有一定限度的，如果你超过这个限度，就写不出来，就停笔了；或者你使用不当，即使勉强写了，也会写得非常粗糙。经常看到一个作家写的作品非常好看，但是再看两篇，却整个不像他的东西。像黄蓓佳对资源的利用是非常科学，也是非常经济的，她写儿童文学是我们江苏的高手，差不多是第一人了，她的创作资源是怎么形成的呢？她 20 岁左右的时候，曾经写过大量的儿童文学作品，有大量的创作经验和创作技巧积累在那里，但资源始终没有用完。后来为人妻、为人母，对孩子有了非常深切的感受，她找到了一个适当的机会，就把这些资源充分调动了起来，她这个资源就像是金矿，一开采以后，就有了《我要做个好孩子》《今天我是升旗手》，这些作品在同类的儿童文学创作中就成了佼佼者。黄蓓佳是一个善于利用资源，而且利用得非常合理的一个典型，另外还有王安忆，她写一篇作品的时候，往往只用有限的资源来完成她的作品，当然这是跟各人的创作风格有关系的。

王干的状态：在批评的路上

楚　尘

我曾计划将王干、苏童、叶兆言三人放在一起写，来一篇《金陵城中的文坛“三剑客”》，后囿于篇幅，没敢造次。再说了，将小说家、评论家放在一起写，总有些不大地道，写小说的永远沉湎于自己的故事之中，而评论家则是十足的旁观者，有点硬要把他们拉在一起的意思，这本身与他们是好朋友也没什么关系。当然，金陵城中向来是个藏龙卧虎的地方，只不过这三人近年来在文坛上格外地令人瞩目。

一

写王干不是一遍就能写透了的，我心里有些发虚。他出道的时候，恐怕正是我开始迷恋文学的时候，所以有幸拜读过他的很多文章，知晓他在文坛上的一些行踪。我想，假如没有文学，我们是没有理由认识的。他完全属于那种才华毕露型的作家，他大概基本上没遇到什么障碍物，一下子就带着他的光芒离弦脱箭驰骋在中国的文坛上。他好像天生就是干文学的这块料子，我问过他，当初是怎么喜欢上文学的。他很认真地想了想，想完之后他笑着对我说，恐怕干不了别的，那时候好像没有不喜欢的原因。我也笑了。他的第一篇文章顺顺当当地发表，之后便应接不暇，大有江河暴涨之势。有一段时间，他曾写过诗、小说，有可能是他觉得自己的才华不应该消耗在这方面抑或这样做还不过瘾。于是他毅然干起了文学批评这个行当。上路之后，他就再也舍不得放手了，这不光是由于他喜欢的缘故，恐怕还有出于对文学的一种责任感。我想。

在我的感觉里，王干好像是一个能在文坛上“刮风下雨”的人，他的浑身上下似乎埋伏着巨大的能量，有使不完的劲。有没完没了的活力。环顾当今文坛，颇有点“春秋战国”的味道，各自立说，百家争鸣，观之者目迷五色，闻之者耳乱七音，着实令人应接不暇，而王干永远有自己冷静的立足点，他有自己的套路和方法，他经常有意无意地在文坛上投放自己研制的“重磅炸弹”，效果出奇的好。近年来，中国文学发展的浪头上一直有王干的影子，在朦胧诗还没有引起轰动的时候他写下了第一篇评论北岛诗歌的文章，在苏童还没有大红大紫的时候他最先著文评介苏童的小说。如今，他又不遗余力地向文学界推荐鲁羊、韩东等几个充满锐气的江苏青年作家。说起这件事，王干应该很自豪，因为以前常有人问他你们江苏在苏童、叶兆言之后还有什么人，以前面对别人的发问，王干的心中总是茫然得有一种断裂感，说不出更响亮的名字和希望所在，现在他可以颇为自信，颇为轻描淡写，颇自以为是地说：“鲁羊算一个吧，韩东算一个吧……”王干可以得意地如数家珍了。几年前，王干和王蒙的对话在文坛上影响甚大，当时他们对文学创作中的方方面面进行了系统的、深入的探讨，这两个碰在一起，可谓是针尖对麦芒，那时全国的各重要的报刊差不多都同时登了，曾在海内外引起广泛的关注。其后“先锋派”小说，“新写实”小说的崛起，无不和王干有关，他一边摇旗呐喊，一边著书立说，搞得文坛上的风景煞是好看。现在，王干和他的同人们又在竭力倡导“新状态小说”，这又是一次文学运动的“地震”，它是一批更年轻的“晚生代”作家和一些经典化的作家为了区别“先锋派”和“新写实”所采取的新的策略，它的出现意味着新的诗性在新的文化状态下再度生长的可能。

二

我向来认为，搞文学批评远远要比搞其他文学形式沉重得多，尽管有时候这种感觉无法从王干的文章中觅到。小说家把自己的小说写好就没事了，好不好已与他自己无关；而评论家不能总是静悄悄地躲在他们的故事后面凝望，他不能随那些故事任性，也不能随自己的情绪任性。他总要有一些令人折服的见解和主张，还要负起多方面的责任，这起码的一点足以证明评论家不是好做的。从王干所走过的路来看，诸多的迹象证明他已有足够的理由和能力处理好这些关系，要不然，他或许是没有资格成为大陆十大青年评论家中的一名。

王干写评论，不像是用笔，更多的时候像是用自己的心灵在抒写，他的文章中所透现出的真知灼见常常让人为之一震或者不寒而栗，他的文风在抒情的趣味中充满了理性，挺有节奏，他时常搞一些语言游戏抑或语言暴力，巧妙地把一个深奥的道理讲得通俗易懂，这足见他用心良苦。这些年来，王干在汹涌的文坛波涛里，看文学思潮的潮涨潮落，看小说实验的红尘滚滚，看各路英雄潇洒或不潇洒的写作姿态，看“各路英豪各领风骚三五年”的风采。王干永远不会是一个旁观者，他的目光中充满了逼人的锐气，而这种锐气情不自禁地流露在自己的文章里。在批评成为一堆到处推销的廉价品，大量溢美之词毫无节制地大把大把地抛向社会，魂不守舍的时候，王干很喜欢写批评性质的文章，批评一些正在被看好的作品，批评这个误区那个误区，有点哪壶不开提哪壶的味道。文章虽然尖锐，用词也颇花哨，但还是力图进行带学究气味的文学艺术探讨，主旨不在褒贬，更没有个人的恩怨利害，他盯着的是文学不是“人学”（借用此词，不是高尔基的原义）。所以即使被他批评得不无恼火的人，也还不至于在他文学观点、文学探讨之外发现什么其他令人不快的东西（王蒙语）。后来，他的这些极有生气、极有锐气的纵论文坛全方位不足的文章汇成集子《世纪末的突围》。在这本书中，王干点名批评了相当一部分文坛上的知名作家。他说，至于我书中点名道姓批评到的朋友，尤其是那些致力于先锋文学的朋友，相信他们不会计较什么。说实在的，这是出于一种恨铁不成钢的情绪，因为我觉得他们应该成为当代中国文学的大师，而他们却几乎在同时随心所欲地无端消耗极其宝贵的年华和才情，相信他们不会因为我的直言彻底萎缩，真的殇掉。王干不相信文艺批评有什么“捧杀”的功能，即使是那种文学的批评和声讨，如果作家心态健康的话也不会被“杀死”，倒有不少作家在巨大的压力下写出了传世之作。王干的这番真情流露足见其对文学的虔诚和真诚。

三

王干时常出没于许多文学社团和一些大型的文学活动中，出没于南京大学等著名高等学府，参加一些文学对话、研讨、讲座之类的事件。他很忙，自己平时有《钟山》的编辑事务，要写自己的文章，他常常抱怨自己的时间太紧张了。尽管如此，他还是尽自己的力量为中国文学的发展做点贡献。1994 年，中国文坛出现了一件令人振奋的事，那就是大型文学期刊《大家》的出现，令人惊奇的是在文学不怎么景气的今天，《大家》居然成了一份人人争相购阅的畅销杂志，被新闻界誉为 1994 年中国文坛第一热点。听《钟山》的沈乔生先生讲，有关《大家》的许多方面，从约稿撰文、版式、包装，王干都参加了，他坚持要出豪华本，要和国际接轨，各个方面都要称得上精品，看来，《大家》的成功，无不和王干的各种努力有关。此外，王干还应《山花》等杂志社的邀请，出任主持人，他那片言只语的主持方式，很受读者的欢迎。

王干在文坛上的人缘极好，他有许多值得依赖的朋友，他和他们彼此互相撞击着，那些闪烁的火花照亮了中国文坛。海子、顾城和谢烨都曾是王干的朋友，海子的卧轨殉诗，顾城和谢烨的离世，给王干平添了许多遗憾和刺激，王干不无心痛地为他们的悲剧结局写过祭文。他还说，世界上好多生命在消失，而诗的生命永远不会消失。诗永存于精神之中，精神不死，诗也不死。现在，这些离开尘世的诗人的温和笑容只能存在于王干和朋友们的记忆中了。王干甚至和我们一样无法悼念。王干为朋友惋惜，为文学悲伤和哭泣。

四

时下，文学的喧哗与骚动几乎已渐渐平息，一大批曾经令人肃然起敬的作家似乎正在被毫无耐心的读者迅速遗忘。在善变不定的时风下，好东西已越来越少了。王干时常感叹没有好作品读，他甚至充满了焦虑。有路不能走，能量就回到了心里，王干就只好喝酒饮茶，他从前喜欢喝酒，酒量不大斗志旺盛，至今还徒有酒名在文坛，很少有同行前来打擂。酒气是一种英雄气的幻化物，茶是一种平常心的表征。如果说十年前的文学是酒的话，那他显然是嗜饮的酒徒。今日的文学虽然还保存有一些英雄气的质地，但远不能让人痛饮，远不能让人一醉方休。王干还说，没有好酒，就喝茶，喝好茶，喝够了酒，也要喝茶；茶文化是真正的中国文化，不会喝茶的外国人是难以体味到中国文化的隐痛与妙处的。就这么着，王干学会了喝茶，并且在喝茶的过程中常写一些随笔，常常置文学评论于不顾陶醉于随笔之中，以致被朋友谑称为“散文新秀”“青年散文家”，而王干则不敢掠美，明明白白告诉他们这是喝茶喝出来的，是茶边文字。最近，湖南文艺出版社新出版的一本《新随笔十二家》收有王蒙、金克木、张中行、吴冠中等文化名流的“新随笔”，年纪最轻的王干的随笔虽然按“齿德”排末，可新颖、敏厉的文风亦卓然一家。从 1994 年的春天到现在，王干还陆陆续续地写文章“闲话南京”，闲话南京的季节，南京城里的方方面面，连世界杯期间

《扬子晚报》都保留下了他的这个专栏，引得南京的大人物小人物都喜欢读他的文章，毕竟南京的古今文人还没有这么写过南京，毕竟这是一个南京人自己了解自己所生活的城市的契机。我想，这是王干平时茶余之后的即兴产物，说自己想说的话，这没什么不好，总比憋在心里好受，有些话还是说出来痛快。

或许，这一生爱上了文学，王干那永恒的痴迷就永远不会有尽头。

从扬州出发

吴　静

一　我是一个用笨功夫的人

记者：你曾在高邮、扬州读书、工作了十多年，这块土地对你今天的成就有什么影响？现在还经常回来吗？

王干：高邮是块沃土，我在这块土地上得到的养分，一辈子都滋润我。在高邮学习、工作的时光，也是我修行苦练的日子。我在高邮的那些天，几乎没看过一次电视，也没打过牌，天天在家看书写作。很多人说我聪明不用功，其实是误解。我是一个用笨功夫的人。我用功的时候人家看不到，我的家人可以见证我的笨功夫。我的女儿放学回家，每天看到爸爸“写作业”。我小舅子曾经嘲笑我是个整天待在家里的书呆子。

记者：去年，泰州为你举办了“王干与里下河文学座谈会”，什么是你眼中的里下河文学？请你谈谈对扬州文学创作现状的印象。

王干：里下河不是一条河，它是一个水系，是一个地域。里下河文学是一个水系文学，一个地域文学。汪曾祺先生是这个文学的代表。里下河文学因汪曾祺而成立。我们这些人都是发扬汪曾祺的文学精神和品格才取得一点点成绩。我写的那些随笔其实是向汪曾祺致敬。

扬州文化深厚，这里的很多老师对我影响很大，曾华鹏、叶橹、张泽民、朱延庆、陈其昌给我很多的启迪和帮助。与赵昌智、韦明铧等文化学者的交谈，让我长见识。扬州文学近些年有不少新人出现，我为他们的成长感到由衷的高兴。

记者：汪曾祺就是里下河文学的典范。你自己也说，是汪曾祺让你走上了文学之路。你还记得第一次见汪老是什么时候吗？当时是什么样的场合？

王干：1981 年秋天，阔别家乡 40 年的汪曾祺回乡了，当时我还在兴化工作。为了听汪老的学术报告，我早晨六点出发，坐了四五个小时的轮船，再转汽车，赶到汪曾祺做报告的百花书场，已是下午两点半。那天汪曾祺滔滔不绝地讲了三个小时，谈自己的小说，谈鲁迅，也谈沈从文、孙犁，也谈契诃夫、艾略特、舒婷。我第一次见到这么优秀的作家，第一次听到如此棒的文学真经，我仿佛站在高山之巅，领略到无限风光。我当时几乎把他讲的话全部吃进了肚子里，我像一块海绵吸足了水分，从百花书场里出来，我觉得自己有些微醺，被陈年老酿灌的。到现在，他说的那些话，我还记得很清楚。

记者：你的身份是文学评论家，但是这次获奖的却是你的随笔集。似乎近些年写随笔的兴趣浓厚起来了？

王干：应该说是 20 世纪 90 年代初的随笔热将我卷入其中，我最先写的评论是发在《南方周末》上的《我的墓志铭》，是马莉强烈约稿的结果。而这篇文章是我生病住院时的感慨，投给她，很快用了，之后又催稿，我又写了几篇，也很快用了。之后就有很多报纸副刊约稿，我在南京的《扬子晚报》还开了“闲话南京”专栏，后来又在《北京晚报》上开设《王干作文》专栏。但常常因为篇幅和时间的问题，感觉还是有所局限。这本书里收的文章还有一部分出自博客。

记者：你的博客在作家中属于点击率比较高的，并且常有惊人之语。

王干：350 万的点击率和时尚达人相比只是个零头，但在文化人博客里还在前茅之列。博客有一个好处在于互动性强，避免了文人自恋的膨胀。文人多少会有一点自恋的情怀，但如果过分了，就会变得雷人，自己也会很累。博客那些严厉的“砖块”，常常让人缩起自恋的尾巴。

记者：苏童说你不停地“转身”，这二三十年你做了很多事情，有哪些是你的得意之笔？

王干：得意的事情是：1.“炒作”长恨歌，当时无人问津。2.为“新写实”做的概括，“零度”、原生态、对话等，至今有用。3.围棋水平不高，但围棋理论水平被认可，和常昊等七大国手对谈。4.提出废除简化字。

记者：印象中，很多年前，大家就称呼你为“干老”了，这大概是因为你出道比较早。可是你今年才刚刚 50 岁。算起来，你从事文学创作整整 30 年了，有什么感慨吗？

王干：我从评论到编辑再到文学出版，都是在为他人做嫁裳，为他人喝彩，为他人鼓掌。也曾经在内心不平衡，有点郁闷，作家一般都比评论家生活得好。

在南京，我经常去鸡鸣寺散步，晨钟暮鼓，佛音悠扬，一次抬头见楹联，“度一切苦乐”，心下释然，度人其实是一件快乐美好的事。我就是个度人之人。毛泽东主席说的“为人民服务”，大概就是这个意思。这成了我人生的支撑点。

二 他喜欢冲在前面

19 日傍晚，得知王干先生获鲁迅文学奖·散文奖的消息，我立即给王干发了短信，说明要采访他。晚上坐下来拟写采访提纲时才发现，虽然相识 20 年，可对他却了解不深，这次采访和搜集资料的过程，也是一个重新认识王干的过程。

第一次见到王干，是在 1989 或 1990 年，南京陆建华先生家。当时我在南京师范大学读书，而王干刚刚调到《钟山》。陆建华当时是省委宣传部文艺处处长，常有文艺界人士出入，可谓谈笑有鸿儒。我与陆的女儿是同学，他家住在正对南师大后门的省委宿舍大院。一次我去陆家串门，就碰上了王干。我学的是古文献专业，其时正被左传史记唐诗宋词之类弄得七荤八素，对当代文学可算一无所知，当然也就不知道，适逢而立之年的王干已是全国有影响的青年评论家。

工作后我在报社编副刊，王干因与王蒙那次著名的对话名震全国，偶尔会在某个文学活动中见到王干，知道他在南京、北京之间游走，身份不断变化，而无论在哪个位置，都会弄出很大的动静来，“成为一个文学运动的狂热推动者，同时也成为一个文学口号的高明缔造者”（苏童语）。

他担任责任编辑的长篇小说得过茅盾文学奖、得过曼氏亚洲文学大奖，如今他自己又获得了鲁迅文学奖，可见他不光为他人做出了漂亮的嫁衣，同时也没耽误为自己制作一身华美的行头，如此游刃有余的人，王干之外，多乎哉?

但仅仅这些，还不算了解王干。为了这次报道，我采访了王干的老师、同事、朋友，又从多方搜集资料，才发现，文学之外的王干，有着同样精彩的故事。他唱歌也就是卡拉 OK 的水平，但是对音乐有自己独特的感悟。他围棋技艺一般，但是理论水平很高，能与常昊等七大国手对谈。他对足球的见解也足以让专业球评家折服。他跳出文学界，开始关注大文化，提出 50 年内废除简化字，引起一场论战。

天命之年的王干，仍然像年轻人一样好激动，对新鲜事物充满好奇。他自我定位为“一个常常遭受误解的人”。他反应快，也急于表达，每每失于周致，有懈可击也在所难免。真理往往滞后，“事后诸葛”才能永远立于不败之地。但，这不符合他的性格。他喜欢冲在前面，哪怕成为炮灰。

㊁ 从扬州出发

10 月 19 日晚间，备受关注的第五届鲁迅文学奖揭晓，《王干随笔选》获散文奖。

王干，这是扬州人非常熟悉的一个名字。不仅因为他先后毕业于高邮师范和扬州师院，又在高邮工作了好几年，更因为，他一直关注和参与扬州的文学活动，影响和带动了一批青年作家的成长。

早在 20 世纪 80 年代，王干就以敏锐犀利的文学评论名噪中国文坛。与时任文化部部长王蒙进行的《王蒙王干对话录》，更是让他成为重量级文学评论家。鲜为人知的是，他发表的第一篇作品是小说，而诗歌、散文也是他的拿手好戏，鲁迅文学奖散文奖，恰恰是对这位全能型选手的高度肯定。

《钟山》(1988-1998)与先锋文学

初清华　王　干

一　"先锋"作为一种文化情绪

初清华：干老，您好！很荣幸跟您来探讨《钟山》杂志与先锋文学的关系。"先锋文学"是中国当代文学中一个非常模糊且有意思的概念，我们就从这儿开始吧。目前学界对于"先锋文学"的认识仍有狭义和广义之分，狭义者主要用其来命名1985-1989年间某些带有形式探索意味的"先锋小说"，广义者则把现代性的体现等同于先锋小说，并且把刘索拉、张承志、莫言、韩少功、残雪等都囊括其中，体现出了"泛"先锋化的倾向。我注意到在2009年，您曾以"最后的先锋文学"来评价苏童的长篇小说《河岸》，这与学界对"先锋文学"的认识似乎存在较大差异，您是在什么意义上来使用"先锋文学"这个概念的呢？

王干：我来谈这个话题也许不是最合适的，我当时在《钟山》最初是一个理论编辑，后来也是兼小说编辑，虽然介入一些活动，但工作是大家做的。好在我现在可以用一个旁观者的身份、研究者的视角来和你一起探讨这个问题。先说“先锋文学”这个概念，我们肯定是要把它厘清一下，但不能把它简单地归结为一个形式主义，或者是一个纯粹的语言实验。“先锋文学”对于 20 世纪 80 年代来说，它是带有反叛性质的，它是带有革命性的，但是这种反叛跟革命，本身是很复杂的，尤其是一九八五年，属于新潮文学，当时叫作“八五新潮”，其实还是强调的是一个创新。所以，我以为，先锋文学至少还有这样几个含义：

首先，先锋文学跟我们传统文学是保持一种对立、对抗或者拒绝的一个姿态，不仅仅是表现在语言方面，从整个小说的这种维度来讲，也是不太一样的。呈现出阶段性特征：比如它在 1985 年时，主要是强调小说的形式，强调文本本身的价值，所以当时就有所谓这种“形式即内容”的观点，当时的“先锋文学”主要是强调对文学样式的一个更新与创造。尽管我们不能简单地把先锋文学归结为一个形式主义文学，它最初强烈的形式主义倾向非常明显，是有文本形式上的创新。如果说，先锋早期，即 1985 新潮时是重于强调文本实验，语言符号实验，当时受索绪尔语言学理论的影响，实际上到 1987 年、1988 年以后，余华、苏童、格非、鲁羊、陈染、林白，他们首先是继承了对语言、文本的讲究，同时在叙述态度、小说的内涵、结构等方面发生很大变化，又有了新的东西，第三个阶段就是“先锋”后来是以一种文化精神，更重要的是一种文化情绪，慢慢弥漫文学界，进而艺术界，甚至开始影响整个文化界。

这种文化情绪与 20 世纪 80 年代的人文诉求有关，当时的文学界和文化界为自己假想了一个传统文化在那里，为了证明自己的先锋性和前卫性，年轻的作家、诗人、艺术家不断挑战所谓传统的底线，这个底线有时存在，有时候不存在，因而先锋在早期是以爆破的破坏姿态出现的，1988 年 1 月，中国美术馆的枪声作为行为艺术在中国的实践，是带有某种象征意义的。先锋或前卫是开枪了，但是击中的却是自己的作品，因为传统并没有像他们想象的那样具体实在，他们似乎在虚构传统，而传统也在虚构先锋。20 世纪先锋和传统的对立和对抗，都是一种想象，当然利用这种想象造成的裂隙是另一个有趣的研究话题。

先锋文学本质是一种文化情绪，这种情绪是对一个新的生活观念，生活价值观乃至世界观的渴望，这个是后来先锋文学和传统文学最大的分歧所在。早期的八五新潮里面，五花八门，韩少功和马原，他们其实完全是走的两条道路，但带有相同的文化情绪。《钟山》受着这种情绪影响，所倡导刊发的先锋派，或者说是包容各种先锋艺术，其实是有“泛先锋”或“后先锋”性质，它把所有有创新、变化、变革的文学艺术样式，包括小说、电影、美术创作及评论等，都纳入这种所谓先锋的文学范畴里，形成了一种潜在的文化思潮。

今天回过头来看先锋文学或先锋派，更多是一种情绪，因为之前没有一个会议，更没有一个组织去联合或合成一个完整的文学群体，它是大变革情绪下的文学变革和艺术变革，很多人不约而同地走到一起，形成一种特定的文学思潮。

二 对先锋文学的承续和拓展

初清华：我觉得您能跳出以往定义“先锋文学”时过于强调其形式主义探索的局囿，而提出它作为文化思潮的反叛性本质，尤其是文化情绪的角度来讲，是一个非常有启发性的观点。那您把《钟山》与先锋文学间关系的探讨只限定在 1988 年 –1998 年间，又是出于怎样的考虑?

王干：如果你打开 1988 年的第一期、第二期《钟山》的目录，就会发现先锋文学当时在《钟山》占有怎样的地位：余华的《河边的错误》，马原的《旧死》，扎西达娃的《夏天算琉璃的日子》以及莫言的《玫瑰玫瑰香气扑鼻》、史铁生的《原罪 · 宿命》，当然最有影响的还是格非的《褐色鸟群》。如此高密度地集中发表这些先锋作家和具有先锋倾向的作家（莫言、史铁生是具有强烈先锋倾向的作家），是不难看出刊物的倾向的。而 1998 年第二期上，发表的卫慧的《像卫慧那样疯狂》则开启了 70 后作家闪亮登场的序幕，之后，70 后女作家在文坛兴起的旋风也是一道景观。当然，这些 70 后很快被商业化所裹挟，也背叛了先锋文学的精神。某种程度说，《像卫慧那样疯狂》成为最后的先锋晚钟，也宣告了先锋文学的终结。当时，作为责任编辑，我曾经主张将这篇小说发头条，后来发了二条，我现在觉得可以理解，如果发末条可能更具有象征意义。

另一方面，先锋文学作为 20 世纪 80 年代中期发起的文学浪潮，是由很多作家和文学刊物共建的。《钟山》在先锋文学的浪潮中，并没有率先加入到85新潮的行列，可以说是一个后来者，但《钟山》之后对先锋文学的持续关注和有力拓展，几乎构成了后先锋文学的重要轮廓。

选择从1988年到1998年，这十年是《钟山》先锋性、实验性、新潮性、创造性比较强的阶段，我认为，也可以说是《钟山》对先锋派文学起到拓展、延伸、发展和丰富作用的阶段。应该说，在1985年先锋文学刚刚开始时，《钟山》并没有介入这股潮流，或者说它当时的态度是犹疑的、回避的，或是没有做好介入的准备。《钟山》真正介入先锋文学，是从1987年以后，主要是从1988年开始的。在1988、1989年之后，先锋文学陷入一个困顿。当时，《上海文学》，然后是《人民文学》，包括《收获》，他们是最早推动了先锋文学，是先锋文学发展的重要基地。但是，到了1989年以后，《人民文学》几乎放弃了对先锋派概念的提及，《上海文学》在1989年以后也改变了之前激进的姿态，只有《收获》，还有《钟山》，特别是《钟山》，在相当长的时间里，保持了这种锐气，特别是在对敏感作家的稿件方面。同时，对青年作家，先锋派，也是采取了非常热情、包容的姿态。有趣的是，1988年《钟山》除了开辟“新写实小说”这么一个栏目外，还专门开辟了“新潮小说”，这么一个概念，从1988年、1989年开始，《钟山》予以非常大篇幅和非常大的热情，在全国比较大的文学刊物中，公开以“新潮小说”这个栏目来鼓励先锋派创作，还是非常少的，它在是延伸、发展了先锋文学的血脉。以至于在一段时间里，《钟山》被人戏称为先锋文学的“根据地”。

初清华：您觉得1988年—1989年间的《钟山》对于“先锋文学”有着拓展、延伸、发展和丰富的意义，主要依据有哪些呢？

王干：从发表作品的数量而言，《钟山》发表了一定数量的先锋派的作品，前面我说过，在 1988 年 1、2 期，《钟山》集中发表了余华、马原、格非、莫言、扎西达娃等先锋作家的新作。其中，格非的短篇小说《褐色鸟群》，在圈子里引起争论，形成一股冲击波。先锋文学的一个重要特征不是在于它的成熟和稳定，而是它的突破和创新，而突破和创新会带来不成熟和不稳定，格非在写作了《青黄》和《迷舟》之后或同时，还写作中篇小说《褐色鸟群》。但《褐色鸟群》因为实验力度的强大，没有像《青黄》和《迷舟》那样容易被广泛认同，这种具有强烈先锋文学印记和成长胎记的小说，《钟山》仍然发表了，并且，同时还将华东师大的学生讨论的现场纪要也予以刊登。可以说这是最早的关于先锋文学的现场版。它的意义在于：1. 发表了正在实践中的作品，符合先锋性；2. 同步发表了当时座谈的纪要。这也是先锋文学的第一次，它的档案性、资料性和在场感，也正是《钟山》后来的重要特征。不仅记录了作品的年轮，也记载了作家成长的年轮，同时也是文学的年轮。

《褐色鸟群》后来被一些当代文学史作为格非的代表作，也是先锋文学的代表作之一。《钟山》还发表了余华的《河边的错误》《此文献给少女杨柳》《夏季台风》《一个地主的死》等中篇小说，除了《收获》外，《钟山》成为余华发表小说最多的刊物。而被称之为先锋三剑客的苏童，则是“潜伏”在《钟山》内部的先锋作家，在 1988 年到 1998 年之间，苏童在《钟山》发表了《舒农或者南方生活》《十九间房》《饲养公鸡的人》等近十篇小说，其中第一部长篇《米》就发表于《钟山》，之后的《城北地带》也是在《钟山》连载的。

初清华：从创作的角度来看，《钟山》确实刊登了很多先锋文学的作品。同时，我还注意到，《钟山》1989 年推出“新写实”之后，又在 1994 年推出来“新状态文学”专辑，虽然“新状态”和

“新写实”是两个不同的文学群，但都可以说是《钟山》试图以期刊来干预创作思潮的重要实践。与“新写实”推出时广获赞誉略有不同，呼吁、倡导“新状态”小说创作及理论阐发的同时，《钟山》也刊发了对“新状态”颇有疑惑或质疑的声音。那么，您当时以《诗性的复活》来呼唤“新状态”小说的出发点是什么呢？

王干：“新状态”，出现在 1994 年，因为邓小平视察南方谈话之后，1993 年经过市场化对文学冲击，文学界发起关于“人文精神”的大讨论，早期的先锋文学进入低谷，一些作家放弃或转型，另一方面一些更年轻的作家在进行新的尝试、韩东、朱文、鲁羊、陈染、林白、虹影、海男、邱华栋、李冯、丁天等继续坚持小说的实验性、个人性、形式感，形成了一股后先锋的浪潮。《钟山》对这些年轻作家予以关注，并赋予“新状态”的命名，也是办刊策略。这些作家后来被称为新生代作家。

今天看来，我个人认为，“新状态”是重新举起了先锋的大旗，特别是对自我的写作、个性化写作的确认，明确地用“新状态”这种自我游走的方式来表达。和“先锋文学”由创作发起不同，“新状态”是文学刊物介入文学思潮典型的范例，这在某种程度上也体现了《钟山》办刊的先锋性。新中国成立后的文学期刊，受计划经济的影响，普遍缺少主动性、创造性。《钟山》在成功推出“新写实”概念之后，又扬起了后先锋的旗帜，虽然“新状态”的命名显得有些超前，但在推荐文学新人方面贡献卓著。尤其对一些具有先锋品格的作家更是意义重大。当时后现代理论刚刚传入中国，一些人接受上不适应，也是很自然的，有趣的是，“新状态”被那些以马克思主义理论家身份出现的人注意到，理论家程代熙先生（化名弋人）批评“新状态”是西方后现代在中国文学的翻版和演绎。

当时南京还出现了一批以韩东为代表的自由撰稿人作家群，他们是文学界的个体户，特殊的身份也与传统作家不一样，这样身份上的“新状态”也会引起价值观念上的碰撞，《钟山》召开的新生代研讨会上，就发生了激烈的争论，也引起了文坛的关注。先锋文学由此也进入尾声。

二 为先锋文学理论助推

初清华：我阅读这十年的《钟山》时，发现一个有趣的现象，就是和当时其他的大型文学期刊比如《收获》《十月》《当代》《花城》等相比较而言，《钟山》的理论篇幅占了大量的比例，而且很多的文章探索性强，尤其对新潮文学、先锋文学的议论占了大量的篇幅，其中对新写实和新状态的自我阐释和讨论也是颇受关注。这十年，正是您任理论编辑的时候，您能否从理论建设方面谈谈《钟山》与先锋文学的关系呢？

王干：重视理论研究和文学评论，是《钟山》的优良传统，我到《钟山》担任理论编辑是要继承、发扬这一传统。先锋文学由于它的成长性和新生性，对它的理论概括和研究往往是匮乏的，迫切需要有理论家和评论家为它释义正名。作为先锋文学的大本营，《收获》因为没有理论版面，成为一个空缺。而《上海文学》虽然较早地发表了一些关于先锋文学的评论，但也因篇幅的限制，不能大张旗鼓地为先锋文学呐喊，1989 年以后此类文字也日渐其少。《钟山》的领导则充分利用大型文学刊物的优势，以较大的篇幅发表一系列关于先锋文学的论述，尤其在 1989 年以后，发表了李劼《论中国当代新潮小说》，孙津、陈晓明的长篇论文，朱大可的《流氓的就是分析》，最多的字数达到五万字。这不仅在文学刊物极为少见，在理论性的刊物中，也是首创。这种魄力，源于对先锋文学的热爱和理解。如今陈晓明、郜元宝、戴锦华、张颐武、谢有顺等青年批评家都已是名家名教授。我记得，当时还发表了朱大可主持的一个艺术沙龙的对话，三期由陈晓明主持的“十批判书”。好像用沙龙对话的形式来探讨文学理论问题，《钟山》也是开拓者。

《钟山》在发表这类理论和评论时，不只为自己的刊物和刊物的主张说好话，而是客观公正发表不同的观点，比如对“新写实”的讨论，我记得南帆的文章就有过不同的看法，而对“新状态”的讨论，丁帆和郜元宝就直言命名的“无状态”和“急切”，自由争鸣，学术探讨。《钟山》采取了海纳百川的态度推介新思潮，较早倡导文化研究的批评方式。比如“后现代文化”，在1993年3月11–13日，《钟山》与北京大学、中国社科院文学研究所、中国比较文学学会后现代研究中心、歌德学院北京分院联合举办了“后现代文化与中国当代文学”国际研讨会。1994年6月4日，又与歌德学院北京分院在南京召开“城市文学”国际研讨会，这在当时是第一次正面讨论城市文学的问题。这些新的文学话题和理论话题，在当时是有某种超前性或先锋性的。前面说过，为格非的《褐色鸟群》组织了一个座谈会，这在当时也是很少见的，有趣的是，当时帮助整理褐色鸟群的学生后来成了格非的太太，是不是这篇小说结下的姻缘不好说，但至少这样的一篇座谈纪要会加深了他们的联系吧。

初清华：《钟山》1989年第2期发起“新写实小说大联展”，并同期刊发了黄毓璜、丁帆、王干、费振钟、丁柏铨、汪政的“现实主义与先锋派文学笔谈”，您在当时是否已经意识到“新写实”小说正是现实主义与先锋派文学结合的产物？我以为，当时较为流行的观点是把二者相对立，比如王蒙在参加1992年9月澳大利亚布里斯班市“作家周”活动的讲话稿《中国的先锋小说与新写实主义》中，就从作家的境遇把二者作了对立式的区分，描述了“先锋派”作家，如马原、孙甘露、余华、格非、洪峰等，对于艺术形式探索而引来的讥讽与批评，另一类“新写实主义”者，他们当中有不少人住在南京一带，南京办的一种名为《钟山》的杂志又在1988年、1989年举行了“新写实主义小说大展”，使之引起了各方面的注意，还特别介绍了社会各方面当时对于“嬉皮士”式王朔的态度是赞许，至少是宽容。经过这么多年的沉淀，你是如何回望“新写实小说”与“先锋文学”间的关系？或者说，您把《钟山》所推动的“新写实”小说视为对“先锋文学”的拓展，那么“新写实”小说是怎样体现出这种先锋性的呢？

王干：“新写实”是不能作为先锋文学处理，1988年10月在太湖《钟山》和《文学评论》召开的“现实主义和先锋派”的学术研讨会，“新写实”某种程度上是对先锋派的一种反拨，当然它对老的现实主义也是一种更新换代。《钟山》从来就重视现实主义的作品，“新写实”带有某种程度的办刊策略，因为先锋派不是《钟山》的原创，有点像《人民文学》《上海文学》等刊物的弃婴，《钟山》带有收养的嫌疑，当然后来先锋文学长得很大了，很壮实了。“新写实”是《钟山》自家的孩子，是看家的，也是为了平衡，如果只发先锋文学，与《钟山》的一贯风格是不吻合的，而且当时的文化格局，也是不允许的。如果说“新写实”硬要和“先锋”放到一起的话，也只能说在办刊上有某种超前性和实验性，因为文学刊物提出口号或者竖起旗帜，《钟山》好像是第一家。可以说，当代文学的一些流派，大都是由评论家研究命名的，比如山药蛋派、荷花淀派等，不像五四时期作家自己办刊追求某种流派，那时候的文学刊物主要是同仁刊物，容易产生流派；而1949年以后的刊物都是公办刊物，私人性被杜绝，想在其中夹带私货难上加难，更不用说这张大张旗鼓地展览了。或者说，这也可能与编辑们内心那种先锋情绪有关吧。

初清华：在众多对“新写实主义”小说的评论中，我觉得有一篇特别值得注意，就是陈晓明 1991 年发表在《钟山》上的论文《历史颓败的寓言———当代小说中“后历史主义”意向》。与当时很多人把“新写实”小说与“先锋小说”相区别的立场不同，他是把“新写实”小说视为“先锋小说”的新趋向，或者用您的话说，就是对先锋文学的拓展、延伸。尽管在标题上，他并没有使用“先锋小说”这一概念，但却在行文中始终把“先锋小说”作为论述对象。他认为 1989 年以后的先锋小说群体，也就是“新写实大联展”中推出的小说群落，正在构造一种“后历史”的话语。尽管他也承认，“历史颓败”的观念在这些先锋小说的写作中并不是一个明确的概念或某种现实的价值判断，它不过是作为一种集体无意识隐含在话语的运作之中。然而，最重要的是，他认为“与历史对话和抒情性描写是当代先锋小说构造的历史话语的两个显著特征”，以苏童、余华、格非小说为例的“新写实”小说的叙述人，所改变的叙述方式或叙述视角，表明先锋文学在寻找一种远离意识形态主体中心化的自我表白的话语，这些小说在与历史对话的情境中，改变了之前“新潮小说”强制性错位的状态，剔除了现实的焦虑与困窘，在历史的裂缝中从容而舒缓，游刃有余。正是这些貌似写实又与传统现实主义不同的叙述立场，证明“新写实”小说是具有先锋文学的反叛性特征，与先锋文学有着不可割裂的内在关联。

王干：陈晓明的文章很有意思，他其实是说先锋转型的问题，马原、洪峰等早期先锋派是站在现实的视角进行叙述的，而余华、苏童、格非等人的叙述，在 1989 年之后都在转向历史，余华的《活着》是一篇带有很强写实性的小说，几乎可以作为新写实的范例，情感零度，意义逃逸，只是生存状态。先锋派在转到历史叙述之后，在某种程度上契合了新写实的一些元素，《钟山》也曾经将苏童的小说也放在“新写实”栏目中，一半出于无奈，因为好的新写实作品不多，而另一方面先锋的转型，转向写实，也是一种“新”吧。这样一些理论文章，对先锋文学的阐释是很有价值的，因为当时新写实是被广泛认可的一个现象，陈晓明的论述可以说机智且符合时宜的。

四 先锋文化的整体观照

初清华：如您之前所言，《钟山》不仅作为先锋文学创作、评论的阵地，有力地响应、推进了先锋文学的发展，更对于先锋文化产生广泛影响起到重要推进作用。我注意到《钟山》还推介绘画、摄影艺术中有探索性的先锋派作品，用视觉图像审美的挑战来配合、强化新写实、新状态等先锋小说的审美冲击力。比如，《钟山》1993 年第二期封二开始选用李建国的油画《青苹果之一》，画面主要由一个微斜倚在台布前面向窗外的全裸少女的背部全影写真，和距离她放在台布上的一只手旁的青苹果构成，整幅构图有对比的张力和象征意味。第三期的封三，选用的是颇有后现代碎片化特征的摄影作品《盲流　艺术家在圆明园》，第五期的封三和第六期封底都是带有先锋实验特征的油画作品。如果说，1993 年前的《钟山》封面封底还是以传统水墨山水风格为主，1994 年以后《钟山》的封面、封底也成为推介先锋图像艺术的重要阵地，比如《钟山》

1994年第二期封二就采用了意大利巴拉第诺的摄影作品“朱丽叶的马车”还配有解说词，同期封三采用已故画家林琳的丙烯画作《轮胎》，第六期封二是孟昌明的亚克力画作《最后的旋律》，封三则是范钟明的立体画布油画《哲复》《渐视》，这些先锋艺术家在材质等方面进行艺术风格多样化的探索。您能具体说说，《钟山》与先锋文化是怎样的关系吗？

王干：我认为，《钟山》是对先锋文化的总体观照。先锋文学的产生不是偶然的，它伴随着整个社会的思潮和文化变革，在先锋文学产生的同时，还有先锋电影、先锋美术、先锋音乐、先锋话剧、先锋舞蹈等等，虽然有的称作新潮，有的称作实验，有的称作现代主义或后现代主义。高行健最早谈《现代小说技巧》就是在《钟山》上刊载的，高行健的一组现代折子戏剧本《躲雨》等就发表在《钟山》1983年第4期。

《钟山》作为一本文学杂志，不仅在文学作品方面体现了先锋性，在展示先锋文化方面也有着其他刊物不具备的优势。20世纪90年代初期，北京圆明园画家成为先锋画家和导演等自由艺术家的集结地，汪继芳的《二十世纪最后的浪漫———圆明园艺术村纪实》以纪实访录的非虚构形式展示了牟森等先锋导演、现代舞者金星等特殊人群的生存状态。这篇全文近四万字的纪实文学，发表过程一波三折，先后在《报告文学》《十月》《花城》及《中国作家》被拒之后，《钟山》1993年第3期全文发表。之后，汪又发表了《京城摇滚人》，对高旗等先锋音乐人进行了报道。后来周慧的《激情浮动———第六代影人群像》又以非虚构的方式记录了更年轻的导演生活。《钟山》还发表了当时朱大可等与先锋沙龙的座谈实录，这些先锋艺术家们当时正处于地下或半地下的状态，可以说是最具有先锋品质的艺术群体。《钟山》在这个层面上呼应了整个先锋文化的浪潮，也构成《钟山》杂志的先锋品格。

初清华：刚才您说到汪继芳的那两篇带有人间烟火气的报告文学，确是着力于先锋艺术家的生存状态，可以说是栩栩如生地刻画出这些自由艺术家们，无论是圆明园艺术村经济生活窘迫的画家，还是已经解散的“晚间新闻乐队”，或是经济状况较好的摇滚人、摇滚乐队，所面临的来自外在社会经济、精神压力和内在艺术追求所造成的双重困境。并用他们的经历与坚持去感染、感召，获得更多时人的认可。正是在这个意义上，我认为1989年–1998年间，《钟山》对先锋文学的推进及对于先锋文化影响力的扩散，对处于文化转型期的中国文化的走向与21世纪文化心理的形成，都有极为重要的意义。同时，我还发现，《钟山》这十年期间，和很多文学期刊和评论刊物有过合作，您觉得，这也是一种办刊的先锋性？还是出于资源整合的考量？

王干：先锋性说不上，是尝试吧。继1988年与《文学评论》联合举办讨论会而催生了“新写实小说”的成功经验，1994年，《钟山》又与《文艺争鸣》杂志社在北京联合召开了关于“新状态文学”的小型讨论会后，从1994年第4期到1995年第5期，《钟山》共推出8期“新状态文学特辑”十余篇论文，发表宣言并进行理论阐述，倡导“新状态”文学运动。1995年和《大家》《山花》《作家》推出的“联网四重奏”在国际互联网没有成为常用工具的时候，《钟山》采取资源整合的方式，按照互联网加的思路，四家刊物同时同期推出一些作家，取得非常好的效果，这些带有先锋性的作家和评论家之后都成为文坛的生力军，徐坤、林白、毕飞宇等作家，吴义勤、洪治纲、张清华等评论家都在四重奏“奏”过。从结果看，也可以算是比较有效的办刊策略吧。

初清华：最后一个问题，您觉得，在1988年后《人民文学》

《上海文学》等大型文学期刊日趋保守后,《钟山》依然能够坚守“先锋文学”的大旗，并将其延伸、拓展、丰富的动因有哪些呢?

王干:《钟山》推崇“先锋文学”的原因很多，尤其在20世纪90年代之后，其中最重要的一点，我觉得是，主要跟南京的地理位置有关系。当时北京的文化气氛比较沉闷，文学期刊谨小慎微，而南京地处边缘，加之历任主编海笑、刘坪、赵本夫开放的理念，以及一群有想法的年轻编辑，或者说有先锋情绪的年轻人，才形成了独特的办刊理念。当时《钟山》的编辑队伍被公认为是全国最年轻的，更重要的是，这些编辑本身就是作家、评论家，他们在当代文学思潮中都是弄潮儿：范小天、沈乔生、苏童、唐炳良都是追求先锋精神的小说家，徐兆淮、王干是熟悉文学思潮的评论家。另一方面他们又与北京有着千丝万缕的联系，副主编徐兆淮是从中国社科院文学所调回南京的，范小天、苏童是北师大的学生，深受北京文学氛围影响，沈乔生来自上海华东师大，而华东师大当时在中国文坛最为活跃，集中了一批优秀的先锋小说家和诗人以及评论家，我也是从《文艺报》借调回来。这些编辑往往能够第一时间了解文坛动态，把握先机，因而《钟山》得风气之先也就不奇怪了。

从1988年到1998年,《钟山》始终关注“先锋文学”的发展和成长，而且记录了先锋文学前行的足迹。但《钟山》并不是一本纯粹的先锋刊物，它的兼容并蓄、海纳百川的办刊理念，并没有偏好于一个文学取向，也是“先锋文学”在相当一段时间能得以继续的重要温床。

朝内论坛

文学与疾病

时间：2003年9月20日

地点：北京朝内大街166号

王干：《中华文学选刊》主编

谢有顺：广东省作协评论家

阎晶明：中国作家协会研究员

一 文学与疾病的关系

王干：很感谢大家在SARS时期来参加这个论坛。这个论坛就以地名为名，称为“朝内论坛”。文学批评尤其是文学理论目前主要是感觉型或感受型评论较多，学院式批评跟目前文坛比较远，学院式批评原来比较关注文坛，现在又回到学院应有的位置。目前文坛这块缺少理论联系实际的批评文风，缺少一种能够连续地对文坛现象、文学创作现象、文化现象、作家体验进行一种跟踪性、探索性的批评、研究或描述。所以从下半年开始，《中华文学选刊》准备请一些有志于此的专家、学者来从各方面做一些探讨和研究。大家讨论，不要统一思想，不要下结论，只是希望大家就一些现象、观点发表点自己的看法，以活跃文坛。

今天谈的第一个题目是文学与疾病的关系。这也是最近SARS时期我思考的问题。我以前也看过类似文章，讲文学与疾病的关系，但主要是在精神分析方面的。今天也主要是现实引起的一个突发话题吧。我们传统文学理论研究对文学与政治、文化、历史、哲学等关系，还有作家经历都做过许多研究。对文学与疾病的关系，目前还没有正式从事研究的。我很早以前看《莫泊桑传》时有这样一个印象，是莫泊桑成为梅毒患者后，得病期间仍写过不少优秀作品，当时青霉素还没有发明出来，治梅毒用砒霜，对眼睛不好，莫泊桑因此失明。普鲁斯特是个终身为疾病缠绕的作家，在疾病状态中写出了《追忆似水年华》；还有伟大旗手鲁迅先生，鲁迅也是肺结核患者。我孤陋寡闻，不知有人探索过鲁迅写作风格是否与疾病有关，对他生理、心理上的影响如何？

张颐武：有人做过研究，论述鲁迅晚年杂文风格与他的疾病的关系。认为肺结核带来的长期低烧、咳嗽、虚弱容易让人出现焦虑、偏执状况。长期身体不好，长期的疾病困扰让鲁迅晚年杂文特别尖刻，特别具有战斗性。这是研究作家与疾病的关系。再是从作品入手，作品里怎么出现疾病的、疾病怎样影响整个文学运动、文学思潮等三个方面。比如魏晋风度。魏晋风度怎么来的，当时疫病流传，隐士怕被传染，都逃了，不在城市里聚居。被传染的，不与人来往，被隔离起来，不让人进去，拒绝交往，这也是隔离措施；《十日谈》的产生也是由于黑死病的流行。黑死病颠覆了原有的生活与权威，由于人的生命随时可被疾病传染，死亡近在咫尺，于是人们感到良宵苦短，纵欲成为一时风尚。

中国现代文学作品与疾病有着深刻的联系，一部《狂人日记》，由疾病隐喻革命，表现人的精神方面的疾病，因而才产生了中国现代文学；巴金是中国最伟大的作家，他的作品有很多和身体疾病有关系，如《寒夜》里就有关于肺结核的描述。而在当代文学作品中，革命者的身体像钢铁般坚强，身体不在考虑之列，也很少被涉及，或这疾病是可以被克服的。主人公的身体健康或被忽略不计或讳疾忌医。多数作品里的主人公，如《红岩》里的许云峰、江姐等被拷打，身体也是坚不可摧的……

孟繁华：最有代表性的要算《钢铁是怎样炼成的》里的保尔·柯察金，即使身体残废，也要用最后的功能来写作，来进行革命。

王干：至于《人到中年》里的陆文婷就只剩兜里揣着诊断书。文学史上有很多作品涉及疾病，如《霍乱时期的爱情》《寒夜》等。我现在思考着这样一个问题，即现代文学史上许多作家都是学医的出身：鲁迅、郭沫若、余华、池莉、毕淑敏……当代文学由以前注重精神、心理渐渐转向注重身体。医生出身作家或有从医经历作家的写作对身体更关注，后来90年代又有了身体写作，注重自己的身体，这与情欲、欲望有关，里面有身体成分。

在当代作家里面，余华是第一个真正关注痛感的，并写得多、好、深。余华在80年代写了好多关于疼痛、死亡的小说，可把它归为残酷美学。

不少经典作家都和疾病有关，疾病变成为一种美学。由此，是否可以大胆地假设疾病也是文学的起源之一，或说文学起源于疾病？

无论从心理、生理都可找到例子来证明。人在生理上产生疼痛、郁闷时需要表达、宣泄。SARS时期，《北京晚报》《北京青年报》收到大量（十几万首）诗歌。从这一传统文学表现形式可以看出，老百姓自发地、大量地、在疫情时期首先想到的表达是诗歌。这一时期诗歌、短信得到空前发展，且精品多。短信可看作是诗歌的变异(可收到新民谣中去，属泛文学范畴)。由此可见，疾病本身产生一种宣泄的需要，人的内心需要抚慰，需要克服对疾病的恐惧，从心理学上讲文学符合这些表达程序。文学不仅能表达人的正常心理，还能表达人的非正常心理，对人性的弱点、阴暗面，文学有着其他传媒不可达到的特异性。纪实电视导致报告文学消亡，小说里的许多情节虽说在影视中可视性得到了更好的加强，但在到达人的黑暗心理、精神流程等方面，文学仍是强项。文艺心理学已研究出来精神病与文学创作的联系。

SARS 时期，因突来疾病的流行，人们陷入恐慌与绝望，内心向往温情与抚慰，心理需要调节，文学在此时成为一种载体，一种最好的表达方式，起到抚慰心理的作用。假若没有疾病存在，很难想象，文学中的很多因素要削弱很多。在经典小说里有许多关于疾病的描绘，比如白血病、林黛玉似的病态美、病态性格……假如文学以前有十大因素的话，那么这次 SARS 让我们再加上一个，疾病也是文学起源之一吧。

孟繁华：这从《红楼梦》里林黛玉身上可以得到印证，林黛玉的病态美已经成为一种美学。

张颐武：对，这是事实，是文学起源之一。人类因为疾病产生生理上不适，如痛、发烧……生理上不适导致心理上的疾病，这是疾病导致的结果之一，疾病导致的还有一个——死亡。痛苦与死亡是文学两大母题。因为疾病始终伴随在人与自然的基本斗争中，为了生存，人类开始驯化动物，驯化动物是人类走向文明的开始。在驯化过程中，动物成为家禽，家禽带给人类疾病。进入农业社会，由于产生剩余人口，诗人等开始游离出来，这时像牛痘、天花、麻风等疾病开始大规模流行，可见疾病从人类起源开始一直就伴随着人类而行，人类社会一直是和疾病联系在一起的。疾病使人类对命运的把握产生许多困惑，最后发现文学这种表达方式……在与疾病做斗争的作家中，当代作家张海迪与史铁生可称为文学双璧，作家中的双子星座。他们用语言超越身体，运用文学表现自己独特的自我体验。同类作家还有保尔、海伦·凯勒……

阎晶明：作家创作与疾病的关系密不可分的例子很多。不过，从已有的研究来看，创作与疾病的关系涉及内容复杂多样。刚才大家谈的主要是作家个人疾病对创作的影响，就此而言，也应大致分为精神疾病与生理缺陷两种。生理缺陷或疾病的，像拜伦是瘸子、穗伯是驼背、卡夫卡长期肺结核、普鲁斯特多年哮喘等，长期疾病导致这些人选择文学来表达情绪，或者说是通过文学创作来补偿自身的身体缺陷，克服自卑。还有一种就是精神疾病，天才是一种精神病。是否有病和病的程度如何，要看人们的评价。这样的例子有很多。疾病在文学作品中的表现形式也有多种，像《狂人日记》通过狂人特有的特征来展现自己与他人的不同。狂人有着很高的社会象征性，带有明显的寓意性。鲁迅小说中的具有这种疯癫性格的人物有很多，狂人、孔乙己、祥林嫂、九斤老太，鲁迅通过人物的癫狂性格，特别是带有癫狂性的人物语言来突出人物性格的特征。另一种就是生理疾病在小说中的表现。也是鲁迅小说里，《药》和《明天》都有对疾病的描写。

在文学与疾病的关系中，通常把文学与医学放在一起，文学与医学同是以人为研究对象的，它们互为补偿。文学能探索人物的内心世界，医学同样可探测到病人的隐秘，医生具有特权，可探测到不为常人探测到的隐秘，作家经常以医生为表现对象。鲁迅不但弃医从文，而且对中医的态度可称痛恨。

张颐武：不过现代文学一直对中医有看法，像《家》《春》《秋》里对难产的描绘，表达了庸医杀人的看法。中医对生理的解释含混不清，像阴阳、经络呀等虽有科学性，但在当时还无法证明，现代医学分类体系是“科学”的，这种科学性恰恰是随着现代文明的产生而同步产生的。西医是以认识人的身体为目标，对人的身体可以无限敞开。“五四”时期有一个大规模废中医的运动，当时大家都反感中医，认为庸医杀人，同时强调科学与民主。现代文学与医学界的反对是一样的，很多文学介入医学，西医是与现代文学同步发展的。现代医学的很多医生都爱好文学，古典医生爱旧诗，现代医生爱新诗，像陆文婷背诵裴多菲的诗。现代医学用诊断来判断病因，这套体制是现代的、科学的。现代文学中有很多例子，比如到了贫困地区，庸医耽误了，西医去了就解决了，现代医学当时是人类最大的依靠，现代医学是和现代文明史有关系的，文学改造人的心灵，医学救人身体，但身体好了没用，还要救人灵魂，医学与文学结合在一起问题就解决了。文学介入医学领域，这是现代性的典型表现。很多医生后来也转到文学。

二 身体在近 20 年文学中的表现

孟繁华：对文学和疾病关系的讨论，以及对这个问题的重视，我觉得和最近赵京华翻译出版了日本批评家柄谷行人的《日本现代文学的起源》一书有关系。我们知道，柄谷在这本书里集中讨论的问题之一就是“所谓病之意义”。“肺结核”和日本文学的关系，以及与浪漫主义文学的关系等，柄谷都有非常精彩的论述。值得注意的是，这本写于 20 多年前的书，在中国翻译出版之后，仍引起了批评界的极大注意。从这个意义上说，我们的“批评”本身就出了问题。在以往很长时间的文学批评研究中，我们对意识形态、对文学与现实与政治的关系，与现代性的关系等关注太多。而真正能够进入“文学”的研究太少。这是文学研究和批评的“疾病”。现在虽然已经落在了别人的后面，但敢于面对真问题也是一种勇气。具体地说，疾病事实上有一个被想象和建构的关系，疾病本身是有等级关系的，西施皱眉是很美的，东施学习就不美了。林黛玉的病成为一种美学，是审美对象；但华小栓的病就只能成为“怜悯对象”。这样对疾病的叙述本身构成了权力和等级关系。因此疾病的美学与对疾病的想象和对象是有关的。

张颐武：因为肺结核是高雅的，病程长，样子好看，经常要去海滨区休养，与沙龙等高等场所有关……

孟繁华：与美学有关，与浪漫主义文学有关。但到了当代以后，疾病与文学的关系就开始变异了，无产阶级的文学在经典文学里面事实上变成一种自虐性文学，如带病工作、揣着诊断书逃出医院等。疾病在这里就不具有美学意义，而流于人物塑造的一种手段或衬托。

张颐武：典型例子是列宁与斯大林，列宁晚年非常痛苦，要求斯大林给些毒药，但斯大林拒绝了。这时身体已成为革命的工具，身体已经工具化、象征化、抽象化、符号化。已脱离身体本身的意义、客观意义，具有象征之美、客观之美。客观抽象意义使身体具有超越一般的意义。生命不息，战斗不止。共产党员是钢铁制成的，身体到最后残缺不全还要用剩余的身体写作，如保尔。身体的意义到了 80 年代有一个很重要的转变，新时期文学有一个人是表现关于生理学感受的，他就是张贤亮——关于生理无能的，他把革命反向，这跟革命者把生命贡献给革命不同，身体与革命分离，在《绿化树》中革命者一方面学习马列，一方面还有身体的焦虑，这是第一次生动的表现。

孟繁华：与肺结核美学不同，文学第一次开始了对身体的饥饿感的描写。

王干：80 年代，身体开始进入文学，要描写身体。身体与疾病发生密切关系。

张颐武：80 年代以来，文学和疾病的关系越来越密切，为克服生理疾病，产生宗教情怀，疾病使人产生升华。

孟繁华：就这个话题可以进入文学本体，过去包括当代文化研究，不管什么东西都可纳入一定框架里来，但都和文学离得较远。文学本身究竟是什么，或者和什么最有关系，当然是我们最关心的。老生常谈是文学和人有关，一再重复是因为它是真理。人如果离开身体，离开疾病，离开快乐，离开欲望，显然就不是文学，我们谈文学与疾病的关系，才真正有可能进入文学的内部。

张颐武：实际上 90 年代后，我们对疾病的敏感弱了，现在我们经过资本主义消费主义时代，我们想象身体是很健康的，就是身体无所不为。看 70 年代作家写作，身体是无所不能时代，身体泡在欲望的潮水中涌动，就没有想到身体有疾病产生，有恐慌。认为生命是无所不为的，《上海宝贝》中的英国男孩虽是好人但是个无能的人，与时代格格不入。在这里对疾病的想象是忽视的，这与革命时代的工具主义是不同的，虽也是工具主义，使用自己，把自己的身体作为欲望满足这一个客体，用身体进行实验，实验以后欲望才满足。身体可以在无数欲望中运行，身体韧性很强，无所不能。李师江、巴乔、何顿等作家，《菊开那夜》等作品都有涉及，身体成为欲望的容器，如彻夜不眠、泡吧，甚或三陪女等也进入作品。

80 年代文学带有一种短暂的对身体敏感的阶段后，到 90 年代少了，这与医疗条件的改善、生病的概率减低有关。

孟繁华：这个问题的另一个方面是它还有一个遮蔽，90 年代的文学是和 90 年代的生活有关的，如健身、美容，对疾病起一个遮蔽作用。

张颐武：这讲了一个身体呵护问题。像拜物教一样，要把自己的身体搞得很美，健康的美。呵护身体，身体好，身体才能成为一个欲望的容器。疾病在这里是被排斥的，是与老人一起被视为与衰老、将要消亡的事物联系在一起的。但万万没想到，“非典”改变了这一切，这个致命的打击会让年轻人反思以往的生活，所以 SARS 是个很好的提醒。年轻人的这种生活方式——工具式地将身体欲望实验——在 SARS 后，会有所改变，尤其是年轻人的消费价值观。

SARS 以后的文学将有改观，对身体的感受会更敏感、更细腻，对大自然的敬畏会更强。不像以前，认为人定胜天，从不考虑疾病，只有人造成的危险，像死亡只有凶杀、车祸，没有考虑到生病，在《上海宝贝》里，除了性无能，没有明显疾病。

阎晶明：我不认为因为有了疾病的描写，就证明身体的自觉在当代小说里已达到多高程度。其实不管是鲁迅还是郁达夫，他们笔下的疾病，更主要的还不是体现出对身体的关注，疾病本身，不管是狂人的癫狂、华小栓的肺病，还是郁达夫的多愁多病，疾病背后更多的是社会历史的主题和政治上的意义。所以才有郁达夫《沉沦》里的主人公投海自尽时的奇怪语言：“祖国呀祖国，我的死是你害我的！你快富起来，强起来吧！”个人疾患与民族自尊相联系，就如同华小栓的肺病同夏瑜的革命有关，狂人的癫狂同吃人的历史有关一样。即使在当代小说，对疾病在文学里的表现恐怕也应从这样的角度来看待和分析。

王干：文学 80 年代开始关注与疾病有关问题，像张贤亮小说里的性无能，是人性被压抑被扭曲的结果，属意识形态。文学 90 年代开始关注身体，1995 年以后出现的还就是一个身体神话，像变形金刚似的，男人女人是个特能战斗的队伍，带着强烈欲望，轰炸机，到哪里都是轰炸一天后又去轰炸了，无所不能。像朱文《尖锐之秋》，开始写痛苦，这时朱文已不像《我爱美元》时那样无坚不摧，开始写年轻人生活、心理、疾病、痛苦，但不是忏悔，写疾病特别是性病。

在文学的两大母题中，死亡不太好表现，死人无法回转，死亡都是建构在一个想象的基础之上，疾病接近死亡，是通往死亡的过程。

所谓文学里的母题是与疾病、死亡联系在一起的，90 年代以后新作家里面拼命张扬身体文化，对生命脆弱的地方没有体验。“非典”让人重新认识到生命是有限的，身体是有局限的战斗体，不是一个无坚不摧的导弹，人性有很多软弱的地方。意识到身体还是与那个两千年前的身体一样脆弱，不管我们外部环境、生活水平怎么提高，身体还是那个身体，身体还是那样脆弱，弱不禁风。

文学与疾病的关系还涉及另外一个问题，就是 SARS 之后，文学的动向与走向。SARS 会对文学产生什么影响？

㊁ SARS 之后，文学的动向与走向。SARS 会对文学产生什么影响？

孟繁华：我认为 SARS 对文学的影响不会很大。SARS 对我们经济的总体运作或说整体伤害并不大。如果说整个经济生活不会因为 SARS 有很大影响的话，同样对文学不会有很大影响。突发性事件会给人的心理在一定时间里造成影响，但不会改变什么。“唐山大地震”“98 洪水”等也是大灾难，但看不出对中国文学产生多大影响。文学要关注的东西不会因为突发事件发生根本性的改变。

张颐武： 我认为还是有影响的。至少身体的敏感性会在文学中有所反映。疾病作为生活的一个要素，进入到你的无意识里面，如测体温，会在心里产生很大的暗示，人的警觉性和敏感性会提高，这些都会对文学产生微妙的影响。SARS 时期，身体处于高度敏感状态，外界的高风险性，高复杂性，使人感到人生无常，生活不再有无限保障，人生会成为一次冒险。即使 SRAS 过后，这种阴影、心理上的震撼、冲击力，会使我们过去十年的整个生活方式得到调整，这种调整会在文学中得到充分反映与表现。

阎晶明： 我认为 SARS 过后，人们肯定会从各个专业角度总结它、分析它、钻研它。批判和改变陋习正通过“新闻联播”这样严肃的途径形成一场全民运动，医学专家正在告诉包括广州和北京这样首富和首善之区的人们，洗手要达 30 秒钟，吐痰可能传播疾病。是 SARS 告诉我们，其实不管是民工还是大学生，不管是市民还是乡下人，我们都还处在“初级阶段”。文明的标识不是高脚杯里的琼浆，也不是时尚服装的标牌，而是一种自然而然的生活方式与行为准则。文明的日常化和生活化是我们从 SARS 里学到的最珍贵的东西，这些琐碎的日常的生活内容，是需要时代骄子和城市流浪者共同去学习、去实践的，这一观念的形成非 SARS 的到来而不可得。SARS 把社会的三六九等放置到了同一心理天平上。

从文学的角度来说，要定位一下我们的中产文学应该具备哪些特征。我们常常从物质水平的高度和对物质拥有的程度来区别所谓中产和无产，但作为一种生活方式和一种细节化的中产文化，在我们的文学作品里其实很少得到表现。告别了生活的粗糙、粗鄙与粗俗，文学也会走向更加细节化、文明化的境界。酒吧里的狂乱、奢靡的气氛也许不再成为时髦的小说场景，因为那里已是让人心存芥蒂的场所。

王干：我认为有影响，第一个就是作家的生命意识会有所加强，十几年来我们的经济处于高速发展阶段，这种高速发展就带来高度消费的欲望与可能，那么使得我们文学领域，特别是一些年轻作家，把人变成消费机器，变成欲望消费机器，同时也在不断抒写这种感觉，书写身体神话。那么SARS之后，我们会意识到，身体也是血肉做的，生命是有限的，不是无所不能的。再一个，生命危机意识会加强。以前的危机都是政治的、暴力的，现在有了一个自然灾害来阻止我们的命运。再一个对文学的影响就是作家的自然意识将得到加强，对环境、野生状态、自然的关注会多起来，会更加关注环保，反思人类与自然的关系。

王干：我们今天讨论的问题是文学与精神及身体三者之间的关系。文学与身体的关系在90年代逐渐引起注意。在文学创作中关于身体作为特殊的载体存在的可能与意义，与“身体写作”的提法有关。“身体写作”的概念最早由罗兰·巴特提出，当然罗兰·巴特提出“身体写作”的概念与我们年轻的70年代人提出的“身体写作”还是有差异的，罗兰·巴特关于“身体写作”的主要意思还是淡化文学意识形态的内容与色彩，强调个人在整体创作中的意义和价值，是将“身体”作为意识形态的对立面的。我们后来引用“身体写作”是由泛指慢慢变成一个特指，我们现在对身体的理解慢慢从原来泛身体的概念渐渐趋向人的心理性、生物性。80年代后期欲望化写作开始兴盛，开始了对人性、人的本质的拷问与追寻，最后发现人其实只是个身体。再伟大的思想、灵魂也需要一个承载的容器，这个容器就是身体。身体本身不是到 90 年代才在小说中表现的，早到《诗经》《荷马史诗》时代我们就可以找到关于身体在文学作品中的特定意义与特定表现，对此我们原先的创作有所忽略，使之成为一种空缺。90 年代以后身体一下凸显出来，这是一个从形而上到形而下的过程。文学创作开始出现与过去不太一样的作品，评论家对此进行拷问与追究，由此“身体”成为议论的概念与议论的中心。

谢有顺：“身体”这个词在今天已经特别敏感，并产生了许多误读与歧义，但它在文学中的意义依旧值得认真考察。过去对“身体”一词的使用，在道德上更多是指向贬义的，近年更是有被妖魔化了的趋向，好像一讲到身体，指的就是性，就是欲望，就是个人的宣泄。其实没有这么简单。身体作为一个哲学概念，当然有物质性（生理性）的一面，但物质很可能是我们了解精神的必由通道。文学虽为精神事物，但这不是说文学就可以脱离物质外壳而在天空中虚无地飞翔——任何的精神、灵魂和思想，都必须有一个物质的外壳来展现它，没有这个通道，写作就会演变成为一种不着边际的玄学，或者变成语言的修辞术，这可不是文学的福音。就我而言，强调身体在写作中的意义，其实是在强调作家写作时个人的在场。“身体”是个人在场的标志之一。一个人的写作，如果没有对存在、对他所体验的生活的身体性的参与，他的写作很可能是凌空蹈虚的，这和意识形态管制下的假大空写作并无不同。过去，我们经历过一个彻底抽空身体或者让身体细节完全消失的时代，在那个政治运动时代，身体是没有容身之处的，或者说，你只能用一具虚假的身体，也就是公共的身体在写作，你没有个人的身体，你使用的是被意识形态或者被“革命”话语作用后的身体，结果大家都在用同一具身体在写作，个人根本没有出场的机会。个人的事物被压抑以至被消灭的时代，如何才能获得解放？或许，身体就会在其中起着决定性的、革命性的作用。

身体是最个人化的在场，也是最个人化的精神载体，强调身体，在文学史上，总是会和个人性、革命性联系在一起。从反抗一种抽空身体的虚假写作这个角度而言，身体是一面革命的旗帜，它让很多貌似“高尚”的价值在身体面前发抖，进而达到解构的目的。我们不能因为今天“身体”一词被简化，被妖魔化了，就否认身体在写作中的独特意义。我们要理性地看待这个问题，并理性地梳理这个词的演变史。

其实，从古到今，真正伟大的写作都是身体写作，都是写作者的身体在场的写作。我认为，身体是不可复制的，而文化具有某种公共性。所以，为文化而写作的作家，必定是个性模糊的作家唯有面对自己的身体，忠诚于自己的身体感觉，并对身体经验进行创造性的语言处理的作家，才可能是伟大的作家，他们有能力将身体语言化，语言身体化，使语言具有身体的形状。比如，读李白的诗，可以感觉到李白这个人是豪放的、飘逸的，有一种神采飞扬的身体印象；读杜甫的诗，你会觉得这个人比较沉着、忧伤，身体前进步伐的感觉是缓慢的，这些都是他们的语言留给读者的印象，它是真实的。正是无数个身体才产生无数的个人写作。每一种身体都可能产生伟大的文学。把写作的最终策源地归结于身体，这不是将文学简单化，而是说，伟大的文学总能让人通过它的语言，抚摸到具体的身体，读这样的作品，你会觉得是在和一个具体的人对话，而不是在和一种空泛的思想打交道。写作的虚假性正是源于写作者对身体的遮蔽。

但我也注意到了，在当下的写作界，“身体”已经泛滥成灾，它最终导致真正的身体被简化，被践踏。简化的意思就是把身体等同于肉体、等同于欲望和性，结果就把身体写作偷偷地转换成了肉体写作。对身体的迷信终于走向了肉体乌托邦。尤其是一些更年轻的写作者，普遍以为肉体就是一切，以为肉体可以决断一切，把身体的生理性强调到了一个极端的地步。这里的误区是，他们忽略了身体在生理性之外，还有伦理性的一面。身体的存在是复杂的，完整的身体是生理与伦理的统一。我曾经在《文学身体学》一文说："蔑视身体固然是对身体的遗忘，但把身体简化成肉体，同样是对身体的践踏。当性和欲望在身体的名义下泛滥，一种我称之为身体暴力的写作美学悄悄地在新一代笔下建立了起来，它说出的其实是写作者在想象力上的贫乏——他牢牢地被身体中的欲望细节所控制，最终把广阔的文学身体学缩减成了文学欲望学和肉体乌托邦。肉体乌托邦实际上就是新一轮的身体专制——如同政治和革命是一种权力，能够阉割和取消身体，肉体中的性和欲望也同样可能是一种权力，能够扭曲和简化身体。"虽说"肉体中存在反抗权力的事物"，但是，一旦肉体本身也成了一种权力时，它同样可怕。因此，我更愿意用一个新的说法来代替"身体写作"这一称谓——"写作是身体的语言史"。说写作是身体的语言史，这里我强调了两个要素，一个是身体，一个是语言，"身体"强调的是作家个人的在场，"语言史"强调的是对经验转述的艺术创造。这是写作的两个核心的要素，缺一不可。

阎晶明：我对文学与身体没有太多的研究。文学与精神则是一个我们必须面对的问题，因为文学创作本身就是一个精神劳动，文学作品一般都被认为是精神成果、精神产品。文学要传达的也是这样的东西，现在之所以提出这个问题，即文学与精神之间的关系也要拿来讨论，这是因为文学与精神之间的传统关系出现了松动，产生了危机。这里面有很多东西需要梳理，从目前的理论探讨看，一方面不少批评家强调身体在文学创作里的尊严与地位，但另一方面也有一种理论批评的声音，重申和强调文学的精神意义和灵魂价值。我想强调的是，文学最终要落实到或者说要回到精神上来。如劳伦斯的《查泰莱夫人的情人》，它为什么是文学经典而不是色情文学，原因或许在于，作家真正关注的，是人物在恩怨过程中表现出来的精神境界。查泰莱夫人因为身体而陷入迷乱，而她真正出走的原因，又落在了灵魂的价值层面。

我有一种看法，就是60年代人创作高峰正好处在90年代，商业大潮对人的灵魂与精神都是一次冲洗与考验。整个90年代时期文学，或者说60年代人所要回答的问题是，在物质社会里如何把持一点点精神的东西，无论是北村还是苏童他们都有一种倾向，我不是单纯指身体，还要包括金钱、欲望等等，60年代人要回答的是，在物质压迫和欲望诱惑面前，灵魂是如何被摧垮的，在这一过程中，人是如何把持自己最后的精神底线。70年代与60年代的区别在于，道德与精神的堡垒被冲破了，欲望以碎片形式出现和飞扬。这样的作品一段时期内一度占领了文学市场，人们自然要怀念那种纯粹、精神的文学，但又不愿完全否定和抛弃当下的东西，这是令人苦恼的。有人认为70年代的人是拿生殖器在说事，而经典的文学都和神秘主义有关。我们在探讨文学与精神的时候必然要谈到身体，而谈文学与身体时必然要谈到精神。就此而言，我觉得文学批评界没有真正做出有力的回答。

王干：说到身体的问题，实际上有两个概念，一个概念是作为写作主体的身体对文学作品的影响，再一个就是作品中表现身体的情况，这是一个复杂的问题。

身体与精神的关系的问题，张贤亮在80年代的一部小说《男人的一半是女人》中有所表现，在这篇作品中第一次描写了阳痿这个问题。这个阳痿是由精神焦虑、政治压力所致，实际上表达了政治对人的精神的一种阉割，所以当时在全国文坛引起轰动。张贤亮是第一个将身体作为书写对象，表达政治对人精神的最大伤害，以性无能作为对“四人帮”反动政治的控诉，批判“左”的政策对人性的戕害。当戕害达到身体、达到性格的时候，我们感到了作品的深刻性。

另外在很多作品里，肉体是不重要的，精神可以控制肉体，精神可以把肉体变得无坚不摧。那时的作品经常通过身体表现精神，而今天作品中的身体大都与生理本能有关。

谢有顺：从身体的公共性到身体的个人性的过渡，这在当代文学中是一个巨大的进步。前者采取的是用一种公共的视角来观察世界，它暗合的是某种意识形态或革命社会的总体要求，而后者则更多地从私人的、卑微的、被忽视的角度进入生活，这二者间是有明显差异的。我们不是有意要将身体和精神对立起来，其实这二者也是一个整体，不能分割的。身体和精神从来不是简单的二元对立，也不是像笛卡尔所说的身心二元法。我认为，身体是物质化的精神，而精神也有自己的物质形状，那就是每个人在身体中的彰显。如果硬要区分，我认为，身体是一切精神的原始基地。没有身体，任何精神都是空谈，没有意义。为什么会出现身体写作这个潮流，一方面，如罗兰·巴特所说，现在的写作都戴上了文化的面具，另一方面也如钱穆所说，文化成了纸上文化，照此说法，写作也就成了纸上写作，最有活力、最有个性的东西被遮蔽了，写作成了千人一面。也许你们都注意到了，千人一面的写作肯定不会是身体写作，而恰恰是那些所谓的高尚的思想写作、精神写作，为了某个意识形态的总体要求，或者为了一种所谓的抽象精神，大家都朝着这个方向写，集体戴上文化面具，这面具要遮蔽的首先是自己的身体、自己的心跳声——需要特别说明的是，这种文化面具既可能来自意识形态，也可能来自书面的阅读经验，比如卡夫卡、福克纳什么的。阅读中的文化面具，与意识形态的文化面具是一个意思。反抗这种写作最有效的方式就是回到身体，回到有体温的写作现场；强调身体，就是强调写作的内在真实，强调创造。我们不是都喜欢讲原创性么？其实身体是最具有原创性的，它才是一个人真正不可复制的部分。令我奇怪的是，政治家们尚且那么懂身体的意义，为何写作界却会漠视身体？你想，在历次的政治运动当中，看起来是思想革命，最终都演变成身体革命，消灭思想的结果一定是消灭身体。所以，残酷的政治运动，最终都成了消灭身体的运动。你想，监禁、折磨、处决，哪一样不是针对身体的？思想是无形的，必须找出一个有形的东西来对付，灵魂、思想才会发生改变，这难道不正是关政治运动的秘密？所以，身体在社会进程中绝对不是扮演道具的角色，它是和一个人的灵魂、精神紧密相连的，或者说，在许多时候，身体本身就是精神。

王干：我插一句，你刚才讲了身体与革命的关系，清兵入朝要留辫子，通过这种行为进行对精神的驯服辛亥革命首先的特征即是剪辫子，辫子已经成了一种精神的符号，身体的符号，而小脚是针对妇女用身体语言表达一种文化，这时脚已经不仅仅是“身体”的一部分了。中国革命反抗封建主义是从剪辫子、放脚开始的。

阎晶明：我们在谈文学与身体的时候，“身体写作”“身体叙事”不是说今天才有，是一种批评的角度，从古到今的文学，从古希腊开始，普罗米修斯盗火种、俄狄浦斯放逐自己，通过这样对身体的极端行为来体现精神层面的东西，但身体在我们看任何文学都可能得到，归类到公共性，但它是身体在文学创作中存在的方式，甚至也是一种很极端的形式，中国作家需要从尊重人的本体这一角度来考虑。

王干：刚才我们谈到身体，其实身体还是一个载体。这让人想起莫言的《红高粱》，它上演了一幅惊心动魄的场面，余华的《现实一种》写了人的互相伤害，杀人犯最后被枪毙被解剖，表现了一种残酷的美学。我们今天这个“身体写作”的背后有多种因素，一方面被妖魔化了，一方面被神圣化了，此外还有书商给予的有商业目的在内的炒作。“身体写作”对年轻的写作者是种先锋、前卫的表现，出现这种情况有身体泛滥的倾向，身体被极端过度使用，正好与我们一度时间内把文学抽成纯粹精神皮囊是相似的，所以我们今天来讨论文学与身体及精神的关系的时候，还是有感于精神的缺席，我们今天的身体是另外一种身体，又是被公共化的身体，身体与性解放、性工具联系在一起，是将身体重新简单化、重新公共化的过程，失去了个性。所以我们这个时候强调文学的精神性，是文学对身体特征的尊重。因为文学中真正的身体每个人是不一样的，每个人的身体是世界上独一无二的，而目前的作品大多大同小异，是身体再度公共化造成的。

谢有顺：身体是最个人化的事物，思想写作、意识形态化的写作要抽空的正是身体细节、个人感受，因此，反抗一种公共写作，没有身体的揭竿而起是无法成功的。但是，身体在今天的写作中被简化、被过度使用后，身体确实也面临着再度被公共化的危险。如果说，上次的公共化是专断的思想，那么，这次的公共化则是性和欲望。它们的思维方式是一样的。不能说，一个人大量写到了性和欲望的场景，这个人就是在进行身体写作，那样就太机械了；其实，身体一旦被公共化，即便它写再多身体性的细节，它也不再是身体写作，因为作者用的不再是个人的身体，而是公共身体，它在骨子里其实还是思想写作，因为在他那里性和欲望，是一种社会公论，与自己个人的体验无关了，只是听说有性和欲望就好卖，就容易引起注意，它便按照这个社会的总体要求来写性和欲望的，这是一种复制的写作，并没有身体的第一性在场。

有意思的是，20世纪80年代中期以来，文学界发生了两次重要的革命：一次是先锋派文学，发起革命的主角是语言，语言是这次革命的内容和方法；另一次是在20世纪90年代，女性文学之后的一系列文学变革，身体都成了革命的主角，文学唯一值得用力的地方，好像从语言转到了身体上。语言和身体，这两个革命的主角，前者指向的是“怎么写”，后面指向的是“写什么”，比如“下半身”，不就是一次“写什么”的革命么？好像“怎么写”的可能性已经穷尽了，革命的重新开始，是诉诸身体，造道德的反，这里面有很深的原因值得探查。因此，“下半身”的出现并不是像一些人想象得那么简单，它作为一种诗歌的行为艺术，使诗歌从“怎么写”再次返回到“写什么”，这里蕴含着写作者一种怎样的文学焦虑和精神焦虑？这值得进一步分析。

身体在什么时候成了精神的对立面？显然，那种认为精神高高在上、身体则是黑暗的写作思想，是有缺陷的。我认为身体与精神是一体的。就像日常生活里面也有尊严一样，身体里面也有精神。这是常识。许多时候，我们将写日常生活的文学作品当成庸常而没有尊严的代名词，这是另一种误读。我认为，如果尊严不能在日常生活里面建立起来，那么，这种尊严就不是真正的尊严，真正的尊严应该体现在生活的每一个细节里面，如《圣经》所说，“道成肉身”。写作的“道”如果不能成肉身，就不是真正的“道”。有身体在场，精神的力量才得以表现，才得以在日常生活中展开和实现。今天，许多的精神无法通过日常生活表现出来，无法通过身体传达出来，这种精神的真实性就很可疑，因为“精神”是可以从阅读中获得和转接的，只是，这种精神没有经过作家本人生活的转化、内心的转化、身体的转化，显得苍白而没有力量而已。因此，我反对把精神塑造成一个很高尚的事物，然后用这个精神来贬斥身体、践踏身体，把身体驱逐到一个黑暗的境地。今天真正的身体写作，就是要把身体从黑暗的地方解救出来，让身体与精神具有同样的出场机会。

王干：我们现在又回到一个文学最原初的问题，就是身体与日常生活的关系，而在佛教中，佛教精神是通过舍利子（身体）来传播的。

阎晶明：宗教也强调通过对身体的惩罚来达到对精神的告诫。

谢有顺：连宗教都可以很正确地面对身体，那么文学对身体的忽略显然是不合理的，将身体重新纳入文学的维度会令这么多人恐慌，可见过去我们确实对身体有着根深蒂固的偏见。

阎晶明：批评家在面对不同作品时确实会在批评的标准上出现一种迷失，能把这个东西梳理清楚，能使身体在文学里的存在得到一种尊重，同时不至于掉入那样一种陷阱，至少对评论家来说是很有意义的。

谢有顺：在“非典”期间，身体就充当了一回社会的主角，过去思想是社会的主角，唯独这次是身体做主角。我们这个国家关心了民众五十多年的思想，终于开始关心他们的身体了。“革命”最重要的特点就是让你忘记自己是有身体的人，从这个意义上说，“非典”是“反革命”的，因为它要提醒我们的是身体的存在……

王干：革命有两种，让你革命的时候是忘记身体，但革命的目标是解放身体。这和刚才谈到的剪辫子、放脚一样都是解放身体，革命从身体开始，在实现宏大理想时又让你放弃身体。

谢有顺：革命往往从身体开始，而又终结于身体。剪辫子、放脚看起来是身体的变化，实际上引起的是精神的变化。我们强调身体，其实是想让写作回到个人以感受这个世界，并描述这个世界，使写作不仅仅是通过一种文化或阅读来写作。身体文学是对纸上文学的一种反叛，纸上文学肯定是非原创的、苍白的、二手经验的写作，但身体写作是要回到原创，回到血性和活力。其实，身体是个很大的哲学问题，梅洛·庞蒂说，“世界的问题，可以从身体的问题开始”，尼采则在《权力意志》一书中说，“要以身体为准绳。……因为身体乃是比陈旧的‘灵魂’更令人惊异的思想”。文学界今天才开始谈身体问题，其实是很陈旧和落后的话题了，但我们回避不了。

王干：刚才我们又回到身体再度公共化，其实忽略了身体的尊严，生理自身的伦理，怎么将身体的精神性挖掘出来，摒弃掉我们现在这种公共性写作，是当前写作一个很重要的任务。

文学与日常生活

时间：2003 年 9 月 24 日

地点：中国海洋大学

王干：《中华文学选刊》主编

张颐武：北京大学中文系教授

陈晓明：北京大学中文系教授

郜元宝：复旦大学中文系教授

一 消失的日常生活

王干：文学与日常生活关系问题最早是在诗歌中表现出来的。粉碎“四人帮”之后，我看王蒙的小说《组织部来了个年轻人》时，一点都不激动，觉得写的都是鸡毛蒜皮的事，与他的《春之声》《夜的眼》《悠悠寸草心》等不同。《组织部来了个年轻人》是最早把日常生活写到文学当中去的（在50年代）。其实我们的文学作品从新中国成立以来就没有日常生活，只有题材决定论，工业题材，军事题材，农业题材……我们将文学题材分割的时候已经将生活过滤掉了，这种倾向的最终结果就是将英雄人物写成神，将反面人物简单化。我们最早批人性论时，其实就是批评日常生活，因为人性本质的东西大量体现在日常生活当中。在“文革”前树立的英雄人物当中，雷锋的故事还是有着大量日常化生活化的东西，与其他瞬间爆发的、体现了很多英雄主义与理想主义的英雄们不同。到了十年动乱那个时代，文艺作品无不以革命和阶级斗争为主题，革命和斗争的对立面便是那些琐碎的日常生活片段，因而回避这些日常生活片段、批判这些坛坛罐罐便是这一时期的文学主题，而以日常生活为背景的作品基本被称为是“灰色”的。作为“红色经典”样板戏当中，《红灯记》是唯一出现家庭这种最基本的社会元素的，但这个家庭其实又是一个虚拟的，李奶奶、李玉和、李铁梅祖孙三代没有任何血缘上的脉络，完全是革命的需要才扭结成这样一个特殊的家庭。李铁梅是烈士的遗孤，李玉和是李奶奶为铁梅“找”来的爹，他们佯称家庭，其实是寻找他们作为革命基层组织存在的合法性，掩护他们更好地展开地下斗争。李铁梅有一段著名的唱段，“我家的表叔数不清，没有大事不登门”，“表叔”这么一个在亲戚关系中表意比较疏远的称谓，在《红灯记》中成为一个最受热情欢迎的客人，是赋予了它特殊的革命的含义——地下交通员的代指，他们是因为“大事”（地下革命）才成为“表叔”的，因而李玉和一家的亲情，被升华、抽象为战友情、同志情，也被当时的评论称为超人性的典范。李玉和一家的日常生活自然也是用来表达革命因果关系的道具，不用说“临行喝妈一碗酒”，那“酒”的象征性，就连“粥棚脱险”那不多的表现日常生活的场景，也让粥成为李玉和掩藏密电码的工具，粥也成了革命的帮手，革命的有功之臣。

张颐武：他们仨人之间没有任何血缘关系，因为革命才联结在一起，这种联结连血缘关系都抽掉了，没有日常生活与家的感觉，只是一个办公室、联络站。家庭的革命化抽掉了日常生活。

中国文学抽掉日常生活时间很长了，“五四”时鲁迅在《伤逝》中涉及这个问题，表现了日常生活侵蚀人的理想与精神追求并将之抽空的过程。日常生活是带有侵蚀性、腐蚀性的，是高度平庸的，而反庸俗是中国现代文学一个很大的主题。怎样超越平庸，跨越平庸，超越现实生活，将日常生活压至最低最小，然后去追求宏大的革命的目标，从现代文学开始一直有着这样一套想法，即将日常生活尽可能地缩减，以免对宏大的伟大的革命理想造成破坏。这也是文学痛苦的地方——日常生活其实无可缩减。那么如何克服日常生活的平庸性是文学一直在探讨的。社会主义以前的文学是从日常生活中将个人解放出来，革命文学是从日常生活里把个人投入到集体中去，超越日常生活。在影片《今天我休息》中，马天明星期天的最终欲望目标是去看望女朋友。在会面之前的路途中，他不断做好事。他的日常生活总是不断被中断，晚上终于见到女朋友时也不是谈恋爱而是还在进行革命工作，这一切都是将日常生活压至最低为革命奉献。这与当时的经济状况有关，当时国家为了搞积累，在日常生活中实行各种供给制度，由此带来一些问题，需要文学来引领人们去克服困难、超越日常生活、追求宏大的革命目标。表现在文学作品中就是将私生活压到维持人的再生产的最低限度。现代性是以压抑日常生活、超越日常生活来取得其宏大趋势的。

陈晓明：我觉得从文学上来看，我们始终有一个现代性的日常生活焦虑，现代以来的文学本身，一方面宏大叙事要压抑日常性，另一方面现代叙事又非常强烈地从内在心理渴望日常性，离开日常性文学则无法表现。在整个现代叙事当中，宏大的社会、民族、国家的理念以及各种的理想主义这些表达是现代文学赖以存在的一个巨大结构，但这结构的存在又强烈地依赖日常性，这是一个矛盾。一方面这个结构压抑日常性，另一方面又非常渴望日常性。在鲁迅的小说中，鲁迅不断写到身体、身体的标志——孔乙己的手、闰土的手……鲁迅将文学要把握的东西，（对于鲁迅来说，作为文学一种记忆的最深的要把握的东西恰恰是身体）最直觉也是最根本的，与日常生活赖以生存相关的就是身体。革命文学也是如此，它通常的公式是革命 + 恋爱。革命者常常一方面革命，一方面恋爱。恋爱是什么，恋爱就是日常生活，就是革命化。一方面总是有现代性、个性解放与自由等渴望，另一方面是依赖日常性，个人欲望无法压抑。一直到社会主义现实主义文学，日常性最终是作为文学存在的根基，始终存在这种焦虑。在《太阳照在桑干河上》里，革命与日常生活完全混淆在一起了。这部作品作为文学最成功的一个经典，第一次将仇恨作为革命文学基本的情感模式。这种仇恨是经过很多中间人物的情感摇摆一步步展现出来的。最典型的要算是《红旗谱》，那里的阶级斗争作为文学作品艺术性存在的证明的时候却消失了，而呈现出来的却是这些没有阶级斗争、没有阶级性的日常生活。革命文学一方面确实有宏大的一面，从日常生活中分离出来，我们发现这些作家虽然认同这种宏大性，但当他们感觉到这里蕴含着文学品质的时候，他们又回到日常性，依赖日常性。

张颐武：革命目标对日常性解放的实现有了延宕。身体最后是要彻底解放的，压抑是为了未来的人们过更好的生活，所以革命的宏大趋势还有一个就是它承诺了日常生活解放的实现。现代的日常生活由于庸俗与可恶，人被经济、社会环境、性欲等方面因素束缚住了，所以要超越，要实现共产主义，在实现之前要将肉体缩紧。

其实这是一个解构的命题，革命的宏大目标是个结构，而日常生活总像个妖怪一样来颠覆它，因为欲望、肉体是无法控制的。革命压不住本性，这在许多文学作品中都有所表现。

陈晓明：其实我们现实主义文学一直有种焦虑感，它一方面讲革命，另一方面发现革命是虚假的。在所有的社会主义现实主义叙事文学当中都强烈地呼唤、需求日常生活。毛泽东一直说民族风格，人民群众喜闻乐见，说的就是日常性。赵树理成为从“五四”启蒙文学到社会主义文学转型当中一个最重要的中间桥梁。赵树理的成功就在于他作品中存有大量的日常性。这种日常性既有革命又有解放的意义，有自在自为成分。赵树理以自然的、纯粹自在的方式完成了这种转型。另外，我们讲现实主义理论一个最重要方面就是细节的真实性，细节真实性就是日常性。

㊀ 日常生活与理念

张颐武：这里有个困难，如果革命不压抑日常生活，日常生活就会泛滥起来，泛滥起来对革命的伟大目标就会造成危害，就会出毒草。

郜元宝：我觉得日常生活这个问题，的确有它的两面性，即不仅有被压抑、被忽略的一面，在现代和当代文学史上，日常生活也有被“征用”的另一面。在文学创作或理论主张上“征用”日常生活，以为某一种意识形态张目，也是很有意思的现象。有意思的是，鲁迅讲他坚持与黑暗“捣乱”，不惜牺牲自我，其目的是让后来者能够幸福地度日，合理地做人，不像“我们”那样地苦自己——这里面其实就包含了鲁迅自己对日常生活的合法性的肯定。他所谓“芟夷枝叶者，绝对得不到好花果”，其意义已经超出了一般的强调细节的文学创作方法，而指向被忽略的日常生活。鲁迅主要是觉得“革命文学”过分压抑了生活细节，他在强调生活细节本来的意义的同时，也未必没有用被压抑者的意义来重新揭示，来反抗压抑者的这种策略。要注意这两种努力——揭示日常生活的价值和意义以及“利用”日常生活的描写来反抗某种意识形态的压抑——的并存。对鲁迅来说，是并存，但对于某一些作家——比如在写作“季节系列”长篇小说时的王蒙——来说，对日常生活的强调，却主要是为了反抗意识形态的偏颇，日常生活进入王蒙的小说，其方式，主要不是冷静的从容的叙事，而是带有很大的论辩色彩的“征用”，这是很值得我们注意的现象。50 年代讨论“怎样在日常生活中塑造英雄人物”的问题，基本上也可以从这个角度来理解。

我们不能说中国文学从“五四”以来就一直压抑了日常生活，其实大量的生活细节被写入作品中，乃是很普遍的现象。问题是我上面所讲的两种态度和方法的差异，即，作家在写日常生活时，是把日常生活当作天经地义的存在来从容地描写，还是将日常生活当作一种可以反抗、反叛或反驳压抑性的意识形态的一种力量来“征用”——后一种方式，其最终的指向，其实并不在日常生活，或者说，并不承认日常生活的永恒、独立乃至相对封闭的价值。其实极端地讲来，日常生活始终就存在于各种文学或非文学的话语的表述中，古往今来并没有一种我们很多人所设想的具有永恒、独立乃至封闭特征与本性的那种抽象意义上的日常生活，在这个意义上，任何作家对日常生活的叙事，都可能具有某种意识形态的策略性特征。

陈晓明： 我们恰恰是在一个相对意义上去理解它，同时我们总是给出一定的界线，否则我们没有纯粹的东西。在这样一个相对意义上理解它的时候，就是当我们把文学作品这种观念性和日常性二者做一个关系来理解它的时候，我更倾向去理解在纯粹的文学与日常性之间有一种更顽强的连接关系，一种更为本真的连接关系。文学为什么能够存在，哪怕是革命文学，我们都看得津津有味，为什么？这是个值得我们反思的问题。即使是公式化到了极点，文学仍有日常性本真性倔强性的存在。当然本真性是个很难论证的概念，从康德那里就很难将之剥离清楚。我想表明的是这样一种观点：日常性本身与文学建立的那种内在的本真性的倔强性的关系，从这意义上来理解，我们就不会被一种观念所淹没。

郜元宝：我觉得，晓明考虑的是日常生活本身与文学描写之间的关系，而我考虑的是在文学写作内部，这种关系的具体表现形态。如果从晓明的角度来看问题，那么文学和日常生活之间，当然会有晓明所说的那种倔强性的关系。日常生活好比人的肉体，文学好比人的观念行为，二者之间天然存在的关系，是文学发生的一个基本原因，也是文学之所以为文学的一个特征。但是我觉得，仅仅承认这一点似乎还不够，还应该看到，日常生活进入文学之后的诸般的实际变异和作家们的策略性写作。我前面举王蒙为例，王蒙在《踌躇的季节》中，曾经大量描写钱文在“文革”前后以及“文革”中间，在被长期忽略的日常生活中顿悟人生的道理，只要我们稍稍想一想王蒙在同一时期的杂文中有关“躲避崇高”的论述，就不难理解他这种日常生活描写的策略性内容了。难道我们可以把王蒙的日常生活描写和池莉或“新生代作家”的日常生活描写混为一谈吗？当然，即使“新生代作家”的日常生活描写本身，也不仅体现了他们对日常生活的“发现”与“体验”，我看其中也包含了这些作家通过自己对日常生活的发现和体验所表达出来的更加具有扩张意味的普遍的意识形态主张。

张颐武：一定要用躯体展现抽象。用弗洛伊德和拉康姆的话把中国的现代性理解成三个层面：超我（民族、国家）、自我（个人）、无意识，将欲望、日常生活放在里面，这个无意识总要冒出来，那两个总要压它，又调用它。

陈晓明：我想补充一点是，作为文学成分的一个根本，它和日常生活的建构关系到底是个什么关系，是否存在一种本真性的关系。推开这一切是否有一种很倔强的文学和日常性和我们生活的记忆本身发生关系，比如说鲁迅，我读到鲁迅对身体的一些记忆的写作，鲁迅很早就接受了进化论的思想，也相信进化是社会的一种进步，他在写这些小说、身体时，是与文学构成了一种本真关系，把他的理解、他的世界观、他的在理念层面上对社会、对人的理解加入作品。

张颐武：我们可以假定文学是和某种欲望联系在一起的，假定某种欲望具有某种超越性。鲍曼在解释苏联解体时说，日常生活的满足是某种本能性的欲望，这种本能我们可以假定它有一种本体性或有一种绝对意义，但东欧社会主义在感性方面失败了，虽然理性上是想建立一个美好的世界。现代性大理想在碰到对头时就崩溃了。

资本主义早期为了生产也是压抑的，但资本主义社会先一步在二次大战后期转型成一个以消费主义为主导的社会，而且转型得很成功，这种转型后的示范作用非常大，社会主义在这时没有进行工业化的转型，这些在文学作品中，包括中国作家在内的许多游记中都有所表现。长期闭关锁国，信息闭塞，使许多人到国外以后面对资本主义的现代化感到非常震惊，这种内心体验最终摧毁了心里的长城，崩溃从内部开始。

陈晓明：革命与权力对日常生活是否有历史性的移位或曰错

位。革命一直有承诺，列宁就说过："面包会有的"，还有什么"土豆烧牛肉"，"楼上楼下，电灯电话"，革命一直在承诺日常生活，但后来却拿钢铁去造武器，发现有了武器可以不要日常生活。将承诺遗忘或曰完全覆盖。整个过程从承诺到延迟，从延迟到挪用、遗忘，最后是崩溃。

张颐武："文革"就是覆盖。以样板戏《沙家浜》为例，阿庆嫂与其他人都是极端抽象的能指的关系，没有具体关系，日常生活从沙家浜戏中抽逸出去，但现在有个年轻作家想将这部戏中填充进日常生活，却引起大家的愤怒，因为"文革"艺术是种抽象艺术。

陈晓明：观看革命样板戏是个欲望集体发泄过程，所有革命作品包括样板戏在阅读中都被颠覆了，所有的革命叙事很可悲的是确实有一种民间心理对它进行着顽强的颠覆，这是民间的误读，但革命无法压抑这样一个误读。

郜元宝：我还是强调必须注意这样一个现象，就是为什么我们的作家在文学史的每一个阶段提倡描写日常生活时，都显得那么吃力？有时候，我看几乎都要把日常生活当作一个类似于革命的口号提出来了！这其中的"阻力"说明了什么？如果日常生活的描写完全是晓明在90年代初期论述"先锋派"时所说的那样，是"逃逸性"的，那应该显得自由、轻松才对呀，可见，有时候写到日常生活，也是负有某种严肃的意识形态使命的。有一个十分有趣的现象，当一种政治主张以安定无争为最高理想和国民的最高道德时，也会对国民进行一种"回归日常生活""保卫日常生活"的教育乃至规训，好像国民不知道如何过日子似的。可见，不同的人说到日常生活，是有不同的"言下之意"的。在我们乡下，每到农忙季节，当地政府一些官员都要装模作样、装腔作势地告诉农民如何耕作，如何选种，如何打农药，其实他们在这方面的知识，何尝超过农民自己？他们这样做，无非是表示自己对农业的关心、对职守的忠诚罢了，并不是说他们真的比农民自己更加关心农民的日常生活。

㈡ 日常生活的回归与超越

王干：真正的日常生活回归文学是八九年以后的事，出现了一批被称为“新写实小说”。池莉的《烦恼人生》、刘恒的《白涡》《本命年》、方方的《风景》、刘震云的《塔铺》《新兵连》以及之后的《单位》《一地鸡毛》等小说开始自觉地放弃宏大叙事，虽然，“新写实”热和小叙事的兴起，都是90年代以后的事，但日常生活在当时被置换成“生存状态”使用，意味着小说正在走出多年来形成的大叙事阴影，至少小说进入了真正多元化的天地，因为在80年代中期呼唤多元的姿势仍然是那个宏大叙事态度，日常生活和日常叙事仍然是被榨干或包装之后进入小说的。

“新写实小说”开始真正意义上回归日常生活。当崇高、宏大的叙事神话破灭以后，作家们忽然发现要关心的其实是吃喝拉撒，是烦恼人生，于是作家们就开始关注生活，关心一地鸡毛。刘震云的《一地鸡毛》在当时就是带着这种很强的反讽心理去创作的，没想到“新写实小说”一下得到很多读者的认同，这时作家心态与读者心态同构了，这时文学进入后新时期。后新时期就是日常生活以一个比较堂而皇之的面目进入文学。

郜元宝：江苏文学关注的始终是卑俗的东西，但他们把卑俗的东西又写得很庄严，使人不敢小觑它，写得很精致，想从日常生活中不仅找出某种普遍性的文化特征、地方色彩，而且还要发掘出某种生活与生命本身的规则来。他们的日常生活描写，可能是中国文学最大的例外，就是说，最少带有意识形态的浸染。但也正因为如此，江苏作家的日常生活描写的意义，很难用现成的理论清楚地说出来，相反，倒是很容易招致误解与非议。

王干：90 年代，“新写实”“新历史”小说的最大特点就是把历史日常化。如苏童的《米》《罂粟之家》，将阶级斗争小说变成男女关系小说。这时日常生活出现了一个欲望化趋势。

中国年轻一代的作家怎么把对生存状态的叙事转化为欲望化叙述，又怎么把欲望化叙述演变成身体叙事、身体写作，这个过程是非常有意思的。而且，男性视角与女性视角也大不相同，比如女作家最早自觉不自觉把日常生活的生存状态作为小说的主体，男作家又从日常生活生存状态中提炼出欲望化叙事这样的小说思维，最后又由女作家将欲望化简化为身体写作。这样几股潮流的来来回回实际构成了 90 年代文学叙事的变迁。

90 年代文学作品中的人物形象非常生动，如《我是你爸爸》，完全是日常生活，没有宏大叙事、阶级斗争，也不反抗什么，是生活的纯粹性。这时候出现一个小小的写作高峰，包括贾平凹的《废都》，包括余华的《活着》，活着本身就是日常生活主题，但到 90 年代末，欲望话语出来以后，日常生活开始被一些年轻作家替换成穿名牌、喝洋酒……将日常生活引进时尚之中，这时的日常生活开始变成城市生活或城市街景、理念的展览。因为关心日常生活，关心吃喝拉撒，又关心到所有人所有器官，这时就出现了所谓的“身体写作”。一方面时尚写作是个理念，另一方面又将日常生活重新抽空变成身体，日常生活变成很多器官在流动、表演之后，就出现了“下半身写作”。这时日常生活重新被抽干变成意识形态，结果就是再度重复了以前那种把日常生活简单化的老路。

陈晓明：始终有这样一种日常生活的焦虑在流动，这是时代的历史的东西，他们当初抓住这种日常生活，是因为他们有反抗。像何顿、刁斗、张曼等纷纷反映外面的世界非常精彩，外面的世界很无奈。何顿抓住了这个东西，表达了从制度中疏离出来后作家的那种彷徨与忧郁，那是一个关于人从制度中解放出来的神话，后来才出现了关于消费。解放出的身体怎么办呢？这个身体虽说穿着衣服，但你发现这身体是没有任何东西的，也没有时代的印记，这个解放是个断裂的解放，是个抽象的解放。出来以后跳到抽象的经济海洋里，和时代是怎么连接的，这是没有能指的。挣脱了枷锁也脱掉了衣裳及时代的印记，赤条条，所以才有后来穿上各种名牌西装，最重要的是获得新的语言。这种重新建构是很有意思的。

张颐武：在文学上崩溃是从本性开始。我发现文学写作，上海人这两年出现困境。这两年上海的小说已没有任何新意。

郜元宝：上海写作分三个类型，可以分别用三个作家的创作类型说明。一个是张曼，他将自己的内心完全放在过去，满足于对过去的回忆，具体地说，就是将他的日常生活局限于乃至定格于过去的校园发生的一些师生之间的感情游戏。这是一种特别严格限制的日常生活，它在尽显其局限的同时，也成功地避免了今天的所谓日常生活的浸染。在这个意义上，张曼是一个理想主义者。另外一个极端是西飏，他的人物发现整天泡吧、聊天很空洞，很寂寞。西飏的人物进入物资生活以后很盲目，他们既不属于张曼所描写的城乡接合部和过去的校园，也无意加入“新新人类”的时尚的合唱，他们漂浮在都市日常生活的表面，却深刻体味着其内里的虚空。只有卫慧、陈丹燕那样的作家，他们笔下的上海日常生活，是张扬、喧闹、“现代”的，所以很容易和时尚所理解的今天最具有合法性身份的日常生活理想一拍即合。

张颐武：跳回现代主义的作品很多，大部分小说现在都是现代主义。抽空身体无所附着以后觉得现代主义形式还是唯一可利用的，至少还有剩余价值，可将肉体放到里面，权且跟现代主义调情。

王干：现代主义有个特点，为什么时兴时尚写作？我们已从日常生活过渡到时尚写作了，时尚是日常生活外在的升格。为什么出现现代主义回潮，现代主义从一开始就带有时尚的特征，包括新感觉派作品中经常出现霓虹灯的意象。

陈晓明：我觉得用现代主义可能容易引起误解，还是用现代性来代替。现在的文学作品又重新调动现代性的东西。当代小说写作在艺术层面上找不到支撑的东西，韩东、朱文那是通过清除、通过日常性去抵抗一个东西，他们找到一个支撑，通过身体符号——后现代消费主义符号找到了一个支撑，但现在这些作家无所依凭，又回到现代性的一个根基。

我注意到鬼子、刘建东，他们都大量依赖苦难，在建构苦难时建构方式也不一样，鬼子他结构性地利用苦难，将所有苦难加诸一个人身上。刘建东是利用视点东西，加进了对苦难情境本身的解构和在其中发掘快乐的那种情调。有一种疏离和多元的情感基调出现。现在的小说又重新陷入一个现代性美学或现代主义美学色彩里面。现代文学已陷入现代性的美学氛围，就是说作家们期待高潮、期待崩溃、期待最后的毁灭和死亡，他们要依赖这些东西，否则他们就找不到叙述的方式，找不到叙述推动的目标。

王干：作家叙述必须始终有个动力，有个推动器，那么日常生活不在场时要挤进小说里面，现在日常生活变成堂而皇之的东西时，日常生活又被抽空，重新变得平淡无奇。

陈晓明：日常生活是不可或缺的因素，不可能涵盖所有。

王干：我想提醒的是，今天强调文学的日常生活性，正视人的身体意义，是因为在过去相当一段时间内，文学曾以空前的暴虐和霸道拒绝日常生活的进入，抽空日常生活的真实性，从而否认日常生活的存在进而否认人性的存在和人的存在。今天的文学有理由大量描写日常生活的丰富性、复杂性和琐碎性，但是日常生活不是文学的本质，文学拥有日常生活的同时却具有去日常生活的功能。这不仅是文学的二律悖反，也是文学之所以成为文学的根本所在。文学表现日常生活，并不等同日常生活文学需要身体叙事，并不是把身体当成文学。欧洲中世纪的黑暗，在于从神权剥夺人的日常生活，文艺复兴的胜利，就在于把人的权利还给了人自身。文艺复兴解放了人的身体，但文艺复兴同样创造了灿烂的文明。

人是身体和心灵的双重载体，文学也是日常生活和精神追求的有机统一。没有身体的灵魂，不是真实的人；没有灵魂的身体，可能都不是人。在回归日常、回归身体的同时，不要忘了超越身体、超越日常。身体崇拜狂可能是运动员的材料，与文学无关。陷于日常生活，必定是精神的侏儒。

文学与经典

时间：2003 年 11 月 6 日

地点：北京朝内大街 166 号

王干:《中华文学选刊》主编

李建军：人民文学出版社副编审

张颐武：北京大学中文系教授

程光炜：中国人民大学中文系教授

一 何为经典及经典的意义

王干：经典化与快餐化本是两条并行不悖的道路，但现在经典化的写作渐渐被淹没了，更年轻一代的写作比纸还薄，比水还水，甚至书写越来越有反经典的倾向，我们今天探讨关于经典的话题并不想影响谁的写作，只想做一个探讨的话题。

李建军：首先，有必要对“经典”作一界定。弄清“何谓经典”。在我看来，所谓“经典”乃是一个民族的文学之树的根系，是长久以来被广泛认同的价值最高、成就最大、影响最广的作品。它在艺术上趋近或已经达到完美的境界，在精神视境上则显示出阔大、健康、成熟的特点，这样，它就成为人们取法的榜样，甚至被当作评判其他作品的尺度和参照物。博尔赫斯有一篇文章，题为《论古典》，他对“古典”的界定也适用于“经典”：“古典作品是一个民族或几个民族长期以来决心阅读的书籍，仿佛它的内容像宇宙一般深邃、不可避免、经过深思熟虑，并且可以做出无穷无尽的解释。”是的，经典是必须阅读的书籍，是取之不尽的丰富宝藏，是后来的写作、阅读、批评都必须依赖的“不可避免”的重要资源。

我认为，有必要把“经典”“准经典”和似是而非的“伪经典”区别开来。现在存在滥用“经典”的严重问题，我们有必要捍卫“经典”的纯洁性和严肃性。

任何正常意义上的写作和批评，都是在经典的支持下展开的。可以绝对地讲，没有作为前文本的经典提供的经验，文学写作不仅是艰难的，而且几乎是不可能的。歌德就曾很肯定地说过，如果不依赖前人的经验，后来的人是不可能写出有价值的东西来的。我发现，西方的相当一部分重要的批评家都具有保守主义或守成主义的倾向，都对“传统”充满敬意，都强调“经典”对当代文学的意义，马修·阿诺德是这样，F.R. 利维斯是这样，T·S·艾略特也是这样。王国维先生也强调已有的经验资源的意义，他说，真正的大诗人不仅“善创”，而且还要“善因”，所“因”者何，“经典”是也。在我看来，经典至少从以下三方面显示出它的价值和意义。首先，它是写作的支援性力量。经典对后来的写作既是一种压力，又是一种动力；它带给后来的写作者“影响的焦虑”，但也激发出他们身上的创作的活力和争胜的激情。布鲁姆的《西方的正典》就细致地考察了“经典”与后来写作的这种压抑／克服、挑战／应战时互动关系。其次，经典给文学批评提供稳定的坐标和可靠的尺度，只有在经典的指示下，只在与经典的对比中，我们才能判别后来的写作的提供了什么有价值的东西，才能辨清它的成败得失。艾略特在《传统与个人才能》中说：“从来没有任何诗人，或从事任何一门艺术的艺术家，他本人就具备完整的意义。他的重要性，人们对他的评价，也就是对他和已故诗人和艺术家之间关系的评价。你不可能只就他本身来对他做出估价，你必须把他放在已故的人们当中来进行对照和比较。”诗人与诗人的比较，说到底就是作品与作品的比较，就是后来的作品与已有的经典作品的比较。其三，经典作品对培养读者大众的鉴赏能力和欣赏趣味至关重要。这一点无须多说，就像有营养的食物有利于人的身体健康一样，只有读第一流的经典作品，读者的感受力和辨别力才能得到培养和提高。

张颐武：“经典”一直是文学理论和文学教学中的关键概念，也是一个不断引起争议和探讨的问题。什么是“经典”？如何确立“经典”？这些问题一直困扰着学者和批评家，引起分歧和争议。对传统的“经典”的质疑，正是“后殖民”与“文化研究”的共同特点，而这两种理论潮流的交汇处也正在于此。因此，对“后殖民”与“文化研究”的“经典”观加以分析正是一个有趣的课题。在这里，“经典”不再是一个“普遍性”的、无可置疑的概念，而是一个在历史、文化、政治的复杂脉络之中存在的东西。它不可能再高高在上，被无限尊崇，而是在不断地反思和“问题化”之中。

程光炜：毫无疑问，经典有建军所说的那些特征，具有永恒的尺度和参照系。然而，在每个时代，人们也会按照自己的意识形态和审美原则重新构造经典。这就使经典拥有了两个层面，一个是已经成为“经典”的那些文学作品和作家，例如莎士比亚、托尔斯泰，例如唐诗宋词，这些都堪称伟大的作家和文学文本，另一个是不断被构造出来的“经典”，后者因为时代的不同，而被打上不同的思想和艺术的印迹，例如鲁迅的《阿Q正传》、茅盾的《子夜》，老舍的小说、曹禺的戏剧等，又例如诞生于五六十年代的《红旗谱》《红岩》《红日》《青春之歌》《创业史》等等。你不能说鲁迅等人的作品是经典，《红旗谱》等小说就不是经典。或许再过几十年，卫慧的《上海宝贝》也会成为经典。所以，在我看来，所有的作家都是在经典的“焦虑”中创作的，不管他承认不承认，他心目中总有一个经典的“摹本”。他要么模仿它，要么反抗它，或将它变形，成为自己的东西。关键在于，自己的作品能不能成为“开风气之先”之作，或是“转折期”的代表作品，或在审美意识和艺术形式的探索上具有某种“先锋性”，《阿Q正传》《红旗谱》和《上海宝贝》等就是如此。我这样说，不是要消解经典，或主张相对主义。我是说，每个时代都有自己的“经典”观，都有自己的经典作品，把它绝对化，反而不好。

张颐武：在“后殖民”和“文化研究”的发展中，对“经典”的反思一直是分析的锋芒所在。所谓“经典”，按《现代汉语词典》的解释，指的是“传统的具有权威性的著作”，在西方文化中，阅读“经典”的意义用19世纪英国批评家马修·阿诺德的话来说，乃是让我们熟悉世界上被想过，被说过的最好的东西。经典是永恒的价值的表现，是文化传承的不可或缺之物。它的作用在于培养纯正的文化品位，树立高雅的文化标准。但在西方的传统之中，“经典”仅仅是其主流文化的产物，它往往仅仅投射了西方白人中产阶级的意识形态，往往只是反映了极为狭窄和片面的标准。实际上，这种标准业已无法适应正在急剧变化的世界。以西方主流文化的立场所确定的“经典”，不可避免地压抑了诸如女性、少数族群、第三世界的文化，也不可避免地压抑了大众文化的创造性。以这种经典代表的文化具有极为明显的“怀旧”的特点，试图在一个变化的世界上维系一套凝固的标准。这种传统的“经典”观正在不断受到质疑。80 年代以来在美国发生的有关“多元文化”的大论战，正是这一传统受到追问和反思的标志。在这一论战中，论战的双方都咬住了“经典”的问题。捍卫传统的一方，祭出了“传统”不朽的权威，慨叹世风日下，要求守住传统的界限。这一派以曾经在里根和布什政府中担任过要职的本奈特（Wijliam Bennett）等人为代表。而对方则按照贝克（Houston A. Baker,Jr）的说法，乃是“新崛起的人”。这些“新崛起的人”包括各种“向西方霸权对知识与权力的安排严肃地提出质疑的人，这些安排过去一直被看成毋庸置疑的”。这种论战实际上是要弄清“经典”是绝对的和永恒的还是历史和文化的产物。后殖民和文化研究显然是将“经典”视为特定历史和文化的产物，任何经典都是不同阶级、不同种族、不同性别的人们选择的结果，它不可能穿越时空的限制。正像赛义德（Edward Said）所言：“曾经由伟大的石块所砌成的英国文学的城堡，即由不朽名著所组成的经典或伟大的传统已经转化为阶级，种族、性别的交汇点，其本身不仅仅塑造成活生生的本文，而且以非常明确的方式决定本文的阅读。我们也逐渐了解了其中的奥秘。”论战双方的激辩确实显示了他们背后有不同的意识形态和文化要求，因而恰恰显示了“经典”不是透明的，自然产生的。维护或反对传统的经典标准的背后是不同的利益目标。论战并没有结果，但它凸显了传统的经典观的问题。经典不可能是简单的全体的“共识”，而是特定的社群的共识。

经典最初来自圣经而且经典也经历了崩溃、重构、兼并这样一个过程。

程光炜：在西方文学中，有一个不断返回圣经的过程，即使是现代主义，也很难说真正告别了圣经。而中国就不一样。五四兴起，象征着中国古代文学经典的全面崩溃和失语。看看我们有代表性的最重要的那些现代作家，他们在创作中使用的几乎都是西方近现代的话语。也就是说，中国现代文学是在与自己本土的"经典"断裂的前提下开始进入"现代"社会的，这就决定了，它需要不断地构造自己的经典，需要不断地改写既有的经典。我刚才说的不同的时代有自己不同的经典，就是这个意思。但它也带来一系列的问题，比如，中国作家普遍缺乏信仰感、敬畏感，缺乏稳定的价值观，什么都不放在眼里，什么都不在话下，这倒是可以不断地求新，但绝对产生不了大作家，尤其是像但丁那样站在传统和现代中间的伟大作家。如果说经典是一个积累的产物的话，那么，大作家也需要有一个积累的过程。中国现当代文学还不足一百年，而且是非常动荡不安的一百年，不断求新求异、充满怀疑精神，却很少有继承意识的一百年。可以想象，在这样一个大"语境"中，要想中国出现一两个莎士比亚、托尔斯泰，是非常困难的。当然，也许会有少数的天才作家能够在较短的时期内做到这一点。这就使我对经典的看法非常矛盾。一方面，我觉得固守经典标准是不合时宜的；另方面，总在那里破坏呀、创新呀、折腾呀，虽然在文学创作上有操作性，但缺乏积累、固定、深厚和升华，也不是个办法。

张颐武：经典的形成有个流动的过程，知识运作的过程，在这个过程中有其偶然性。历史真实其实是无法确定的，一方面在发现的过程中，许多真实的东西已被湮没，另一方面永恒很难体会，因而经典的形成过程有很大的随机性。

王干：经典其实是有一套自己的价值体系与判断，从文学史流程来讲，经典具有承上与启下的功能，承上就是文学题材与文学类型的集大成者，启下就是开创一代文学先河，开风气之先，如《红楼梦》成为经典有个过程，这不是哪个人让其成为经典，是历史的偶然的各种因素综合到一起的结果，除其他这些外在因素外，《红楼梦》本身也是有其内核的。明清小说家写日常生活、写家族的小说很多，《红楼梦》成为集大成者，在艺术上趋于完美，甚至趋于成熟，在思想内容上讲，阐述出比前人更丰富的思想内涵，从这个开启性或开发性讲，对新文学起了开风气之先的作用，如老舍、巴金的《家》《春》《秋》。王蒙的《活动变人形》，苏童的《妻妾成群》等作品，以家庭琐事来反映时代的动荡，社会的变迁，为现代小说开了先河。再如白话诗，胡适的白话诗虽然写得比郭沫若的《女神》早，却没有对后来的白话诗写作产生巨大影响，就只是白话诗而已，没有成为经典，而《女神》一方面是把中国传统的唐诗宋词等很多东西融化在一起，另一方面为后来的新诗写作树立了榜样作用。我们不否认经典的偶然性……

张颐武：经典是个多元决定的结果，是历史、文化、政治、包括审美等各种因素力量拉锯的结果，是个多层力量的角力场——政治力量、文化力量、社会力量、文学力量——只有一种力量是不成的。一方面有一个相对的标准，这个标准不是文学的标准、艺术的标准或社会的标准，而是多元决定，有各种标准与力量角力的过程。经典有个很大的问题，即每个人对经典的标准是不同的，但有个重要的指标，即进入经典选本里面的东西基本上都是好的。我们不排除偶然性，文学史也有宿命的因素，肯定会有遗珠之恨，但另一方面肯定有个标准使选入的作品不会太差。我认为，一个作家要成为经典作家的话，还是要有一定的量，一个作家的整体地位还是由量来界定的，所以说做文学创作的还是个长跑。

王干：数量一方面重要一方面也不重要，比如“白日依山尽，黄河入海流”那首《登鹳雀楼》就是经典，王之涣的诗作其实并不多。

李建军：最典型的要算《春江花月夜》，孤篇盖全唐。另外我觉得当代的一大危机就是劣质文化生产过剩，写得太多太滥，而文学最终是凭质量说话的。

程光炜：20 世纪以来写得多且无次品的要算鲁迅与周作人，这是个奇迹。即使文章很小，也能看出精心地进行谋篇布局。

王干：作家分三种类型，一种是大于文学的人，像鲁迅、郭沫若他们大于文学所以成为大作家；也有等于文学的，像梅里美、苏童、叶兆言；还有一种是小于文学的，正是这些人现在成了写作的主体，粗制滥造，占领了大量的文学市场。

程光炜：我觉得伟大的文本不是写给众人看的，而是写给自己看的，如鲁迅的《两地书》是见真性情的，古代很多小说、作品都是写给自己与朋友看的，如明清的许多笔记体小说。

王干：成为经典还有非功能性的一面，如曹雪芹的《红楼梦》，因为没想畅销，也没想会成为经典，更没想会成为一门“红学”，当时只是想心中有话要说，要向朋友展示才华。

张颐武：《红楼梦》在创作态度上精益求精，不断修改不断抄写。抄写的过程也很重要。《红楼梦》最终成为经典不只是曹雪芹的天分、才具，专注也是很重要，几个方面不可或缺。

程光炜：但是如果没有后来《红楼梦》的传播史也是不行的。

王干：历史长河淹没了许多经典，被淘洗出来的经典必有其稳定性的内核。

张颐武：但现在有些人不一定去读经典，比如《荷马史诗》，莎士比亚的东西，其实看经典最后变成一种文化训练。

二 经典的疏离及重建经典

李建军：目前求新求变导致了对经典的疏离。现在无人看经典，这个原因很复杂，跟我们的教育制度、课程设置等相关。我们对传统缺乏敬畏之心，缺乏沉潜进去，反复体验，认真琢磨，充分吸纳的耐心。

虽然中国在漫长的时间里，是一个宗圣崇典的民族，但是，开始于 20 世纪初的社会转型导致的紧张和焦虑，使我们丧失了对已有的“原典”的敬意和信心，甚至肆无忌惮地“毁典”。我们倾向于自我作古，从头再来。这一倾向导致了极为严重的对经典的“认同不足”。这种“认同不足”使我们的文化修养、文字功力甚至审美趣味都滑落到了一个令人担忧的低谷。我们成了“随波逐流的人”，成了文化上缺乏经典资源储备的人。这些问题和病态，我们从“断裂”问卷事件及许多当代作家的作品中可以清晰地观察到。

如何在积极的意义上重建“经典”与当代文学的关系？首先，要有守成的甚至保守的心态，必须克服蔑视传统的自大和唯新是从的浅薄。面对“经典”，我们必须心怀敬意，慢慢地读，细细读，必须下“沉潜往复，从容含玩”的功夫。我们不能用信息时代生活节奏快、信息量大等理由来为自己逃避阅读“经典”找理由。有统计显示，俄罗斯和西方的一些国家的许多读者依然花大量的时间和精力来讲莎士比亚、歌德和托尔斯泰。其次，要“深度化地体验”经典，而不能满足于“简单化使用”经典。换句话说，要通过真正意义上的阅读，让经典转化为我们的“肉中之肉，骨中之骨”，从而形成一种经典意识，一种高贵的文化气质，一种健康、成熟的审美能力。

程光炜：我插一句，现在存在两种经典，一个是专家的经典，一个是民间的经典。

李建军：这是说经典作品最终认同权是谁的问题。我们现在对经典的重视程度、亲近程度呈递减趋势。现在很多人在调查中都以不屑或调侃的口吻来谈论经典作家和经典作品，这一文学病相，跟我们的文学教育、文学批评有绝大的关系。现在没有人去读《荷马史诗》，莎士比亚、托尔斯泰，这种冷淡与拒斥应该引起我们的注意和思考。我们应该充分地体验经典和吸纳经典，否则我们的人文素质包括我们的写作质量、批评水准都要降低。总之，经典危机和阅读经典的不足会导致越来越严重的问题。

程光炜：我觉得各位看经典看巴尔扎克等是在80年代，因为那是一个浪漫的时代，是文学教育普遍的时代，现在90年代，一般人都不看这些东西了，只是在大学课堂里讲授了，现在整个社会分化了，有很多方式取代了八小时外的空间。只有阅读变成生活方式，就像爱尔兰这个小国家一样，虽小但诺贝尔文学奖获得者却不少。

张颐武：美国人阅读经典这个问题基本上是在高中阶段解决的。我们现在的问题是，生活变化太快，信息量太大。视野变开阔后，就需要对面的了解。在广度上占有量很大，由于现在知识共同体，使人必须了解前沿理论，但没有经典做基础也是不行的，比如说不了解柏拉图，德里达就没法说话，德里达就是解构柏拉图的，从西方哲学源头开始的，所以新旧都重要。

程光炜：其实我们今天面临的处境与当年胡适面临的情况是一

样的。胡适当年受人文主义影响，大量阅读，而我们现在大学课程中 160 个学时有 40 到 50 个学时是在读浪费生命的东西。

张颐武：这里的问题是人的生命被分割成许多条块，读经典的时间少了，只好读经典的缩写版，其实西方最新理论是回到源头。我认为现在的问题是我们怎样将经典的训练和新的思维方式结合起来，将经典活化成一种真正的大家共有的资源。

王干：我们刚才探讨了经典存在的意义的问题。其实西方近二十年的很多文学理论基本上是解构经典的。我们现在当下的文学状况是，更年轻一代作家的写作，带有对文学准备严重不足的问题，这样就出现两种状况，一种是无视经典，自动写作，造成大量的文字垃圾；还有一种就是伪经典，写得似是而非，里面有各种文本试验，也有很多经典的话语技巧，但却不是真正意义上的经典。

李建军：确实有必要把经典、反经典、准经典和伪经典区别开来。

张颐武：我觉得不能说现在作家的文学史知识比以前少，是对价值观念、对经典的感觉隔了一层。80 年代作家基本上都经过学院的训练，文学史的知识是不缺乏的，与经典文学的接触也不少，但生活方式、价值观念、想法与经典离得远了，这不是作家自己的问题，是时代变化问题。我们对现当代西方文学的了解比以前少，30 年代我们不靠诺贝尔奖知道作家，现在我们基本上是靠诺贝尔奖来知道作家，对当代西方文学的最前沿我们不是太了解，这些重要作家写了什么不知道。其实这些作家都有很长的积累，都很著名，但我们不知道。

王干：我们现在强调作家要有经典意识。80 年代是人人都想进文学史，人人争拿诺贝尔，现在人人都放弃这种经典写作，要么只写快乐，要么只写畅销。

李建军：我有个基本的看法，读意味着写，写意味着读，读的数量与体验的深度决定你写的深度。马尔克斯就是个例子。他一生读了很多书。我们现在面临最严重的问题是经典意识不足，经典体验匮乏，缺乏阅读经典后认知真正作品的内在价值构成、写作的基本技巧等过程。我们现在有些作家对许多经典作品不知道，也拒绝阅读。

王干：经典体验问题，在当代作家中写得比较好的作家有苏童、余华、叶兆言、格非等，都是阅读了大量经典，包括中西方的。再晚一点“海归派”如虹影、严歌苓对西方当代的文学经典与中国的经典也是非常了解的，现在更年轻的一代像卫慧，她的文学准备非常充分，虽然她的观念有些是当下人们无法接受的，但她的文字有文学体验、文学训练在里面。我的焦虑是，80 年代以来形成的一个文学传统——经典体验，许多年轻作家没有。我们担心这些当下作家，虽然文学史的知识知道得多，但经典体验少，我们不需要每个作家都成为经典作家，也不需要每个作品都是经典作品，但文学是不应该逾越经典的。